# 一品指婚

4

文創風 331

狐天八月 著

# 目錄

第六十三章 …… 005
第六十四章 …… 023
第六十五章 …… 041
第六十六章 …… 059
第六十七章 …… 079
第六十八章 …… 099
第六十九章 …… 119
第七十章 …… 139
第七十一章 …… 157
第七十二章 …… 177
第七十三章 …… 197
第七十四章 …… 215
第七十五章 …… 235
第七十六章 …… 255
第七十七章 …… 277
第七十八章 …… 299

# 第六十三章

段氏的葬禮辦得隆重。

舉朝都知鄔老和段氏伉儷情深，鄔老門生遍地，朝堂三分之二的官員都可稱是他的學生，段氏故去，前來弔唁、哭喪之人絡繹不絕。

加上如今鄔國梁又重回朝中，為大夏遴選棟樑，即便是與鄔國梁毫無關係的普通學子之家，也借著這機會送上一份禮，前來弔唁一番，以求能在鄔國梁跟前留個名。

說來也是諷刺，段氏的身後之事，絕大多數前來慰問，一口一句喊著「節哀」的人，卻幾乎都是看了鄔國梁的面子。

鄔八月身懷有孕，不能與喪禮衝突，段氏停靈的時間裡，她都待在瓊樹閣。

小顧氏和她同樣的情況，且小顧氏的身體比她好，是以小顧氏倒是和鄔八月出嫁前一樣，常常帶了零嘴小吃來瓊樹閣陪她。

鄔陵梅和鄔良株也常來看鄔八月，但來得最勤的，還是鄔陵桃。

鄔陵桃的架勢倒是越發足了。

段氏過世第二日，她帶著陳王、攜了眾多僕從趕來了鄔府。

鄔八月和陳王見過禮，心裡疑惑，感覺陳王怎麼如此聽鄔陵桃的話？

和鄔陵桃閒談時問起，鄔陵桃懶洋洋地笑著說：「陳王覺得他現在能和皇上奏對，在朝堂上也能和那些官員說上話，而不是和從前那樣，人家說什麼他都不懂，認定這是我的功勞，自然更對我言聽計從。」鄔陵桃挑了挑眉梢。「也因為這樣，在女色上，他的貪也就輕了些，對我這個繼妃還算滿意，對我自然也就更加好了。」

鄔八月心裡略覺得寬慰。

「就跟妳說了，別擔心我，擔心妳自個兒。」鄔陵桃把玩著小手指上的珐瑯指套，語重心長地勸道：「祖母過世，妳也就悲這幾日。等祖母下葬了，該過的日子可不還得過嗎？妳還懷著身孕呢，要是肚子裡的孩子出了差池，妳後悔可來不及。」

鄔八月勉強笑笑，道：「沒事的，三姊姊，父親每日都會來給我把脈。他說我身體雖然有些虛，但好在孩子沒什麼大礙。」

「這就好。」鄔陵桃鬆了口氣，嚴肅道：「身體虛可要好好養，知道嗎？」

鄔八月笑了笑，點了點頭。

鄔陵桃嘆了一聲，環視了一圈鄔八月的屋子，也不再提段氏，免得她又傷心，反倒和她說起陳王府的趣事。

不過鄔陵桃現在認為的趣事，無非是陳王的姬妾怎麼做、怎麼鬧，然後她怎麼予以還擊，讓她們賠了夫人又折兵，這樣的事聽一、兩件是新鮮，聽多了，鄔八月也覺得膩味。

從妻妾相爭，難免又會想到鄔國梁和姜太后的婚外之情，怎麼聽怎麼覺得噁心。

鄔陵桃也是個洞察之人，感覺到鄔八月不喜歡聽，她便也不再多說。

姊妹二人聊了聊閒事，鄔八月忽然問鄔陵桃。「三姊姊，二姊姊出事……妳知道吧？」

禮。」

「知道啊。」鄔陵桃揚了揚眉。「東府辦了喪禮嗎？我倒是沒聽說，也沒人來請我出席喪禮。」

鄔八月頓時苦笑道：「二姊姊是嫁出去的人，就算是喪禮，也輪不到鄔家辦。」

「那妳問她做什麼？」鄔陵桃撇了撇嘴。

鄔八月微微抿唇。

鄔陵桃頓時哂笑。「八月啊，妳是覺得我對她的死，連提都懶得提，覺得我心腸太硬了？」

「倒也不是……」鄔八月搖了搖頭，恍惚地一嘆，道：「就是想著，到底也是從小一起長大的姊妹……」

「我可不認她是姊妹。」鄔陵桃嗤笑道。「妳不計較她說的那些話，我可不能不計較。她挑撥離間的事做得還少了？我沒說一句『死得好』，已經是口下積德了。」

鄔八月無奈地搖搖頭。鄔陵桃性格如此，她也真是哭笑不得。

「行了，人都死了，妳也別覺得遺憾什麼的。」鄔陵桃還是那句話。「要我說啊，別人的生老病死跟自己哪有太多干係，又不是至親。至親過世尚且也只是悲上幾日，那等沒什麼關係的人死了，就更不用介懷了。」

「我是覺得……」鄔八月嘆道：「我是覺得二姊姊死得蹊蹺……」

「我還以為妳要說什麼呢。」鄔陵桃冷笑一聲。「東府都不計較，哪輪得著我們西府操這份閒心？」

鄔陵桃說的話，和鄔陵梅那時候對鄔八月說的話，幾乎一模一樣。

明明篤定其中有蹊蹺，卻沒辦法去查證的感覺……可真有些不舒服啊。

鄔陵桃揭過這個話題，也不允許鄔八月再提鄔陵柳。

說著說著，鄔陵桃卻是突然笑了。「東府之前憑藉著的不就只有一個鄔陵桐嗎？如今鄔陵桐失勢，妳看東府這不就啞了？而我們西府呢？」

鄔八月暗暗低下頭。

「如今東、西兩府也分了家了，東府想要來借我們西府的勢，就憑著分家時的態度，除了祖父，恐怕府裡也沒人希望和東府打交道。」鄔陵桃頓了頓。「三嬸母人還是不錯的，可惜啊，二嫂子是大伯母的姪女。」

鄔八月低不可聞地一嘆。

她並不覺得現在的西府比東府要好多少。東府目前雖然低迷，但至少沒有性命之危；而西府，卻是時時刻刻腦袋拴在褲腰帶上，保不准哪一天秘密一被戳穿，全府上下都要掉腦袋。

皇上如果真的知道祖父和姜太后之間的事，最後會怎麼處置鄔家呢？

皇上隱忍不說，自然是不希望將帝母的醜事公諸於眾。

昔年秦始皇的母親趙姬與嫪毒淫亂秦宮，秦始皇最終將自己兩個同母異父還未成年的弟弟給殺了，而嫪毒則被車裂，宗族盡滅。趙姬雖然苟活下來，但被親子幽禁餘生……

她渾身都忍不住泛起雞皮疙瘩。

如果皇上能忍，或許在姜太后的有生之年，鄔家都會安穩無虞。

如果皇上不能忍，如今一步步抬高鄔家，無疑就是等著給鄔家最致命的一擊，讓鄔家再不能翻身；即便是姜太后，也無法救得了鄔家……

了。

慈寧宮中，姜太后和宣德帝相對而坐。

二人皆盤著腿，姜太后手中捏著一串佛珠，臉上容光煥發，不知道的還以為她又要添孫子

姜太后心情很好，對宣德帝提了采選美人、填充後宮之事。

她道：「眼瞧著又出生一個皇子，沒想到五皇子卻是個腦子有些問題的。鄔昭儀那兒，太醫也說將來生育皇子皇女的機會太小了，皇兒也不要再繼續盛寵鄔昭儀才是，更不該如近日一般，連後宮都不怎麼去。綿延子嗣，乃是皇兒你的責任。」

宣德帝應了一聲。

姜太后便又笑道：「哀家娘家也有幾個姪女兒，如花的年紀，到底也是皇兒你的表妹，哀家就走個捷徑，改明兒宣了她們來給皇兒你見見。」

宣德帝眼裡閃過一記暗芒。

「母后操勞後宮辛苦，既是母后看重的，朕也不必再看了。母后要是覺得合適，引進宮來，瞧著給個名分便是。」

宣德帝微微一笑，姜太后頓時喜出望外，連連點頭道：「那哀家就替皇兒作了這個主了。」

宣德帝頷首，忽然，卻是突地嘆息了一聲。

「母后，鄔老夫人過世的消息，母后知道吧？」

姜太后身形一頓，抬眼看向宣德帝。

「此事……哀家也有所耳聞。」姜太后道。「皇兒問這個，是……」

「是這樣。」宣德帝笑道：「雖然朕和鄔老夫人只見過那麼幾面，印象並不深刻，可即便如此，鄔老夫人總也算是朕的師母。朕想著，鄔老如今沈浸在喪妻的悲痛之中，卻是忘記為他夫人討一個誥命夫人的追封。」

宣德帝頓了頓，道：「朕覺得，還是不要等著鄔老提了，朕此時下旨追封反倒適宜。母后覺得呢？」

姜太后臉上微微僵了僵。

片刻後，她笑道：「皇兒考慮得周到，此事，皇兒看著辦吧。」

姜太后想結束這個話題，宣德帝卻是道：「可是誥命封賞等事，還是母后更為清楚，朕少不得要請母后拿個主意。」

姜太后皮笑肉不笑地應了一聲。

宣德帝又「啊」了一聲，道：「最近京中有個學子，說金榜得中之日，會求娶陽秋皇妹，母后可有聽說？」

姜太后霎時一驚。「皇兒怎麼……突然提起陽秋來了？」她低垂了頭，表情隱在一片陰影中，幾不可見。

宣德帝嘆息一聲。「陽秋從出生起，就由朕和皇后親自撫育，雖是朕的妹子，但朕倒是把她當女兒看待要多一些。朕登位十五年，陽秋如今也已十五歲，雖受了祝融之禮，但要她永遠待在宮闈，不懂男女情愛、不育兒女，朕倒覺得有些愧對於她。」宣德帝揚唇一笑。「母后覺得呢？」

姜太后心裡怦怦直跳，但宣德帝問到了她跟前，姜太后也沒辦法裝聾作啞。論起來，陽秋長公主可也要叫她一聲「母后」的。

姜太后微微扯了扯嘴角，問道：「皇兒此前曾表示過，不欲給陽秋安排婚事，如今又換了想法，可是……陽秋說了什麼？」

姜太后語氣中有微不可察的試探意味。

宣德帝輕輕一笑，搖頭說道：「陽秋一直待在解憂齋，從來不見人，朕朝中事多，也無空前往解憂齋見她，自然也無從問起她的想法。」他微微一頓。「岑太妃去得早，陽秋的事，還要煩勞母后費一點心。」

姜太后扯動嘴角輕道：「這是當然。」

宣德帝頷首，起身道：「朕還有事，就不與母后閒聊了。既然母后對陽秋的婚事沒有其他意見，駙馬人選，朕會斟酌。那揚言金榜題名之日會求娶陽秋之人，朕會仔細考察其人品。此點，母后不必過多操心。」

「皇兒做事向來細緻，哀家當然不操心。」

姜太后招手喚來了靜嬷嬷，扶著靜嬷嬷的手，送了宣德帝出慈寧宮正殿。

待皇駕行遠，姜太后掛在臉上的笑容頓時消失得無影無蹤。

「太后……」靜嬷嬷輕聲喚了一句，道：「鄔老夫人離世，不是您一直盼著的嗎？您合該高興才是。」

「高興是高興，可如今出了別的岔子，哀家心裡可難受著呢！」

姜太后氣呼呼地回了寢殿，讓人將殿門給闔上了，也不要人伺候，只留了靜嬤嬤。

靜嬤嬤輕聲道：「不就是追封誥命夫人的事嗎？」

「妳以為這是小事呢？」姜太后氣得捶了案桌，壓低聲音說道：「她這輩子也是兒女雙全、風風光光過了一生，人家都說她和鄔老乃是當世夫妻典範……到了，她還要賺個封賞！後人說起鄔老和她，豈不都要讚一句天作之合、夫妻情深？哀家如何能忍！」

「太后，人都死了，跟個死人有何好計較的？」靜嬤嬤勸道。「要老奴說，這事啊，您還就得高高興興地給鄔老夫人選一個高品級的誥命封賞，再賞下一些器物、藥材，這不也是在助鄔老嗎？鄔老那兒，您也能讓他再記您一份恩。皇上將此事交給您辦，您可得用心些。」

「……道理哀家都明白，可哀家……嚥不下這口氣！」

「太后，您比起鄔老夫人來，可幸運多了。」靜嬤嬤輕聲笑道。「您是全天下最尊貴的女人，又得了鄔老一世深情。鄔老夫人不過占了個名分，您哪，不用和她太計較。她已是死人，再不能和您爭什麼。」

這般一說，姜太后面上方才緩和了一些。但緊跟著，又是一凝。

「皇上要把陽秋從解憂齋裡給放出來了。」姜太后抿了抿唇，道：「當年的事，陽秋到底知道多少，我們都不清楚。雖說她做了這些年的啞巴，可哀家始終不放心。」

她看向靜嬤嬤。「嬤嬤，妳說……哀家要不要想辦法，把陽秋給……」姜太后輕輕做了個抹脖的動作。
靜嬤嬤遲疑道：「這般會不會讓皇上心生警覺？往常皇上未提陽秋長公主時，陽秋長公主便好好的，如今和太后提了陽秋長公主，陽秋長公主便出了事……」
「哀家也正是有這個擔心，所以有些遲疑。」姜太后輕輕撥動了小指甲上的指套，輕問道：「那個揚言金榜題名時，會娶陽秋的學子出自哪家？」
靜嬤嬤輕聲回道：「出自賀家，祖籍乃是元寧，在京中並無太深根基。」
姜太后便鬆了口氣，輕蔑一笑。「倒也是，京中子弟誰不知道陽秋貌醜無鹽，誰願意娶她為妻？」
靜嬤嬤卻是遲疑道：「可是……此人和鄔老也有些許關係。」
「喔？」姜太后頓時問道：「是何關係？」
「這賀姓學子，乃是鄔老兒媳之姪。鄔家和賀家，乃是姻親。」
姜太后聞言，立刻皺起眉頭，須臾，她驚問道：「是那鄔八月的表兄？」
「正是鄔四姑娘的親表兄。」靜嬤嬤點頭。
姜太后手下一個用力，小指護甲應聲而斷。
靜嬤嬤頓時跪了下來，伸手要給姜太后剝掉指套，姜太后手臂一揮，閃過靜嬤嬤的動作。
她緊抿著唇，呼吸漸漸沈重了起來。
驀地，姜太后伸手將案桌上的東西全都掃了下去。
殿外的宮女聞聲要進來，姜太后大怒道：「誰敢進來，哀家要她的腦袋！」

殿外立時烏壓壓跪了一片。

靜嬤嬤心疼地道：「太后這是做什麼呢……」

靜嬤嬤直起腰去給姜太后剝指套，這次，姜太后沒有閃避。

「好在沒傷了您的手。」靜嬤嬤輕嘆一聲，抬頭看向姜太后。「太后，您聽了此事也無須太過激動。鄔四姑娘雖知道您和鄔老之事，但陽秋長公主之事，她從何得知？老奴覺得，這必然不是她的主意。太后您哪，有些過於草木皆兵了。」

「是嗎……」姜太后有些茫然地看向靜嬤嬤。

靜嬤嬤輕輕頷首。「要老奴說，這只是那個賀姓學子為自己造勢，吸引考官注意的一種方法罷了。」

姜太后緩緩吐出一口氣。她忽然伸手握住了靜嬤嬤，道：「嬤嬤，陽秋……哀家不放心，咱們還得再試探試探她才行。」

「太后您打算……」

「皇上既然提了要給她招駙馬之事，那哀家這個母后，自然也不能毫無作為。」姜太后微微沈了沈眼。「選個日子，哀家要親自前往解憂齋，探望陽秋長公主。」

靜嬤嬤低聲應是。

段氏出殯的日子定了。

鞭炮聲陣陣，哀樂奏鳴。鄔八月倚在瓊樹閣二樓的廊柱上，舉目遠望。

綠樹成蔭，有些阻礙她的視線，不能將段氏出殯的情況看清楚，只能在鞭炮聲響時下跪，衝著府門的方向磕了一個頭。

高辰複代鄔八月隨了送殯隊伍，將段氏送往已選好的風水寶地，將之安葬。

小顧氏坐在閣樓裡，正剝著松子吃，偶爾抬頭看看呆站在廊柱處的鄔八月，有心想勸兩句，又怕自己說了什麼反倒引得鄔八月更傷心，是以也不敢隨意開口。

直到連哀樂聲都聽不見了，鄔八月方才轉了回來，坐到小顧氏旁邊，也剝起了松子，卻是放到小顧氏裝松子的小碟裡。

「三嫂要是喜歡吃，只管讓丫鬟剝給妳，又何必自己動手？」

鄔八月輕笑一聲，小顧氏聞聽她會笑，鬆了口氣，臉上小心翼翼的表情也褪了些。

「自己剝更有樂趣呢，讓丫鬟剝，自己只管吃，吃起來也沒味。」小顧氏嘿嘿一笑，伸手拍了拍自己的肚子。「幸運的是，我喜歡吃的東西，這孩子也不討厭。」

小顧氏已有五、六個月的身孕，肚子隆起已十分明顯。

鄔八月見她就那般拍自己的肚子，嚇了一跳。

「三嫂，妳悠著點！」鄔八月無力地喊了一句。「妳這樣拍他，要是把他拍疼了可怎麼辦？」

「沒事，拍不疼，我哪有那麼傻？」小顧氏嘿嘿一笑，望向鄔八月的肚子，「咦」了一聲。「八月。」小顧氏好奇道：「妳肚子也有四個多月了吧？」

鄔八月點點頭。

「四個多月的肚子……怎麼感覺比我四個多月的時候要大一些？」
小顧氏摸了摸自己的腰，又去摸鄔八月的腰。
鄔八月無奈道：「這個……每個人都有些差異的吧？」
小顧氏摸了摸下巴，笑道：「八月，該不是妳懷的是雙胎吧？」鄔八月還沒回答，她又道：「不行不行，等二伯父回來，可要讓他給妳好好號號脈。要真是雙胎，這個時候應該就能號得出來了。」
「三嫂，妳可想多了。」鄔八月並不怎麼信，搖了搖頭。
小顧氏卻說自己說得可能沒錯，讓鄔八月先別急著下判斷。
等到段氏入土為安，出殯隊伍回來，小顧氏便讓鄔八月身邊的肖嬤嬤去請二老爺過來，鄔八月攔都攔不住。
沒多久，鄔居正和高辰複便匆匆來了。
「二伯父。」小顧氏笑著給鄔居正見了一個禮，急迫道：「您快給八月瞧瞧，她肚子比我四個月的時候要大，您看她是不是懷了雙胎？」
肖嬤嬤去請鄔居正時就告知了原因，鄔居正也不拖沓，坐了下來，讓鄔八月伸出手。
高辰複嘴角微微抿著，面上雖竭力克制，神情卻難掩激動。
鄔居正凝神號了一會兒脈，收回手時卻搖了搖頭，笑道：「我於婦科上，並不是特別專精。辰複。」他看向高辰複，笑道：「你還是去請個婦科聖手來給八月瞧瞧。」
高辰複立刻應了一聲。

這事也並不是那麼急，但高辰複還是趕著在當日就請了宮中精通婦科的范御醫來給鄔八月診脈。

范御醫與鄔居正乃是同僚，兩人相互見了禮。

范御醫號了一會兒脈，收回手後輕輕頷首，對鄔居正笑道：「雖還不能肯定，但十有八九，令嬡懷的乃是雙胎。」

小顧氏頓時笑眯了眼，比鄔八月這個當事人還要高興。

高辰複面上的喜悅也無從掩飾，嘴唇雖緊抿，嘴角卻微微上揚。

鄔居正送了范御醫離開，小顧氏衝著鄔八月眨了眨眼睛，也知趣地離開了瓊樹閣。

高辰複坐到了鄔八月身前，伸手捉了她的手，深吸了口氣才沈著聲說道：「想想就後怕，那日我怎麼就讓妳去和鄔老對峙了呢？」

鄔八月反握住高辰複的手，輕輕一笑。

「沒事，祖父總不會喪心病狂到推我一個孕婦。」鄔八月輕聲道：「我自己的情緒，還是能把握的。」頓了頓，她低聲補充了一句。「我答應了祖母，我會好好的。」

高辰複輕輕刮了刮她的臉，將她擁進懷裡。

「老太太的喪事如今也辦完了，緊跟著便是秋闈……武舉取士一開始，我就更忙了。」高辰複在鄔八月耳邊輕聲說道：「之前，侯爺去皇上面前提出讓皇上收回公主府，皇上召我入宮，我也答應了皇上，待妳懷胎穩當了，會搬回蘭陵侯府。」

他頓了頓。「前兩日，蘭陵侯府來人弔唁，侯爺找到我，又提了此事。當著鄔府賓客的面，我只能應下。」

鄔八月心裡知道，高辰複並不想回去。她也不想。

可是他們能怎麼做呢？宗族規矩擺在那兒，皇上也出面干涉了，不回蘭陵侯府也不行。

與其兩個人都苦大仇深，似是要進龍潭虎穴一樣，倒不如開開心心地接受現實。

高辰複要做的事很多，他已經很累，鄔八月不希望再讓他心懷憂慮。

從高辰複懷裡抬起頭來，鄔八月笑著對上他的雙眼，輕聲道：「我們早就知道會有回蘭陵侯府的那一天，我也做好準備了，你不用擔心。」

鄔八月將自己的手放在了高辰複的掌心，高辰複旋即輕輕握住。

「即便是在蘭陵侯府，你也不用替我操心。」鄔八月輕聲說道。「我會好好照顧自己。」

高辰複微微抿唇，忽然，他輕輕地在鄔八月臉上啄了一下。

「呀……」鄔八月驚訝地低叫了一聲，瞪圓了眼看著高辰複。「大白天的……」

她有些不好意思，又投到了高辰複懷中。

高辰複摟著她，只覺得心裡一片溫暖。

是不是雙胎，總要等到鄔八月臨盆的那一日，才能真正確定。即便是十之八九，高辰複也沒有將這件事公布的打算。

沒想到隔沒幾日，高安榮卻是選了高辰複放假的那一天，和高辰複一起到了鄔府，拉著鄔居正就哈哈大笑，直誇鄔居正生了個好女兒。

鄔居正頓覺莫名。

高辰複臉色有些不好，給鄔居正行了個禮，便回了瓊樹閣。

鄔八月迎上他，敏銳地察覺到高辰複臉色不佳。

「爺，怎麼了？」鄔八月關切道：「可是京畿大營中出了什麼事？」

「沒事。」高辰複搖了搖頭，抿了下唇方才道：「侯爺來了。」

鄔八月訝異地抬了抬眉。

「范御醫碰到侯爺時和他閒聊了兩句，帶出了妳許是懷了雙胎的事。」高辰複簡單解釋道。「侯爺聽說之後，便迫不及待要接我們回去。」

鄔八月心裡暗暗叫苦，嘴上卻道：「既然侯爺親自來接了，那我們準備準備，跟侯爺一起回侯府吧。」

高辰複微微蹙了蹙眉，看他的樣子，真是千萬分的不願意。

鄔八月挽住他的手臂，笑著搖了搖，仰著頭看他，那模樣就像一隻依賴心十足的小貓，高辰複的心頓時就柔軟了。

他環住鄔八月道：「我不在府裡的時候，吃的穿的，讓妳身邊的嬤嬤嚴格把關。這次我們回去，還是住在一水居，用的也還是我們以前用的人，妳記住，不要離開一水居，不要讓人鑽了空子。」

鄔八月點頭，道：「就和在公主府時一樣，我知道。」

雖然是有些被限制自由，但忍一忍就過了，最多也就半年。

鄔八月還是很惜命的，何況以後她還有別的人要保護。

收拾了一番，鄔八月隨著高辰複前去見蘭陵侯爺。

見到腹部隆起的兒媳婦，高安榮笑得眼睛都瞇了起來，不待鄔八月給他見禮，高安榮連忙虛扶了一把，笑著道：「不用多禮，不用多禮！」

然而高安榮的視線一轉到高辰複臉上，表情立刻就像和兒子有仇似的。

「你好好顧著你媳婦兒，她肚子裡可懷著我高家的骨肉！哪怕是出半點差錯，我都讓你討不著好！」

高辰複不耐煩搭理他，扶著鄔八月上前給鄔居正見禮。

高辰複道：「岳父，小婿叨擾您多時，承蒙岳父不嫌棄，不與小婿計較。如今八月和小婿要回蘭陵侯府了，今日特來辭別。」

鄔居正笑道：「八月是我女兒，你是我半子，你我翁婿之間，不說這些。」

鄔居正拍拍高辰複的手臂，道：「好好照顧八月。」

「小婿遵命。」高辰複施了個禮，態度恭敬又不失親近。

高安榮在一邊看著，心裡老大不是滋味。

兒子是他的，卻和他一點都不親近，反倒把岳父當親爹一樣看待，高安榮本想出聲呵斥兩句，想想兒媳婦在一邊，還是算了。

一想到鄔八月這個兒媳婦，高安榮就忍不住嘴角向上翹。

他少年倜儻，拜倒在他腳下的美人兒也是無數，卻因為娶了公主，於納妾上有了限制。雖然公主去得早，他後來又娶了繼妻、納了妾，但於子嗣上還是十分不如意。

到現在這個年紀，也只有兩個兒子。

高安榮很想再有幾個兒子承歡膝下，但自從小女兒高彤薇之後，不論是妻還是妾，都沒個動靜。他如今最寵的妾室喬氏年紀輕、身體好，正當是孕育子嗣的好時候，可不管他怎麼努力，喬氏的肚子都沒動靜。

高安榮懷疑會不會是自己的身體出了毛病，卻又諱疾忌醫，怕真是如此，那可真是太丟人了。

因此他不尋大夫瞧，雖仍舊喜歡漂亮的女子，卻再也沒有納妾，就盼著自己兩個兒子能趕緊給高家開枝散葉。

要真是雙胎……高安榮單想到這一點，就忍不住翹了嘴角。

到蘭陵侯府時，天色已經黑完了。

侯府前站了一排伺候的下人，淳于氏竟然賢慧地等在侯府的門口。

鄔八月穩穩地站到了地上。

淳于氏熱情地道：「可算是到了！快到茂和堂去吧，晚膳立刻就能上了。」

高安榮笑哈哈地道：「對對，肯定都餓了！快進去用膳！」隨即還不忘叮囑。「也別走太快，天晚了，路上看不大清，當心絆了腳。」

淳于氏眼中暗芒一閃，臉上的笑不減反增。

她嗔怪道：「瞧侯爺擔心成那樣，真是兒子不親孫子親，您對大爺和二爺可也有這樣關切的時候？」

高安榮哈哈一笑，一點都不覺得淳于氏這話有什麼不對。「臭小子們都大了，還要怎麼親近？相比之下，當然還是孫子乖些。」

一路走向茂和堂，高安榮還不忘告誡鄔八月。「想要吃什麼，就只管和管事的嬤嬤說，可不能虧待了我的寶貝孫子。」

鄔八月只笑著應是。

茂和堂裡燈火通明，為了等著高安榮回來吃飯，高辰書、高彤蕾和高彤薇一直餓著肚子。莫語柔則繼續裝著那副柔弱的模樣。

但當她對上高辰複射來的視線時，卻忍不住一個哆嗦。

見到高辰複和鄔八月，高彤蕾姊妹二人臉上有些不好看。

也不過一、兩個月不見，高彤薇看上去豐腴了一些，兩邊臉頰的肉嘟了起來。

不等人入座，高彤薇便拿起了筷子，尖聲道：「還愣著做什麼？上菜！給我布菜！」

高彤薇身後的丫鬟頓時嚇得一個激靈，應了一聲「是」，聲調都有些變了。

# 第六十四章

高安榮的臉色當即便有些不好看，斥道：「妳長兄長嫂回來，妳就是這個態度？還不趕緊給他們見禮！」

高彤薇心中忿忿，敷衍地說了句「請大哥大嫂安」，卻沒有一點起身請安的樣子。

此時，丫鬟們也魚貫而入，開始上菜了，高安榮不好再發作，側首一看，發現高辰複和鄔八月似乎也沒有發怒的跡象，高安榮便收了氣性坐了下來，高辰複和鄔八月也入了座。

淳于氏笑著望向鄔八月，柔聲道：「我才知道複兒媳婦有了身孕，還可能是雙胎，這真是可喜可賀的事。」

高安榮一聽，嘴角頓時勾了起來。

淳于氏看向他道：「侯爺知道了喜得不行，當即便去接你們夫妻二人回來。」

淳于氏說到這兒頓了頓，道：「複兒，父子之間沒有隔夜仇，既然回來了，你和侯爺之間要有什麼嫌隙，還是要好好溝通才是。」

高辰複正拿了筷子親自給鄔八月布菜，聞言，他微微撩了眼皮，視線在淳于氏臉上掃過。輕笑一聲，他收回視線，不鹹不淡地說道：「夫人真的是才知道我妻懷孕的事嗎？莫姑娘沒告訴妳？」

淳于氏心裡咯噔一下，掃了一眼莫語柔，臉上卻裝作訝異道：「複兒此話何意？你是說……

語柔知道你媳婦有孕的事？」

高辰複揚了揚嘴角，道：「原來夫人不知道啊？那倒是奇怪了，莫語柔知道這事，竟然會忍著不告訴夫人？」

淳于氏搖頭，看向莫語柔，皺眉道：「語柔，妳知道妳表嫂有孕的事？」

莫語柔一個激靈，對上淳于氏一臉的警告之色，她腦門上都有些冒汗。

「我、我聽平樂翁主提、提過……我、我也不確定是不是……」莫語柔低著頭，有些結巴地撒著謊。

淳于氏的口氣頓時轉柔。「妳這孩子，既然聽到了風聲，怎麼不和姨母說呢？」

淳于氏看向高安榮，笑了一聲，道：「不過這也是好事，要是那個時候就傳出複兒媳婦有孕的消息，胎兒不穩，恐生變數。如今複兒媳婦肚裡的孩子也懷穩當了，又得知多半是雙胎，豈不是喜上加喜的事情？」

高安榮本蹙起的眉間頓時展平，大笑兩聲道：「夫人說的是！來、來，今晚咱們也算是全家團聚，這家宴——」

話還沒說完，高辰複冷冷開口道：「侯爺，這是全家團聚？」

高安榮頓時愣神。

「彤絲不在，彤雅不在，這算什麼全家團聚？」

高辰複緩緩站起身，鄔八月也隨他站了起來。

「天色晚了，我和八月都睏了，你們慢慢吃。」高辰複甩下這麼一句話，帶著鄔八月朝一水居走去。

高安榮瞠目結舌，待高辰複走出了茂和堂，方才伸手抓了酒壺，「啪」一聲摔到了地上。

淳于氏站了起來，嘴裡喊著「侯爺息怒」，一面讓丫鬟上前來收拾酒壺的碎渣，並讓人再上一壺酒來。

「還上什麼上！」高安榮怒向淳于氏吼道：「本來好端端的，怎麼又成這樣了！」

淳于氏委屈地輕聲道：「大爺是因為侯爺您說了不恰當的話才起身走的，您衝我發什麼脾氣啊……」

淳于氏拿了絹帕默默擦眼淚，高彤蕾和高彤薇上前勸解，對高安榮投去埋怨的目光。

高辰書仍舊坐著，巋然不動，就好像什麼都沒發生一樣。他讓人伸手挾菜，慢條斯理地用著晚膳，與茂和堂裡的氣氛格格不入。

高安榮知道是自己嘴快說錯了話，當著子女下人的面，他也不可能和淳于氏說好話道歉，只能冷哼一聲，為了掩飾尷尬，喚上角落裡等著伺候他們吃飯的喬氏，拂袖而去。

而淳于氏則被高彤蕾姊妹二人攙回了嶺翠苑。

走的時候，淳于氏柔聲問高辰書是否要回他的院子，高辰書答道：「母親不用為兒子費心，兒子吃飽了自知道回去。」

淳于氏只能無奈地先行一步。

回到蘭陵侯府後，鄔八月覺得和之前在公主府時相比也沒有太多的變化。

高辰複雖然經常不在一水居，但他也下了令，不許蘭陵侯府的人進一水居，鄔八月完全不用擔心淳于氏等人會來找她的麻煩。

守著一水居的人，都是高辰複從漠北親衛中挑選出來的，經過了那一次截殺之後，這些人對高辰複的忠誠毋庸置疑；而一水居中伺候的人，自然也都是信得過的僕役。

唯一需要鄔八月提高警惕的，便只有飲食和藥品。

有了之前的經驗，鄔八月仍舊讓人端安胎藥給她，但再也不喝了。

是藥三分毒，鄔居正跟她說了，她只是身體有些許虛損，食補總比藥療好。

每一碗端進臥房裡的藥，鄔八月都倒掉了。

如此一來，一水居堪比銅牆鐵壁，誰想要害鄔八月，簡直是癡心妄想。

而在請安一事上，高辰複對高安榮說鄔八月身體不好，走路都會累，高安榮自然不會強求鄔八月來給他請安；淳于氏是繼婆婆，表面上更不可能為難鄔八月。

蘭陵侯府恢復了表面上的平衡。

而在這平靜的表象之下，有一個人卻如坐針氈。

莫語柔知道自己已經暴露了。

她身邊的人已經被抓住了把柄，沒有隱瞞她早就將鄔八月懷孕的事告知姨母的事情。

雖然高辰複剛回蘭陵侯府的時候，沒有將這件事情揭露出來，但莫語柔知道，無論如何，這件事她是逃不了干係的。

莫語柔也不傻，她捫心自問，也知道自己的姨母不是什麼省油的燈，真要是事情敗露，說不定姨母會把她推出來做替死鬼。

誠然她也是個心狠的主，但到底只是個十幾歲的小姑娘，真遇到事，她也會怕。

她很清楚，高辰複一向不喜她，一旦確定她也參與了給郞八月下毒一事之中，又怎麼會放過她？

而姨母為了自保，大概也會捨下她這條命。

一想到自己將來的慘狀，莫語柔就渾身發抖。

在蘭陵侯府中，她過得如履薄冰，不想繼續這樣下去。

於是莫語柔向淳于氏提出了要回莫家的請求。

淳于氏笑著點頭，接著嘆了一聲，道：「語柔，妳總算是想通了。妳也知道妳和妳高大哥沒可能了，是吧？」

莫語柔嘴唇顫動了兩下，然後低垂了頭，微微點了點。

「好孩子。」淳于氏伸手撫了撫她的臉，憐愛地問道：「那妳打算什麼時候回去？」

「我想儘快回去，我想母親了……」

莫語柔低聲地說了一句，淳于氏頷首道：「好，那姨母讓人趕緊著準備。」

「多謝姨母……」莫語柔做了個深呼吸。

淳于氏頓了頓，輕聲道：「語柔，什麼話該說，什麼話不該說，不用姨母教妳，對吧？」

莫語柔渾身抖了一個激靈，點了點頭。

淳于氏微微一笑。「那就好。多的話，姨母也不說了，妳自己該懂得掂量。」

莫語柔臉色蒼白，輕輕點頭，告辭離開。
淳于氏望著她的背影，輕輕皺了眉頭。
郭嬤嬤悄聲走了上來，跪坐在蒲團上給淳于氏捶腿。
淳于氏輕道：「語柔要回莫家，也算是一件好事。」
「……夫人真放心將莫姑娘送回去？」郭嬤嬤微微抬了下巴，看向淳于氏。「大爺已經查到了莫姑娘身上，這會兒肯定也懷疑到夫人身上了。莫姑娘一走，夫人您……」
「不然怎麼辦？」淳于氏輕嘆一聲。「難不成將語柔推出去？」她搖了搖頭。「柔兒是姊姊的女兒，我哪捨得將她推出去……」
「夫人就是心善。」郭嬤嬤嘆了一聲。「當時要是把大爺給……後來這些事也就沒了。您哪，哪怕狠一狠心，也不會是今日這樣的局面。如今大奶奶有了身孕，還極有可能是雙胎，侯爺肯定更加看重大爺。這爵位，豈不是真的要拱手讓人了？一水居讓人把守著，明眼人都看得出來是在防著夫人呢，咱們一點辦法都沒有。再這樣下去，大奶奶真生了兒子……」
「行了，嬤嬤。」淳于氏臉色越發難看。「我有什麼辦法？原本想著和麗容華策劃策劃，讓書兒娶陽秋長公主，給書兒造造勢。如今呢？言書兒身有殘疾，要是尚主，乃是辱沒皇家……」淳于氏咬著唇。「有時候想想，真寧願下毒把一水居的人都給放倒了！拚了老命把高辰複那崽子給殺了，再如何，侯爺也只剩書兒一個兒子，不傳爵位給他能傳給誰?!」
「夫人！」郭嬤嬤驚叫一聲。
淳于氏說的自然只是發洩之詞，要真打算這般做，老早就會做了，又何須等到今天？

莫語柔也想得太多了，淳于氏根本沒打算對她動手。

對淳于氏來說，最大的危機不是下毒欲害鄔八月流產的事情暴露。她自認為已將尾巴收拾得很乾淨，類似的事她做過很多次了，哪一次被人抓到把柄？

的確，她有動機，她有嫌疑，可是證據呢？

只要沒有證據，高辰複就不會動她，這是淳于氏毫不懷疑的一點。

高辰複很正直，也正因為正直，所以才給了她鑽空子的機會。否則高辰複要是想害她，憑他的能力，捏造一、兩個罪證也並不是難事。但他不會這樣。

淳于氏深呼吸了一番，對郭嬤嬤耳語道：「語柔是自己心甘情願回去的，她以後當然也會老實地在莫家待著，說些有的沒的，對她沒什麼好處。」

她輕嘆一聲，道：「高辰複只在回來那日提了語柔知道大奶奶有孕的事情，我揭過去了，侯爺也沒多問，高辰複也沒再提，想必他還是沒有證據。這件事，我們也就別再提了。」

「那……」郭嬤嬤遲疑道：「大奶奶那邊，要想想辦法嗎？」

淳于氏搖頭，道：「一水居裡沒有我們的人，高辰複的侍衛守著，我們即便想收買人也很難，還難免打草驚蛇。想用意外讓她流產幾乎不可能，而透過食物下毒，那就太醒目了。」淳于氏一臉的不甘心。「沒辦法，暫時只能放過她那邊。」

郭嬤嬤輕輕點頭，忽地卻是一笑。「夫人不用擔心，熬得過懷著的時候，不一定熬得過臨盆的時候。」

淳于氏眉梢一挑，眼角頓時都翹了起來。

「嬤嬤說得是，女人出事，懷孕和臨盆這兩個時候，可是最容易的。就像……靜和長公主那時候一樣。」

郭嬤嬤微微一笑，和淳于氏對視了一眼。

霜降過後，天氣便冷了起來，鄔八月畏寒，一水居早早地燒起了炕。

秋闈在這個時候，也落下了帷幕，武舉取士也告一段落。

這段時間忙碌非常的高辰複得了閒假，有五日的休沐，鄔八月高興壞了。

說起來他們雖然是夫妻，還有了孩子，但成親之後，相處的時間卻不算多。能得到五天可以朝夕相伴的日子，鄔八月心裡當然欣喜。

她放了朝霞的假，允許周武帶她的丫鬟出去「培養感情」。

經過這段時間的精心調理，鄔八月面色紅潤，人也胖了一圈，看上去十分健康。

高辰複心中高興，賞了一水居中所有伺候的人。

鄔八月手裡捧著湯婆子，笑望著高辰複。「今兒爺怎麼那麼高興？」

高辰複坐了下來，說道：「忙完了一圈事，只覺得輕鬆了許多。」

高辰複望向鄔八月，滿意地點點頭，輕抿嘴角笑道：「胖了。」

「嗯。」鄔八月臉頰微紅，頷首道：「母親說趁著這段時間補身子是最好的。」

「岳母說的總沒有錯。」

高辰複探手過去摸了摸鄔八月的手，有湯婆子導熱，鄔八月冰涼的手方才有些熱度。

高辰複就這樣捂了她的手，跟她輕聲絮叨了一些事情。

「彤絲在公主府待著，很安分。我們回來之後，侯爺也再沒提過要將公主府收回的事。單姨在公主府也過得不錯，聽說彤絲偶爾也會尋她說說話，大概是那次彤絲差點害妳滑胎，單姨當機立斷救了我們孩兒一命，彤絲一直記著她的恩情。」

「聽說今年秋闈，各地學子冒尖的人並不多，明年的春闈，妳表兄金榜題名的機會很大……武舉取士選了一批武藝不錯的人上來，明焉進了宮，成了御前帶刀侍衛，從官階上來說，倒是連升了兩級。」

鄔八月認真地聽著。

高辰複很少和她說朝堂上的事情，她也向來不會多嘴問，但高辰複願意和她說，她自然也樂意聽。這也是增進夫妻感情的好機會。

偶爾鄔八月會問上兩句，例如「單姨可有想我們？」、「表兄說要尚主的事，宮裡可有回應？」等問題，高辰複都會一一作答。

聽到明焉進宮做了御前侍衛，鄔八月心裡狠狠鬆了口氣。

為明焉，也為鄔陵桃。

天上飄起今年的第一場雪時，鄔八月的肚子已經頗大了。

她望著天上薄如冰片的雪花，不可遏制地想起去年的這個時候。

那會兒，漠北關早已是大雪紛飛的時候，寒風吹在臉上像刀子在刮一般……

還有那場被人劫持的惡夢。
那個笑著叫她「梔梔」的女孩，單初雪，是那場惡夢中她緊緊依偎的溫暖。
而如今，她成了單初雪的嫂子。
「爺。」鄔八月望著窗外灰白了頭的屋頂，輕聲問道：「還是沒有單姊姊的消息嗎？」
高辰複手執兵書正研讀兵法，聞言身形一頓，抬頭看向鄔八月。
順著她的目光，高辰複也看到了窗外飄起的雪花。
他擱下兵書，起身走到鄔八月身側，也看了會兒飄雪。
「想起彤雅了？」高辰複輕聲問道。
鄔八月搖搖頭。「單姊姊的名字，叫初雪。」她望向高辰複。「爺還是叫她初雪吧。」
高辰複輕聲一笑，旋即嘆道：「還叫她單姊姊呢？她該喚妳一聲嫂子才是。」
鄔八月低了低頭。「蘭陵侯府不承認單姊姊的身分。」
「別人不認，我認。」高辰複道：「我認她是我高辰複的妹子。」
鄔八月頓時莞爾，伸手搭上高辰複的雙臂。
「單姊姊聽到了，肯定會很高興。」她輕嘆一聲，重複問道：「沒有單姊姊的消息，對嗎？」
高辰複搖了搖頭。
「沒有消息，或許也是個好消息。」他道：「那時分別，執意要帶她走的那個男人薩蒙齊，是北秦的貴族。彤雅……初雪她很聰明，那男人看上去也並不像其他北秦人那般野蠻。只是北秦消息封閉，與大夏也從不往來，如果想要得知初雪是否安好，恐怕還要從那個薩蒙齊入手。」

鄔八月認真地聽著，點了點頭，道：「那……和北秦能聯絡上嗎？」

高辰複微微搖了搖頭，鄔八月頓感失望。

「不過……」高辰複話鋒卻是一轉。「現在有一個機會，或許可以打開北秦的大門，和北秦聯絡上。」

「什麼機會？」鄔八月趕緊問道。

高辰複道：「暫時不能說，這也是朝堂機密。」

他撫了撫鄔八月的鬢髮，道：「等能夠公布的時候，我再告訴妳。放心，只要能和北秦接觸上，不論如何，我都會試著打聽初雪的消息。」

高辰複所說的機會，自然是借著礦脈和北秦嘗試聯絡之事。這是他和宣德帝早就定好的計劃，只是沒打算現在告訴鄔八月。

再怎麼，也要等到明年三月鄔八月臨盆時，方才能告訴她。

而差不多在那時候，高辰複也要帶人啟程前往漠北了。

一想到這兒，他就有些捨不得，捨不得嬌妻，捨不得那時出生的孩子。

然而，君命不可違。何況，這休戰策略還是他提出來的，有始怎能不有終？

高辰複心裡想著，低頭看向鄔八月時，眼中便泛了溫柔和憐惜之色。

他輕輕攬住鄔八月的肩，望向窗外紛飛的初雪。

「冬天到了。」高辰複輕聲道：「寒冬以後，便又是萬物復甦的春了。」

鄔八月輕輕點頭，微微一笑，問道：「爺喜歡春天嗎？」

「喜歡。」高辰複一笑，側首凝視著鄔八月。「有自己重要的人在身邊相伴，一年四季，我都喜歡。」

鄔八月臉上頓時飛上兩朵紅雲，輕輕埋首，靠在高辰複的肩。

寒冬也會很快過去，燕京的春來得比往年都要早。

年節之時，高辰複帶鄔八月回鄔府給鄔居正和賀氏拜年。

鄔陵桃見到鄔八月，頓時笑話她，說她瞧著又豐腴了一些，揶揄她說恐怕等到她生孩子的時候，她會長成一個白胖子，引得坐在一邊的小顧氏望向鄔陵桃，驚恐地道：「三姑奶奶，妳可別嚇我啊！」

鄔陵桃哈哈大笑，賀氏上前來給她一個爆栗。「妳嫂子和妹妹都懷著身孕呢，妳就著勁嚇她們吧！」

賀氏沒好氣地頓了頓，卻是關心起來。「陵桃，妳肚子還沒動靜呢？」

鄔陵桃臉上微微頓了下，輕笑著回道：「沒呢，母親，妳不用急。」

賀氏嘆道：「怎麼能不急呢？」她靜默了片刻，又問道：「陳王那兒可有什麼說法？」

「能有什麼說法？」鄔陵桃笑了笑，道：「他子女眾多，也不缺我生的那一個。」

賀氏看鄔陵桃一臉無所謂的模樣，心裡也為她擔憂，還待勸兩句，讓她去找個精通婦科的大夫看看，鄔陵桃卻打斷賀氏道：「行了，母親，我自己有分寸的，您就不要操心了。」

賀氏嘆了口氣，正巧有丫鬟來尋她主持家事，賀氏便又匆匆離開了。

「三姊姊。」

鄔八月見小顧氏也起身走了，挪了挪身子挨鄔陵桃近了些，正要說話。

「欸，妳這雙身子的人就更別關心我的事了。」鄔陵桃輕笑一聲，卻是阻止鄔八月，低聲問道：「臨盆的時間該是在二月底、三月初的時候吧？」

鄔八月愣神地應了一聲。

「產婆什麼的，都找好了嗎？」

「啊？」鄔八月有些訝異地叫了一聲，隨即笑道：「三姊姊，哪有那麼著急啊？還有兩三個月呢。」

「妳還不急呢？妳看三嫂，產婆產嬤嬤的不都已經找好了？」鄔陵桃道：「這事妳得重視，女人生孩子可是在鬼門關前走一圈。」

頓了頓，鄔陵桃低聲提醒她。「妳別忘了靜和長公主是怎麼過世的。」

鄔八月心裡一凜。

鄔陵桃瞇了瞇眼睛。「聽妳說起蘭陵侯府的情狀，妳沒出事，還是因為高統領讓人看得嚴，別人想害妳也無從下手。可生孩子的時候，那場面可就混亂多了，妳要不早作準備，當心中了人家的圈套。」

鄔八月點了點頭，道：「我知道了，三姊姊。」

想了想，她說道：「這個人選，還是得讓母親幫忙斟酌才行。」

「這就是妳的事了。」鄔陵桃笑了笑，又八卦地問道：「妳那小姑子的婚期突然推遲到年後，她是不是挺難受的？」

鄔八月嘆了一聲。

高彤蕾本是歡歡喜喜地等著進軒王府的門，婚期也是早就擬定了的，本沒有更改的餘地。但就在婚期前幾日，軒王府裡卻是傳了喜訊——軒王妃有孕了。

當然，軒王妃有孕也阻止不了軒王爺納側妃，可巧就巧在，欽天監算了之後，說婚期吉日與軒王妃肚子裡的小世子相沖，軒王側妃要是在那日過門，有可能讓軒王妃滑胎流產。

麗容華得知這個消息可是相當糾結，但思來想去，還是覺得子嗣最重要，於是宣德帝金口一開，婚期就挪到了年後。

鄔八月輕聲道：「怎麼會不難受呢？她可一直都盼著嫁給軒王爺呢。軒王妃的喜訊傳出來之前，她一直歡歡喜喜地備嫁，越臨近婚期，每日都要看好幾遍自己的嫁衣。」

鄔陵桃莞爾一笑，卻是嘲諷道：「別說什麼嫁不嫁的，側妃可算不上是妻，充其量也就是個妾。為了妻的孩子，妾也得退讓。」頓了頓，她道：「軒王妃這個胎懷的時間也不知道是好，還是不好？不說別的，單就因為有孕而使得高二姑娘進王府的時間往後推遲了，就夠讓高二姑娘怨恨上她。」

鄔陵桃輕輕笑了笑，道：「再者，年後的春闈，主考官是軒王爺的岳丈、軒王妃的親父，陳王也有心想要在年後的春闈上選幾個能堪重用的幕僚，為他出謀劃策，我少不得要多盯著一點軒王府。等過了年，我這個小嬸嬸還得多去陪陪軒王妃這個姪媳呢！」

鄔八月張了張口，頓時哭笑不得。「三姊姊這話說得……」

鄔陵桃掩唇一笑。「我這人現在沒別的愛好，就喜歡看熱鬧。要是以後能在軒王府看到妳那小姑和軒王妃鬧將起來的畫面，我會更高興。」

「三姊姊真是唯恐天下不亂。」鄔八月嘆了一句。

鄔陵桃把玩著自己的護甲，道：「沒辦法，陳王府裡的女人收拾得差不多了，個個都變老實了，我也實在是沒有其他好玩的事了。況且——」

鄔陵桃頓了頓，抬了抬眼，又微微垂下眼去，沒繼續說。

鄔八月抿了抿唇。雖然鄔陵桃沒說，但她還是能猜得出，她是想說：「況且明焉也不在陳王府了。」

有的人，有的事，最好是自己慢慢地淡忘。

天寒，高辰複半摟著鄔八月上了回蘭陵侯府的馬車。

在馬車上，鄔八月就睡著了，等她醒來時，已經側躺在了一水居的床榻上，臥房裡有昏暗的燈光，高辰複坐著，正在燈下看著什麼。

鄔八月坐了起來，察覺到她動靜的高辰複立刻望了過來。

「醒了？」他笑了一聲，擱下手裡的東西朝她走了過去。

鄔八月笑著點點頭，自然地扶上他的手臂，道：「爺在看什麼呢？」

高辰複頓了頓，回道：「一些軍密。」

既是軍密，自然是不會告訴鄔八月的。

鄔八月便笑道：「這會兒過年呢，爺也不得閒。」
高辰複莞爾道：「也不算什麼。」
他扶著鄔八月在屋裡走了兩圈，鄔八月坐了下來，吃了兩塊糕點。
高辰複趁著這時候將密信燒在炭盆裡。
火光晃過鄔八月眼睛的時候，她皺了皺眉。
似乎……看到了「漠北」的字樣。軍密……和漠北有關嗎？
「八月？」高辰複喚了她一聲，鄔八月趕緊回頭。
「想什麼呢？」高辰複問道。
鄔八月笑著搖頭，道：「沒什麼……夜深了，爺睡吧？」
「嗯。睡吧。」
高辰複摟著鄔八月上了床，一夜好眠。

正是年節時分，走親訪友很正常，高辰複也走得挺勤。
因為鄔八月身子不方便，自然不能跟著高辰複去，不過好在高辰複要去哪兒，他都會提前告知，免得她擔心。
這日，高辰複又出門了，暮靄卻神秘兮兮地湊到鄔八月跟前笑道：「大奶奶，奴婢才知道一件事呢。」
「什麼事啊？」鄔八月好笑道：「妳又去聽人說閒話了。」

「哪是閒話呢！」暮靄嘟了嘟嘴，笑嘻嘻道：「大奶奶聽了保證高興。」

「喔？那看來還是件喜事。」鄔八月頓時笑道：「那妳還不趕緊說來聽聽。」

暮靄便連連點頭，道：「我前幾日才聽人說呢，說大奶奶和大爺從鄔家回來後，侯爺曾經試著提給大爺納妾什麼的，還說會讓侯爺夫人斟酌人選，被大爺給嗆了回去。」暮靄小聲又不失興奮地說道：「聽說那會兒大爺就明確地同侯爺攤牌，說他沒有在妻子懷孕時和別的女人卿卿我我的愛好，直把侯爺和侯爺夫人臊得沒臉。」

朝霞聞言，瞪了暮靄一眼。

暮靄莫名其妙。「朝霞姊，妳瞪我做什麼？」

鄔八月先是有些意外，這會兒又好笑地望向朝霞，道：「朝霞，妳早就知道了？」

「啊？朝霞姊早就知道？」暮靄瞪大眼睛。「妳早就知道，怎麼不告訴我?!」

「就妳這張嘴，告訴妳不就等於告訴大奶奶了？」

朝霞沒好氣地伸手捶打了暮靄一下，轉而對鄔八月道：「大奶奶恕罪，奴婢是早在那事發生的時候就聽周武說了。不過因為大爺吩咐過，大奶奶懷著身孕，這種糟心的事還是別說的好，所以奴婢也一直瞞著沒說。」

暮靄縮了縮頭，朝霞伸手擰她的臉，笑罵道：「誰知道這妮子從別人那兒聽來了，又學嘴給大奶奶聽！」

暮靄嘿嘿笑著討饒，道：「大奶奶可沒生氣……大奶奶知道這事，還高興大爺這般護著她呢！是吧？大奶奶。」

暮靄眼巴巴地看著鄔八月，鄔八月無奈笑道：「是是，我高興，行了吧？」

暮靄頓時點頭如搗蒜。

鄔八月卻是頓了頓，問朝霞道：「這事是什麼時候發生的？」

朝霞應道：「那段時間，大爺不是一直忙著武舉取士的事嗎？就是那個時候，侯爺同大爺提起，讓他納兩房妾，給高家開枝散葉。大爺不樂意，還因此和侯爺頂了兩句嘴。侯爺說要尋大奶奶談，大爺直接說要真這樣，便是違抗皇命，也要帶著大奶奶回公主府去住，即便公主府讓皇上給收回去了，他也有足夠的銀兩買個新宅子。最後侯爺沒法，才沒再提。」

朝霞想了想，又道：「大爺忙過之後不是有五日休沐的時間嗎？那也是大爺同大營將周旋了好幾日才得的空閒。」

鄔八月輕輕笑了起來，心裡暖暖的。

朝霞和暮靄眼見鄔八月笑了，心情也暢快了起來。

「還有兩、三月，小少爺也要出世了。」朝霞輕聲道：「時間過得可真快呀。」

# 第六十五章

今年大夏也是五穀豐登，宣德帝登基十幾年來，大夏的國力可謂是不斷往上攀升，四海昇平的景象讓宣德帝也心懷寬慰。年節時分總會有一些惠民的詔令發出，今年也不例外。

大家都歡歡喜喜地過大年，高彤蕾卻是從心裡鬱卒不滿。

大年三十那晚，家裡的團圓飯，高彤絲不請自來，言語上幾句挑撥，讓高彤蕾暴跳如雷。

想起那晚的混亂，鄔八月就覺頭疼。

她日近臨盆，可不希望出半點差錯紕漏，蘭陵侯府要是能永遠安安靜靜的該有多好？

高彤蕾的婚期推遲到了元宵節後一天，大年十六。元宵節那日，便是她出嫁的前一日，但那日偏偏是個節日，總不能因為她要出嫁就不鬧元宵。

高安榮本身是個喜歡熱鬧的人，逢年過節也總會安排一些節目，如今次女要出嫁，長媳要給他添孫，雖說府裡仍有諸多不如意，但他還是很樂意辦幾場宴。

所以元宵那天，高安榮擺了宴，邀上了幾位至交好友暢飲熱鬧，並大肆炫耀自己將要做祖父，長媳還懷了雙胎等事。

高辰複和高辰書陪在下首，兩人皆是不語。對於這個父親，他們都有些說不盡的失望。

而現在對高安榮最怨懟的，無疑是淳于氏和高彤蕾了。

明日便要出嫁了，高彤蕾這會兒還坐在床沿哭，淳于氏在一旁勸了半晌還是勸不住。

「別哭了，蕾兒。」淳于氏心疼道：「明兒妳就出嫁了，要是軒王見妳兩眼浮腫，哪還有那興致和妳圓房？」

「母親，女兒就是氣不過！父親、父親他……」高彤蕾氣得直抹眼淚。「父親明明知道我明兒就要出閣了，可他呢？這會兒還跟他的好友推杯問盞……他心裡到底有沒有我這個女兒？」

淳于氏也對高安榮這種不著調的行為十分詬病，但當著高彤蕾的面，她總不能也說高安榮的不是。「妳父親本就是灑脫之人，蕾兒別生氣了，他對妳的婚事也是上心的……」

「他哪上心啊！」高彤蕾控訴道：「就連婚期往後推遲，他也不覺得是什麼大事！母親您都不知道，京裡的那些姑娘們，指不定背後怎麼嘲笑我呢！」

淳于氏頓時道：「妳在意這個做什麼？等妳成了軒王側妃，那些人也只敢背地裡說妳兩句。況且她們嘲笑妳，也不過是嫉妒妳罷了。」

高彤蕾心裡好受了些。「沒錯，明日以後我就是軒王側妃了，誰敢對我不敬？」

見高彤蕾收斂了情緒，淳于氏鬆了口氣。

她伸手輕輕摸了摸高彤蕾的頭，道：「蕾兒，母親只有妳和薇兒兩個女兒，自然希望妳能過得好。聽母親的話，收起眼淚，別讓人笑話。」

高彤蕾擦了擦眼，覺得眼睛挺乾澀的，眼皮已經腫了起來，便讓丫鬟去取了冰塊來敷敷。

她抿著唇，沈默了片刻。「母親，我的嫁妝比起大哥娶大嫂時的嫁妝可要差多了。」

淳于氏身形又是一頓，無奈地道：「蕾兒，母親也沒辦法……」她道：「妳進門是側妃，婚禮的規模、嫁妝，這些都要參照皇家禮儀。嫁妝要是多了，皇家還不樂意呢，會覺得咱們認為皇家會虧待妳。何況，還要注意不能越過了軒王妃去。許家乃是清流，給軒王妃的嫁妝就不多，咱們也不能越過軒王妃嫁妝的數。」

雖然說得冠冕堂皇，淳于氏心裡也是不滿的。

高彤蕾垮了臉，良久才陰陽怪氣地說了一句。「哼，等將來我當了正王妃，母親妳可要將嫁妝給我補齊才是。」

淳于氏笑著應了。「那是自然。」

高彤蕾抿了抿唇，忽然問道：「對了，母親，肅民表兄今年也會考舉春闈，您說，肅民表兄能一舉奪魁嗎？」

「一舉奪魁恐怕不大容易……」淳于氏道：「不過名列前茅應當是不會錯的。」

高彤蕾立刻道：「您說許靜珊會不會在這件事上，讓她父親使手段？」

淳于氏一愣。「蕾兒何意？」

「肅民表兄是我的表兄，許靜珊不可能不注意。許翰林不是主考官嗎？許靜珊同他打個招呼，就算肅民表兄再出類拔萃，說不定也會被許翰林給刷下去……」高彤蕾沈了沈臉，繼續說道：「還有，許靜珊和大嫂的關係好像也挺好的，大嫂養胎的時候，許靜珊還和大嫂往來過書信，互相送些禮品東西……大嫂的祖父也是考官，還是翰林之首，大嫂的表兄也在應考的人當中……」

她越說越是擔心。「母親，我還要靠著表兄登上高位，給我做後盾呢！」

「母親知道，母親知道。」淳于氏忙安慰她道：「鄔老高風亮節，不會徇私。至於許翰林……有鄔老盯著，他即便是想使絆子，恐怕也並不那麼容易。朝中同僚都知道妳表兄也在春闈之列呢。」

高彤蕾並不因為淳于氏這番話就放下心，她盯著淳于氏道：「要是他真的從中作梗怎麼辦？」

「蕾兒，妳想太多了。」淳于氏輕嘆一聲。「科舉乃是大事，許翰林從中做手腳的可能很低。再者，他這樣做也並沒有好處，妳表兄還年輕，真要坐上高位，還得熬資歷，沒個十年、二十年成不了事。何況朝堂科舉之事，又豈是別人能插手的？」

淳于氏安慰了高彤蕾幾句，也覺得有些心力交瘁，收住了這個話題，轉而將給高彤蕾嫁妝裡壓箱底的春宮圖冊拿了出來，給高彤蕾講解敦倫之事。

高彤蕾頓時羞紅了臉，之前的憤怒、擔憂也被拋開了。

翌日便是高彤蕾出閣的日子。

雖說不是正室，但皇族王爺的側妃比起普通人家納的妾來說，還是有一定地位，出閣時也得熱熱鬧鬧的才行。

鄔八月坐在一水居裡聽著外頭敲鑼打鼓的熱鬧，有些擔心地對朝霞道：「我不出去送嫁，會不會讓人詬病？」

「大奶奶就安心待著，您懷有身孕，去了反倒衝突。」朝霞輕笑一聲。「正好躲了這事。」

鄔八月笑道：「倒不是我想去送她出嫁，只是我好歹也掛了她嫂子的名，今兒送不了她也就罷了，前天昨天的時候，我也沒和她說兩句恭喜之類的話。」

「大奶奶您給添了妝，這就行了。」

主僕幾人有說有笑，過了會兒，肖嬤嬤卻是帶著幾個中年婦人走了進來，隋洛也跟在後面，臉上掛著笑。

「大奶奶。」肖嬤嬤行禮，鄔八月叫了起，招手讓隋洛過來，笑問道：「外邊是不是很熱鬧？」

隋洛連連點頭。「很熱鬧，鞭炮聲一直響，就是沒見到新娘子什麼樣。」他笑嘻嘻道：「我碰到肖嬤嬤，就跟著她回來了。」

肖嬤嬤笑道：「隋小爺身邊就兩個小丫鬟跟著，老奴有些不放心。」

鄔八月點了點頭。「一水居外面的事，我們少摻和的好。」她望了一圈那幾個中年婦人，問道：「肖嬤嬤，這就是接生經驗豐富的產嬤嬤？」

「大奶奶可是將這幾位叫老了，她們年紀還不算大呢。」

鄔八月頓時輕輕打了下自己的嘴，笑道：「是，我嘴拙了，該喚大娘才是。」

肖嬤嬤道：「這幾位，鄔家二太太也都瞧過了，覺得可用，讓老奴帶過來給大奶奶過過目、挑挑人。」

鄔八月頷首，道：「既然是母親挑好了的人，我也沒有什麼再問的了，就定站在最前面的三個吧，人多了也雜亂。」

肖嬤嬤立刻應了一聲。

高彤蕾出府之後，蘭陵侯府更清靜了。

鄔八月專心養胎，還有兩、三個月臨盆，她心裡有點慌。

新來的三個產娘身家清白、體態均勻，都生養過三、五個孩子，經她們之手出生的孩子沒有五十個也有二十個，在年輕一些的產婆當中算是佼佼者。

肖嬤嬤私下裡對鄔八月道：「鄔二太太瞧過的產娘，也都是吉利人兒，她們接生的孩子沒有一個夭折的。這福氣啊，也一定能讓大奶奶享了。」

鄔八月聽著，心裡有些毛毛的。

雖說她覺得這不過是迷信，也有人替她想到了這一點，但「夭折」兩個字她就是不愛聽。

鄔八月道：「我知道了，肖嬤嬤，以後在院裡別說那些不吉利的字眼，我聽著有些不大舒服……」

肖嬤嬤頓時給了自己一個嘴巴子，連連賠罪。

「沒事，是我有些草木皆兵了。」見肖嬤嬤這樣，鄔八月倒是有些不好意思了。「以後嬤嬤妳多注意些，讓那些丫鬟也都注意點。」

這事鄔八月很快就忘在了腦後，但沒想過幾天之後，整個一水居都成了草木皆兵的情況。

鄔八月覺得一水居裡的氣氛詭秘，等某日高辰複回來，她便同他說一水居裡的氣氛怪怪的，她有些不安。

妻子平日裡很少說這樣的話，聽鄔八月這麼一提，高辰複頓時也不安了起來。

他今兒個帶著武舉選上來的幾人操練了一日，身體正疲憊著，卻也拖著身體去尋了肖嬤嬤、趙嬤嬤以及朝霞暮靄詢問。

而鄔八月已經睏睡過去了。

肖嬤嬤一聽高辰複也問起此事，頓時跪了下來，將事情從頭到尾詳細描述了一遍。

高辰複望向朝霞問道：「是這樣嗎？」

朝霞低頭回道：「回大爺的話，的確如肖嬤嬤所說。那日大奶奶提了不許在她面前說不吉利的字眼，讓肖嬤嬤告知院裡所有人知道，肖嬤嬤也一個不落地都囑咐了。自那日起，大家即便是私底下說話也都注意著，就怕不巧被大奶奶知道了。」

高辰複皺著眉頭。他沒有接觸過別的孕婦，自然不知道妻子這樣是否正常。

「大奶奶既然不舒服，可尋了大夫來瞧？」高辰複問道。

肖嬤嬤答道：「大奶奶沒有任何不適，身體也已養好了。這……與其讓大夫來瞧，倒不如大爺多陪陪大奶奶。老奴覺得，大奶奶這是因為大爺時常不在身邊，越接近臨盆的日子，越有些害怕……」她邊說邊低了頭。

高辰複若有所思地想了想，點點頭，轉而對朝霞道：「妳同我來。」

朝霞一愣，見高辰複已經朝前走去，也只能硬著頭皮跟了上去。

高辰複去了書房，匆匆寫就一封書信，封好火漆後交給朝霞，道：「拿去給周武，讓他轉交到京畿大營。」

朝霞接過書信，匆匆往外院去尋周武。

翌日，鄔八月睡飽之後驚訝地發現，往常這時候應該走了的高辰複竟然沒走，他側身對著她，正睡得香。

鄔八月張了張口，有些不明白是怎麼回事。

清晨起來，她還有些頭暈暈的，但還記得不要驚醒夫君。

鄔八月小心翼翼地起了身，披了件大氅，躡手躡腳地從內室出去。

朝霞正坐在外屋的錦杌上烤火，見鄔八月出來了，起身朝她迎了過去，焦急道：「大奶奶醒了怎麼不喚奴婢一聲，披件大氅就出來了？暮靄！」

說著朝霞朝外喊了一聲，暮靄應聲進了門，道：「怎麼了？呀！大奶奶！」

暮靄去給鄔八月取衣裳，鄔八月則坐到了火盆邊，有些納悶道：「妳們爺今兒怎麼沒去京畿大營？我不記得昨兒他說今天不去啊……是不是他睡過頭了？可是妳們也沒來催他起身……難道他昨日說過，是我沒記住？」

朝霞輕嘆一聲，道：「大奶奶沒記錯，大爺是昨兒臨時起意才沒去的。」

「他怎麼突然不去了？」鄔八月呆呆地問道。

朝霞輕笑道：「還不是為了您。」

暮靄取了衣裳回來，和朝霞一起給鄔八月穿衣，接過話道：「大爺聽大奶奶說一水居裡的氣氛詭秘，尋了奴婢們問話，然後就決定請一日假陪大奶奶，免得大奶奶胡思亂想的。」

「我有胡思亂想嗎？」鄔八月有些莫名其妙，但也懶得去深究。

高辰複願意為了照顧她的情緒，請一日假陪她，總是讓她高興的。

穿戴好後，鄔八月讓朝霞給她梳了一個簡單的髮髻，便捧了湯婆子笑咪咪地回了內室。

外頭動靜不算小，高辰複也已睡飽了，正從床上坐了起來。

鄔八月走近，伸了一隻手挨上了高辰複的臉，等了片刻方才收了回來，輕笑道：「你的臉冰涼涼的。」

高辰複哂笑，掀了被子自己穿衣整理，一邊道：「八月，妳今天心情不錯啊。」

「嗯。」鄔八月微微咧嘴，道：「因為今天醒來，看見爺在我身邊。」

高辰複心裡一暖，伸手揉了揉鄔八月的頭，道：「抱歉，成親許久，我卻常不在妳身邊。」

鄔八月輕輕一笑，拉下高辰複的手催促道：「趕緊穿衣裳，不然要著涼了。」

高辰複依言穿戴整齊，方才攜了鄔八月的手出了門，夫妻二人洗漱後一起用了早餐。

他們二人時也沒有太多話可說，高辰複本就寡言，鄔八月也並非話癆，雖很少交談，但彼此之間那種默默流動的溫情，連院中的奴僕都能體會得到。

高辰複穿得不多，拿了把劍舞著，鄔八月捧著熱茶盅坐在屋簷下望著他，眼中的崇敬和自豪明眼人都看得出來。

一套劍法舞完，高辰複收了勢，回頭看向鄔八月，輕輕一笑。

鄔八月歪了歪頭，道：「爺這套劍是不是可以舞得更快些？」

高辰複莞爾一笑道：「再快妳就看不清我的動作了，劍氣或許還會傷到妳。」

鄔八月捧了茶盅上前，高辰複接過喝了一口，正要說話，院外卻砰砰砰響起了敲門聲。

守門的丫鬟去應了門，外面衝進來一個臉上血肉模糊的丫鬟，見到高辰複也在，頓時欣喜若狂，立刻跪到了高辰複面前，痛哭流涕道：「大爺！求大爺救救喬姨娘！」
高辰複在丫鬟衝進來的瞬間便遮住了鄔八月的眼睛，攔著不讓她看見。
「發生什麼事了？」鄔八月疑惑地問道，倒也知道高辰複遮住自己的眼睛自然有他的用意，也沒有伸手掰開。
高辰複對鄔八月維持著保護的姿態，冷聲問那丫鬟道：「喬姨娘怎麼了？」
「喬姨娘有孕了！可是喬姨娘今兒早上喝的茶裡有落胎藥……喬姨娘懷孕的事沒人知道，一定是侯爺夫人知道了，所以要除掉喬姨娘肚子裡的孩子！大爺，府裡就只有大爺能幫喬姨娘說上兩句話，求大爺救救喬姨娘！」
鄔八月頓時張了張口，有些意外這突如其來的消息。
喬姨娘？印象中，蘭陵侯府的確有三位姨娘，看上去也都是老實本分的主兒。鄔八月跟那三位很少接觸，倒也知道那姨娘喬氏乃是最年輕的一位姨娘，也是最受侯爺寵愛的姨娘。
喬姨娘有孕了，要是侯爺夫人知道……能不除之而後快才怪。
高辰複抿了抿唇，道：「喬姨娘既然有孕，自然該稟告侯爺知道，妳求到我這兒來是何意思？出了落胎藥的事，妳更該稟報侯爺徹查。」
「喬姨娘攔著不讓奴婢說出去……」丫鬟嚶嚶哭泣道。「奴婢知道喬姨娘是怕侯爺夫人報復，可喬姨娘懷的是侯府的小主子啊！」
丫鬟見高辰複冷著張臉，決定改變策略，她轉向鄔八月，聲淚俱下地道：「上天有好生之德！大奶奶也將臨盆，自當知道喬姨娘心裡的苦，求大奶奶勸勸大爺，求大奶奶勸勸大爺，救救喬姨娘吧！」

鄔八月動了惻隱之心，拉了拉高辰複的袖子，輕聲道：「這丫鬟許是因為見不著侯爺的面，所以才求到你跟前的。要不然……就幫忙同侯爺說一聲吧。我聽到她說落胎藥的事，就想起我那時候……能幫一把咱們就幫一把，說不定還能順藤摸瓜找到侯爺夫人害我的證據呢？」

高辰複心裡一動。他點了點頭，對朝霞道：「扶著妳們大奶奶進屋去。」

朝霞頓時應聲，接過手，遮住了鄔八月的眼睛，扶了她進屋。

高辰複冷聲道：「這丫鬟能一路闖進來，守門的人都是幹什麼吃的？自己去領板子。」

跟著那丫鬟過來的幾人頓時戰戰兢兢地跪了下去，一聲不吭。

高辰複看向那丫鬟，道：「妳，隨我來。」

丫鬟自言其名為果兒，獲了高辰複的允許，欣喜地跟了上前。

高辰複其實懶得管這種事情，他今日請假，本是為了陪妻子，誰料到竟然會出這樣的事。要不是鄔八月勸他，他也想著為即將出生的孩兒積德，這件事還真不想管。

倒是鄔八月最後那句，許能順藤摸瓜查到侯爺夫人害她的證據的話，給高辰複提了醒。

高辰複領著果兒出了一水居，詢問外院的管事高安榮的下落。

外院管事回說侯爺不在府裡。

「侯爺去哪兒了？」高辰複冷聲問道。

管事抖了個激靈，道：「侯爺陪夫人回忠勇伯府了。」

「忠勇伯府？」高辰複皺了眉。「忠勇伯府出什麼事了？」

「這……」管事似乎是有些忌諱，頓了片刻方道：「忠勇伯的外孫女兒在忠勇伯府墜湖，沒救過來……聽說忠勇伯府裡正鬧著，夫人請侯爺一起回去……出面調解調解。」

高辰複眉頭皺得更深。忠勇伯的外孫女？難道是莫語柔？這還真是……

高辰複擺了擺手，讓那管事下去。

他轉而對果兒道：「侯爺和夫人都不在府裡，這事找人也說不著，妳先回去伺候喬姨娘，免得喬姨娘再出什麼事。」

果兒使勁搖頭。「大爺，喬姨娘怕她不但保不住小主子，還會把自己的命給搭進去，所以一直攔著不讓奴婢來向大爺求救。奴婢也是偷跑來的，喬姨娘不知道……」

高辰複沒好氣道：「連妳家主子也瞞著，妳這丫鬟還真是膽大包天！」

果兒立刻跪了下去，聲淚俱下地求高辰複救喬姨娘。

高辰複不喜丫鬟這樣卑弱哭泣的姿態，更因為這丫鬟頭臉上血肉模糊的，瞧著讓人不大舒服。

高辰複道：「去把臉上的傷收拾收拾。妳既不敢回喬姨娘身邊去，那便在這兒候著吧。等侯爺回來了，再說此事。」

高辰複也不願意將時間花在一個小小的丫鬟身上，撂下話便回了一水居。

鄔八月正和暮靄八卦高安榮三個姨娘的事情，乍見高辰複出去沒多久就回轉來了，有些意外。

「爺，你怎麼回來了？」

鄔八月捧著肚子迎上去，高辰複托住她的腰，道：「侯爺和侯爺夫人都不在府裡，自然也找不到人說喬姨娘的事情。等他們回來了再去。」

鄔八月點點頭，有些納悶。「侯爺和侯爺夫人一同出門？可是要去會客參宴？」

高辰複猶豫了下，還是將忠勇伯府裡的事說了。

「啊？」鄔八月的腦子有些轉不過彎來。「爺說的……忠勇伯的外孫女兒，指的難道是莫姑娘？」

高辰複道：「我沒細問，不過應當是她。忠勇伯只有兩個女兒，長女便是莫家太太，次女則是侯爺夫人。既然是外孫女兒，想必便是莫姑娘了。」

「莫姑娘怎麼會落水……」鄔八月百思不得其解，皺了皺眉，忽然「啊」了一聲，瞪大眼睛看向高辰複。

「難不成是……」她想了想，頓時使勁搖頭。「不會，好歹也是親姪女兒，侯爺夫人肯定不會這麼做……」

高辰複好笑道：「什麼都還沒聽說，妳就瞎猜上了。」

高辰複扶著她，讓她安穩坐好，方才說道：「事情應當才發生，具體是怎麼樣的事還不知道，妳別東想西想。」

鄔八月乖乖地點頭。「啊，那剛才那個喬姨娘的丫鬟呢？」她問道。

高辰複更覺好笑。「一個丫鬟也值得妳惦記？」

「就是覺得她挺忠心的。」鄔八月笑道：「喬姨娘能有這麼一個丫鬟，也是她的運氣。」

高辰複不置可否。

高安榮和淳于氏去忠勇伯府耽擱了整整一天，直到傍晚才回。

天色已黑，果兒捧著自己的手哈著氣，眼巴巴地等著高辰複出一水居。

接到侯爺和侯爺夫人回府的消息，高辰複走了出來，見到果兒縮手縮腳的模樣，頓時皺眉。

「妳真在這兒等了一天？」

果兒點點頭，又搖搖頭，道：「奴婢、奴婢晌午去吃了午飯的……」

高辰複瞥了她一眼，冷冷道：「那走吧。」

嶺翠苑是高安榮和淳于氏的主臥，高安榮早已不再專寵淳于氏，嶺翠苑更像是淳于氏的居所。

高辰複候在嶺翠苑外，一會兒，守門婆子來請他入內。

高安榮覺得稀奇，正襟危坐了等人進來，一旁的淳于氏手支著頭，看上去心力交瘁。

「見過侯爺、夫人。」高辰複進入廳中，淡淡地行了個禮。

高安榮不悅他的稱呼，卻也不好發作，他點了點頭，道：「這個時辰你過來見為父，可是有什麼事？」

高辰複回頭看向果兒，道：「妳上前，同侯爺說。」

果兒頓時「撲通」一聲跪了下來，眼淚唰地流下來了。

高安榮皺了皺眉。「這是哪兒來的丫鬟？」

果兒哭道：「侯爺，奴婢是喬姨娘房裡的果兒，您沒見過奴婢幾次，記不得奴婢也是應當的。」

高安榮便點了點頭，道：「可是妳家姨娘有什麼事？」

果兒連連頷首。「侯爺，喬姨娘有喜了呢！」

高安榮一愣，隨即一喜，幾乎要從座位上蹦起來。

本懶懶地歪在一邊聽著的淳于氏臉上頓時露出吃驚的表情。

高辰複沒有錯過那瞬間的情緒流露。他微微垂下眼。

「真的？有喜了？有喜了！」

高安榮重重地拍了兩下桌子，向果兒確認，得到確切的答案之後，他更加欣喜，立刻就要嘉獎喬姨娘房裡的人。

可是果兒緊接著道：「侯爺，喬姨娘懷上了小主子本是大喜事，可是……可是今兒早上喬姨娘吃的茶裡，竟然有落胎藥！」

高安榮頓時緊張地站了起來。「那喬姨娘怎麼樣了？」

「動了胎氣，幸好大夫來得及時，才保住了小主子。」果兒抹了淚，哭泣道：「侯爺，喬姨娘懷有身孕的事，沒多少人知道，誰會給喬姨娘下藥呢？出了事後，奴婢想來尋侯爺，喬姨娘卻攔著奴婢不讓奴婢聲張……迫於無奈，奴婢只好去求大奶奶，可巧大爺在，願意幫助奴婢，不然奴婢恐怕見不著侯爺……」

高安榮聽得糊塗，見果兒一個勁兒地朝淳于氏看，他忽然領悟道：「妳是說，給喬姨娘下藥的是夫人？」
淳于氏一臉肅穆。「侯爺明鑑，妾身從不曾做過這等事，更壓根兒就不知道喬姨娘懷有身孕。」
高安榮皺了眉頭，一時之間也理不清思路。
果兒憤憤地道：「喬姨娘出事都不敢聲張，還不讓奴婢往外說，要不是對凶手有所忌憚，喬姨娘何至於默不作聲……請侯爺給喬姨娘作主啊！」
高安榮只覺煩悶，擺了擺手，道：「其他事先擱一邊。妳這丫鬟叫什麼名字來著？」
「奴婢果兒。」
「果兒，妳跟本侯爺一起去喬姨娘那兒看看，待本侯爺親自問問到底是怎麼回事。」
高安榮走了下去，淳于氏臉色很不好看。「侯爺，今日……」
「妳歇著吧。」高安榮道：「喬氏有孕，本侯自然該去看看。」
高安榮說完，大踏步走了出去。果兒跟在後面，臉上的笑毫不掩飾。
高辰複目送著高安榮走遠，方才回頭對淳于氏施了個禮，道：「夫人，我也回去了。」
「複兒。」淳于氏出聲喚住高辰複，抿抿唇道：「你為何要幫著那丫鬟？我並不知道喬姨娘有孕，我也並沒有害喬姨娘的理由。」
高辰複彎唇笑道：「夫人如何想，我自是不知。幫那丫鬟，也只是因為她尋到了我面前。我孩兒即將臨盆，我也算是為了我孩兒積德。」
淳于氏再次強調。「我沒有害喬姨娘。」

「凡事自要講證據。」高辰複道：「夫人這些話，與侯爺說方才合適，我無意插手。」

他緩步離開。

淳于氏只覺得渾身冰冷。

良久，她猛地伸手推倒了身邊的青瓷大肚花瓶。郭嬤嬤立刻上前。

「嬤嬤。」淳于氏咬咬牙道：「喬氏那個賤人，竟然……竟然懷孕了！這還不算，她那個叫果兒的丫鬟，到底是幹什麼吃的！」

郭嬤嬤低聲道：「夫人何必和喬氏客氣，把她的姦夫給拉出來，保管她再說不上一句能入侯爺耳朵的話。」

淳于氏怒道：「她正懷孕，我就拉個男人出來說是她的姦夫，誰信?!到時候豈不是坐實了我要害她的說辭？」

「這……」郭嬤嬤一時之間也不知該怎麼辦。

淳于氏捂著胸口呼吸急促。

「柔兒出了這樣的意外，我已經很難受了，如今喬氏又來添堵……我最近是不是犯太歲，怎麼出了這麼多惱人的事情？」她哭道：「嬤嬤，我心裡好苦啊……」

郭嬤嬤無計可施，也只能抱著淳于氏一起哭。

良久，郭嬤嬤輕聲道：「要是喬氏這次是故意陷害夫人的，不如暫時留著她一條命。等她臨盆的時候，再讓她一屍兩命，也能永除後患。」

# 第六十六章

喬姨娘有喜的消息經過短短一個晚上，已經傳遍了蘭陵侯府。

時隔十二年，蘭陵侯終於又要有子嗣了，高安榮自然是欣喜若狂，只覺自己沒有白疼寵喬氏一場。

但落胎藥的事情，卻也不得不查。首當其衝受到懷疑的，自然就是淳于氏。

淳于氏只言自己並不知道喬氏有孕的事情，更不可能對她下毒手。

喬氏柔弱地坐在床上擦眼淚，惹得高安榮忙不迭地柔聲寬慰，說是淳于氏在這兒便惹得喬氏落淚，毫不猶豫地將淳于氏攆了出去。

淳于氏心裡憋悶，見到喬氏屋裡高安榮讓人賞的一眾好東西，更是氣不打一處來，心火悶在心裡，卻是發不得。

小賤人，且容妳多活兩天！淳于氏心裡暗暗發誓，待喬氏臨盆，定要讓她有膽子懷孽種，沒命享兒孫的福！

忿忿時，忠勇伯府又來信，說是大姑奶奶和舅老爺鬧得厲害，請二姑奶奶和侯爺再回去勸勸。

淳于氏接著這麼一封信，簡直是欲哭無淚。

喬姨娘有孕，鄔八月也覺得高興。

這下府裡多了一個分去聚在她身上的目光的人，鄔八月自然輕鬆許多，這兩日連用膳都覺得廚娘的手藝又精進了幾分。

閒著無事時，暮靄和鄔八月八卦。「大奶奶，您說喬姨娘怎麼就懷上了呢？聽說侯爺挺風流的，不過侯爺一向是家花沒有野花香，最愛在外面找樂子了，也沒見喬姨娘有多受寵。」

朝霞不滿地瞪了暮靄一眼。「妳這丫頭，當著大奶奶的面說這些沒道理的話。」

暮靄嘿嘿笑。「大爺不把侯爺當正經父親相待，侯爺對大奶奶來說，也不是什麼正經公爹，背後說兩句沒什麼吧。」

「妳就自以為是吧，改天讓人逮到妳的把柄，就是大奶奶也救不了妳。」

朝霞收拾著鄔八月的小衣，鄔八月在一旁瞇著眼笑。

「朝霞說得沒錯，不過這會兒也沒別人，說說笑話也無妨。」鄔八月搓了搓手，道：「不說暮靄覺得喬姨娘有孕的事稀奇，我也覺得有些不可思議。喬姨娘雖然年輕，可進府也有好幾個年頭了，除了侯爺夫人和喬姨娘外，侯爺還有兩位姨娘，這些年侯爺夫人她們都沒動靜，喬姨娘入府好幾年也沒動靜，這突然就有動靜了。」

暮靄連連點頭。「是啊是啊，蘭陵侯府自三姑娘出生之後，十幾年了，都沒有新的小主子出世。」

「無怪喬姨娘有孕的事情，整個府裡都議論紛紛的。」鄔八月笑道：「喬姨娘這也是交了好運道了。」

朝霞卻道：「喬姨娘自個兒偷著樂，不過也說不定是搬石頭砸了自己的腳。」

她停下手裡的動作，看看屋外，小丫鬟正在掃院子。

「喬姨娘身邊那個叫果兒的丫鬟尋到一水居來的那日，喬姨娘早上可是喝了摻了落胎藥的茶。」她低聲道：「這事前後的疑點很多，大奶奶沒發現嗎？」

鄔八月想了想，「咦」了一聲。「妳要是不說，我還真沒注意……」

暮靄忙道：「哪兒可疑了？不是有人要害喬姨娘嗎？」

「暮靄，妳可真笨。」鄔八月點了點暮靄的額頭，輕聲解釋道：「喬姨娘有孕不過一個多月，最可能知道她懷孕的，只能是她自己和身邊算著她小日子的人。侯爺夫人哪那麼手眼通天，能在喬姨娘才有孕一個多月就知道了，然後給她下藥？」

朝霞點頭，接過話道：「好巧不巧，喬姨娘只喝了一點那摻了落胎藥的茶，雖然有些動了胎氣，但是並無大礙。可有人給喬姨娘下落胎藥的事情，卻是板上釘釘的，最有嫌疑的便是因為果兒鬧上那麼一場，而被推上風口浪尖的侯爺夫人。」

暮靄的嘴頓時張大。「朝霞姊，妳的意思是……這事是喬姨娘自己編造出來，拿來陷害侯爺夫人的？」

朝霞聳了聳肩，沒說是，也沒說不是。

暮靄心裡癢癢的，又眼巴巴地望向鄔八月。

鄔八月笑道：「這要怎麼說呢……凡事都要有證據，這事也不好說……」

暮靄點頭道：「侯爺已經抓了喬姨娘房裡管膳食的人杖責了，聽說還杖斃了兩個奴僕……好像也沒有再接著往下查。」

鄔八月臉上的表情淡了些。

事實真相都沒查明，侯爺便拿僕人開刀……蘭陵侯也不過如此。

擺了擺手，鄔八月道：「府裡都在說喬姨娘，咱們院裡就別說她了。我與她也沒見過幾面，更談不上關係融洽。關緊一水居的門，咱們自己過自己的日子，休管外邊怎麼鬧騰。」

暮靄點了點頭，卻是嘆息了一聲，道：「侯爺夫人要真是被喬姨娘設計了，那可是屋漏偏逢連夜雨。忠勇伯府現在因為莫姑娘突逝，正鬧得沸沸揚揚呢。」

「喔？」鄔八月頓時一笑。「聽暮靄的意思，妳是聽到了什麼風聲？」

朝霞也感興趣地豎起耳朵。

暮靄挺了挺胸，輕咳了聲才說道：「要說莫姑娘，就不得不提莫太太這人。莫太太乃是忠勇伯府的大姑奶奶，是長女，不過她嫁得沒有侯爺夫人好，只成了一個商戶婦。聽人說，莫太太之前將莫姑娘送到侯爺夫人身邊，就是想讓侯爺夫人給莫姑娘尋一門好親。」

鄔八月彎了彎唇。「親家對象是蘭陵侯府，自然如意。」

暮靄嘿嘿笑了笑，繼續道：「後來莫姑娘回了莫家，莫太太似乎是不甘心，姊妹那邊走不通，就走兄弟那頭。」

「走兄弟那頭？」鄔八月一愣。

暮靄點頭，道：「忠勇伯有個最出息的孫子叫淳于肅民，今年春闈，他也是要參試的學子。莫太太言語之中提及，希望等淳于公子高中之後，娶莫姑娘來著，結果被淳于公子的父親給拒了。」

鄔八月驚訝道：「有這回事？」

「雖然是道聽塗說，不知真假，但莫姑娘在忠勇伯府出事總是事實，莫太太現在不依不饒也是事實。即便這事說得有出入，但這當中有些不為人知的秘密，總不會錯。」

鄔八月嘆息一聲，搖了搖頭。

「大奶奶別為忠勇伯府的事勞心費神了。」朝霞道。「那也不是什麼正經親戚。」

鄔八月揉了揉額角。「我總覺得好像有哪兒不大對勁……」她想了想，頓時擊掌道：「對了！淳于肅民！這名字好像哪兒聽過……」

暮靄嘻嘻笑道：「奴婢不是和姑娘說過嗎？表少爺和人在酒樓——」

「啊，對了！是他呀！」鄔八月頓時恍然大悟，道：「那個和表兄打賭，讓表兄揚言會娶陽秋長公主的學子？」

「就是他。」暮靄連連點頭。

鄔八月哭笑不得。「這下又要出一個名人了。」

不管各家各戶出了什麼事，即將步入二月，春闈也如火如荼地進行了起來。

鄔八月這兩天有些坐立不安。

小顧氏臨盆在即，她想回鄔家去瞧瞧，可她肚子也挺得老高，高辰複不放心她回去。

她也知道自己回去只有添亂的分，所以只能囑咐了人回去鄔家，讓人一有消息便回侯府通知她。

二月初二晚，鄔家總算來了消息，說小顧氏開始陣痛了。

生了整整一夜，第二日中午時分，小顧氏產下了一名健康的男嬰，重六斤六兩，哭聲響亮，喜得裴氏連聲誇。

這個孩子雖不是鄔家當代第五輩頭一個出生的，但小金氏生的孩子出生即夭，這孩子便是名正言順的序齒第一。

東府的人做何反應，鄔八月用腳趾頭都能想到。

孩子的名字是早已經取好的。在取名這一方面，鄔國梁還是十分積極的。他給自己的長曾孫取名為鄔易誠，小顧氏偷偷給兒子取了個小名叫瑤瑤。

鄔八月見不著小顧氏的面，十分想問問她到底是怎麼想的，給自己兒子取個女氣的小名。

再有一個月，鄔八月也要臨盆了，小瑤瑤的滿月酒，恐怕她是喝不著了。

為了彌補遺憾，作為堂姑姑的鄔八月備了一份厚禮，讓人在小瑤瑤洗三禮那日捎去了鄔家。

第二日，鄔陵桃卻是破天荒地登了蘭陵侯府的門。

鄔陵桃和蘭陵侯府之前有過婚約，即便親妹妹後來嫁入了蘭陵侯府，鄔陵桃為了避嫌，也從沒有來過蘭陵侯府。

突然造訪，鄔八月也吃了一驚。

「三姊姊！」見到氣勢十足的鄔陵桃，雖然吃驚她的到來，卻也十分高興的鄔八月趕緊迎了上去，笑著道：「三姊姊怎麼會突然來了？」

「聽說妳連洗三禮都去不了，所以來看看妳。」

鄔陵桃笑著扶著鄔八月一起坐下，輕輕摸了摸她的肚子，道：「下一個可就輪到妳了。」

鄔八月笑道：「嗯，我也算著日子呢。」

「到時候會很疼的，妳可要忍著些。」

「生孩子哪有不疼的，熬唄。」鄔八月隨意地接了一句，好奇道：「三姊姊，妳今兒來，真的是純粹來看我的？」

鄔陵桃臉上的表情一頓。

看她這模樣，定然是有事才來了。鄔八月讓伺候的人都出去了，才低聲問道：「三姊姊有什麼事，這下總可以說了吧。」

「我今兒……有兩件事要和妳說。」

鄔陵桃頓了頓，傾身附耳對鄔八月言語了一番。

鄔八月聽罷張了張口，神情也凝重了起來。

「裕太妃真這麼說？」

裕太妃是陳王生母，出身並不好，一直依附著姜太后。

鄔陵桃道：「她也算是二、三十年都聽從太后指令行事的人，她說出口的話，不可能沒有依據。」她頓了頓，道：「看來春闈結束，咱們真的要有一個表嫂了。我還行，陽秋長公主是我小姑子，嫁給表兄倒也還是同輩。妳可怎麼喚她……」

鄔八月搖了搖頭。

「重點不在稱呼上，重點在於春闈放榜之後，陽秋長公主是不是真的要嫁給表兄……」

鄔陵桃今日來尋鄔八月說的，便是陽秋長公主的婚事。

據說皇上聽到京中學子對賭，揚言要娶陽秋長公主的軼事之後，便對陽秋長公主的終身大事上了心，打算給陽秋長公主擇一佳婿。

姜太后詢問陽秋長公主的意見之後，言說尋一品行端正之人最佳。

熱門的人選，自然是那個公然表示願娶陽秋長公主的學子賀修齊了。

「皇家婚事，不容兒戲。」鄔八月輕聲道：「在事情還未定之前，三姊姊可不要將此事告訴別人。」

鄔陵桃頷首道：「這個我知道，我也只是聽到了消息，同妳說一說。」她呼了口氣。「其實這事也輪不著我管，但我覺得，依表兄的才華，要是被駙馬的身分束縛住了，可真是一件憾事。寒窗苦讀那麼多年，最後只成了姻緣的跳板……可嘆。」

「三姊姊別多想，事情還沒定呢，不是說有兩件事同我說嗎？」鄔八月笑了笑，道：「還有件事是什麼？」

鄔陵桃看向鄔八月，遲疑了下才道：「陳王頭兩日同我說，皇上有意和北蠻講和，朝堂奏對一直在提此事。妳家夫君主和，和主戰的一眾大臣在朝上爭論得不可開交，要是皇上仍舊決定力排眾議，許是要派妳夫君前往漠北。」

鄔八月頓時一愣，張了張口道：「我、我沒聽他提過此事……」

鄔陵桃道：「也或許是陳王想岔了。」她頓了頓，卻又道：「可是……似乎和北蠻以某條件達成決議講和的提議，便是妳夫君首先提出來的。他畢竟在漠北待了數年，對北蠻的情況也比較瞭解。」

鄔陵桃伸手覆住鄔八月的雙手，道：「不管這件事到底會如何發展，妳總要給自己提個醒才行。妳這馬上要生了，正是離不開人的時候。等妳家夫君回來，妳問問他，皇上到底是個什麼樣的打算。」

鄔八月垂首點了點頭。

鄔陵桃也不欲在蘭陵侯府久留，鄔八月送她出一水居，讓朝霞代為送行。

回屋後，鄔八月小睡了一會兒，可心裡想著鄔陵桃說的第二件事，睡得也不甚安穩。

等她起身喚人的時候，暮靄匆匆過來伺候她起身，卻說朝霞送陳王妃走還未回來。

「還沒回來？」鄔八月納悶道：「我睡了多久？」

「大奶奶躺了有半個多時辰吧。」暮靄也覺得奇怪。「按理說，朝霞姊早該回來了。」

「讓人去看看，是不是路上出什麼事了。」鄔八月吩咐了一句，暮靄立刻讓人去打聽。

一會兒後，朝霞便匆匆回來了，額上沁著微汗。

「大奶奶。」朝霞福了個禮，呼了口氣道：「奴婢送陳王妃出門時遇上了侯爺夫人。」

「啊？」鄔八月驚愕，忙問道：「然後呢？」

「王妃停了步，和侯爺夫人聊了起來。」

朝霞擦了擦汗，道：「奴婢也擔心王妃和侯爺夫人生矛盾，只能在一邊陪著，沒敢走。讓大奶奶擔心了，奴婢知罪。」

鄔八月擺擺手。「這有什麼知罪不知罪的……」她皺了皺眉。「她們沒起衝突吧？」

「沒有。」朝霞搖頭，面上也露出些許困惑。「奴婢瞧著，王妃和侯爺夫人臉上笑著，還聊得挺不錯的。」

「現在還在聊？」

「是。」朝霞點頭，道：「侯爺夫人請了王妃與她坐到了香亭裡，還讓人煮了茶，似乎是打算要好好聊聊……」

鄔八月心裡一緊。「能怎麼好好聊……」她頭疼地揉了揉額角，道：「算了，讓人去盯著點，王妃回去的時候同我說一聲。」

朝霞應了一聲，暮靄疑惑地道：「大奶奶不去瞧瞧嗎？」

「她們聊得好好的，我去豈不尷尬？」鄔八月搖頭道：「讓她們聊便好，別多事。」

淳于氏和鄔陵桃聊了些什麼，鄔八月自然不知，去打聽的人回來同鄔八月說，陳王妃在將日落的時候，方才離了侯府。

兩人始終都是言笑晏晏的，彷彿不曾有嫌隙。

這表面功夫讓鄔八月佩服，可也沒有太多心思想淳于氏和鄔陵桃的事。高辰複可能會去漠北，這個消息讓她有些寢食難安。

她不由想起那晚，見到高辰複燒信時，信上露出的「漠北」兩個字。

那時，高辰複同她說是「軍密」，如今看來，倒是沒有騙她。

鄔八月想了兩日，終於決定在高辰複下次回來時，問一問他這件事。

見妻子抿著唇望著自己，一副有話要說的模樣，高辰複立刻道：「怎麼了？出什麼事了？」

「沒事。」鄔八月笑笑。「就是想和爺說說話。」

高辰複輕笑一聲，扶著她坐下，輕輕給她捏腿。

鄔八月手搭在肚子上，好半天才道：「聽說最近朝堂上言官都在爭論對北蠻該持什麼樣的態度，連府裡的丫鬟都聽說了。怎麼突然又說起北蠻了？」

高辰複聞言，手上動作一頓。

鄔八月心裡一緊。「北蠻那邊沒事吧……」

「沒事。」高辰複輕嘆一聲，看向鄔八月，嘴角微掀，語氣中卻夾雜著心疼。

「妳的表情已經把妳的想法給出賣了，傻姑娘。」高辰複伸手輕輕拍了拍鄔八月的頭，輕聲道：「朝上的確在爭論與北蠻講和之事，雖然現在只是處於爭論研究的階段，但皇上其實早已經定了主意。等春闈事畢，此事便會著手進行。」

鄔八月望著高辰複。「那……你呢？」

漠北以北，北蠻部族聚集之地，高辰複是很熟的。

他如此積極地推動此事，鄔八月不免多想。

和談是一定要有人去談的，這個人的地位不能太低，也必須對北蠻和大夏有最基本的認識。

鄔八月不想承認卻也不得不承認，高辰複……的確是個十分合適的人選。

「你主和……是想去完成這個艱難的任務嗎？還是說……你只是一直沒有告訴我……」

鄔八月伸手抓住了高辰複的衣袖，拽得很緊。

她盯著高辰複的眼睛，不希望錯過他任何一個細微的表情。

高辰複輕輕一嘆。

「皇上已經安排了此事，並不是我想去就能去，想不去就能不去的。」

他抽出手，輕撫著鄔八月的臉。「妳既然問了，那我也不能再瞞妳。是，這件事情是一早就已經定下來的。」

夜晚很靜，高辰複的聲音雖然不重，但落在鄔八月心裡，卻覺得很響。

「我一直瞞著妳，是怕妳心裡又裝一件事，對妳和孩子都不好。」

高辰複輕輕將鄔八月摟在了懷裡，輕聲道：「我會儘量等孩子出生再走，皇上那兒，我提過了。皇上說出發的時間可以縮緊些，路上多趕路就行。」

鄔八月沈默了良久，方才輕聲道：「不能……讓別人去嗎？一定要你去？」

高辰複柔聲道：「與北蠻修好，是我向皇上提出的建議，契機也是我發現的，善始善終，我責無旁貸。何況……」他頓了頓。「借此機會，或許還能見到初雪也不一定。」

鄔八月頓時抬頭。「單姊姊……」

高辰複點了點頭。「與北蠻和談，自然會邀請他們各個部族的人。薩蒙齊也是貴族之一，當然也在邀請之列。」

鄔八月長長地呼出一口氣。「你這一走……要走多久？」她輕聲問道。

高辰複沈吟片刻，道：「得看事情辦得是否順利。」

「你是不是也沒有把握？」鄔八月緊張地抓住高辰複的雙手。「你去漠北……會不會有危險？」

高辰複不由一笑。

「別擔心。」他柔聲道：「為了妳和孩子，我不會讓自己陷入危險的境地。」

他的話說得斬釘截鐵，但鄔八月卻不信他一定會毫髮無傷。

自從知道此事，鄔八月明顯變得寢食難安，即便高辰複現在還沒走，她心裡也已經開始為他擔心。

高辰複眼瞧著她如此，卻無可奈何。

妻子擔憂他的安危，高辰複不是不高興的，可妻子這般惶惶，連帶著他心裡也多了一絲焦躁。

就在這時，朝堂上爭論不休了近一個月的講和還是興兵的對抗，總算停了下來。

宣德帝發了話，興兵勞民傷財，非大國之風範。他力排主戰派群情激昂的眾議，下旨任命了高辰複為欽差，擇期帶大夏使團前往漠北。

宣德帝的舉動讓主戰一派的人驚呆了。

這事此前可是毫無徵兆啊！宣德帝是眼睜睜看著他們在奏對時吵得不可開交的，那時候，宣德帝可是一句話都不說，由著他們吵。

慣會看帝王眼色的大臣們只以為宣德帝還沒作決定，便也從善如流地加入了爭論大軍之中。

宣德帝毫無預兆地支持了主和派，這讓主戰派的人丈二金剛摸不著頭腦。

皇上怎麼就忽然定了態度了呢？主戰派的人想不通，主和派的卻極為高興。

如高辰複一般早已清楚內幕的，在宣德帝表態前已經開始準備起來了；不清楚內幕的，也高興自己站對了位置。

宣德帝說的是「擇期出發」，高辰複乃是欽差，便是最大的頭，他說什麼時候走，便什麼時候走。

此時離鄔八月臨盆之日也只剩幾天了。

鄔八月扶著肚子，朝霞和暮靄一人一邊扶著她在院中緩步地走著。

前兩日，鄔居正和賀氏來了一趟蘭陵侯府，除了與女婿說話之外，便是來安撫鄔八月。

臨盆在即的女人，夫君卻即將遠行。皇上交代的差事要是辦好了，前途自然更加不可限量，但女人心裡的苦，男人又怎會曉得？

賀氏心疼女兒，在一水居中陪了鄔八月一天，勸慰的話說了無數句，鄔八月沒哭，反倒是賀氏想起鄔居正被貶漠北，留她一個人在京中的艱難日子，不由得抹了淚。

鄔八月裹住賀氏的雙手，輕聲道：「母親，我豈是那樣不堅強的人？漠北我也去過，爺去漠北，我只認為他是回一趟家。母親別為我操心，我在京中難道還過不好？」

「妳這孩子，沒兩日就要生了，恐怕孩子一生，辰複就要出發，留你們母子倆在這蘭陵侯府裡……我怎麼放心得了？」

賀氏擦了擦眼，道：「母親更怕辰複到了漠北那邊，差事辦得不順利，在漠北耽誤好幾年……只怕回來的時候，會帶幾房姬妾庶子女，妳瞧著豈不添堵？」

鄔八月只擔心高辰複的安危，卻是沒有想到這一點。

他要真是時隔幾年之後再回來，帶回幾個小老婆和小老婆生的兒女……

那場景，鄔八月是真的想像不下去。

「母親……」鄔八月張了張口，半晌後方才輕聲笑道：「母親，父親又是怎麼能做到只妳一個、別無他人的呢？」

賀氏一愣，臉上便現出兩朵紅暈。

她輕輕笑了笑，道：「妳父親學醫，心性淡然，對男女之事上也並無太多慾望。我生下妳之後，妳祖父倒也提過讓妳父親納一房妾生兒子，妳父親拒絕了，說我又不是生不了，生兒子只是遲早的事。加上妳祖母幫忙說項，妳祖父倒也沒再多說什麼……」

鄔八月道：「祖母也幫母親說項嗎？」

賀氏輕輕點頭。「妳祖母並不認為納妾是必要的。說起來，母親也是沾了妳的光。妳從出生起，妳祖母說見著妳便覺喜歡，也不希望母親傷心而對妳不上心，甚至因為妳是個女孩而怨恨妳。」

賀氏輕嘆道：「對妳祖母，母親是打心眼裡尊重。」

鄔八月低低地道：「可惜祖母去得早，要是她能抱一抱曾外孫該有多好……」

賀氏拍了拍她的手。「好了，快要做母親的人了，不要那麼任性。辰複就要去漠北了，趁著他還能留在這兒的一小段時間，妳和他好好說說話，要讓他心裡惦記著妳和孩子，知道嗎？」

鄔八月輕輕地點頭。

既然已經被任命為欽差大臣，高辰複便不需要再去京畿大營。營中的事務交託完成之後，便只剩下擇期出發。

於是高辰複便閒了起來，日日待在一水居中陪著鄔八月。

鄔八月並不黏他。她挺著個大肚子，掰指頭算著要給高辰複添些什麼東西帶去漠北，指揮著人整理行裝。

高辰複拉著她，不讓她忙碌，鄔八月卻認真道：「爺要去漠北，我能做的也只有將你的行裝打理妥當。爺要是不讓我幫爺收拾，我也不知道我還能為爺做什麼。」

高辰複只能收手，卻是在鄔八月指揮人的時候一直陪在她身邊。

肚子一日比一日重了，一日午飯過後，鄔八月開始感覺到了與平常胎動不一樣的疼痛。

她不慌不忙地撐著肚子站了起來。

高辰複頓時走了過去，道：「要去淨房？」

鄔八月搖了搖頭，道：「想走一走。」

高辰複便扶了她起來，一邊說道：「岳父的確說過，妳現在每日都要多走一走，待生的時候能容易一些。」

鄔八月笑著點點頭。

高辰複扶著她慢慢地走了幾圈，鄔八月只覺得陣痛從最開始一陣一陣的，逐漸變得密集了起來。

她抓了抓高辰複的手，冷靜地道：「爺，我怕是要生了，讓產娘們準備產室吧。」

高辰複愣了片刻，脫口而出。「產室是什麼？」話出口，他便自覺鬧了笑話，趕緊扭頭衝著朝霞吼道：「讓產娘準備產室，妳們大奶奶要生了！」

一水居中頓時亂成一團，高辰複立刻就要將鄔八月打橫抱起來往房間裡走，手才伸到鄔八月的腿窩，鄔八月趕緊道：「爺，你做什麼？我還得多走一會兒呢！」

高辰複立刻瞪眼。「都要生了還走什麼走？妳不痛啊？」

鄔八月哭笑不得。「痛自然是痛的，可現在我也還得再走會兒啊！現在的痛還能忍受。」

鄔八月堅持還要走上一段，高辰複沒辦法，只能在一邊扶著她乾著急。

她慢悠悠地走著，不時側頭看高辰複一眼，見他臉紅紅地瞪她，不知道為什麼忽然覺得好笑。

「爺這樣生氣又彆扭的模樣才最真實。」

鄔八月輕笑著說了一聲，伸手摸了摸高辰複的耳朵，道：「爺不用為我擔心，我現在還能忍受得住。就算是產娘來了，見我產道未開，也肯定會拉我起來讓我多走幾圈的。」

鄔八月輕輕喘了口氣。

高辰複頓時道：「行行行，妳喜歡走那便多走會兒……別說話了，都喘成這樣了。」

「是疼的……」鄔八月抿了抿唇，伸手抓著高辰複的衣袖搖了搖。「爺還有爺要做的事——」

「我有什麼事？現在最重要的事就是妳了！」

高辰複氣急敗壞地打斷她。

鄔八月掩唇笑。「我說的事，是讓爺去讓人把守著一水居的門，不要把我臨盆的消息給洩漏了。」她呼了口氣，道：「雖然不想惡意揣測別人，但萬事小心些為好……懷孕初期和生孩子的時候，是最容易被人動手腳的……」

高辰複臉色一沈，整張臉都難看了起來。

他朝著在一邊候著的暮靄厲聲道：「讓人去叫趙前、周武過來！」

暮靄嚇了一大跳，忙不迭地跑了出去。

「那麼大聲做什麼……」鄔八月無奈地搖了搖頭。

內院乃是女眷所居之地，即便是女眷必須要見的外院管事，非傳喚也不能進來，更別說趙前、周武這樣的陽剛硬漢了。

趙前、周武來得匆匆，因為暮靄說高辰複大發脾氣，面色嚇人得緊。

結果到了高辰複面前，高辰複只是吩咐他們帶著侍衛守好一水居，不允許任何人，包括蘭陵侯和侯爺夫人入內。

末了，高辰複還加了一句。「這是軍令！」

趙前、周武領命而去，嚴陣以待。

鄔八月言笑道：「弄得好像我臨產是一件多麼嚴肅的事似的……」

高辰複抿抿唇，卻是不語，臉色難看。

鄔八月知道，是因為她提及生產時容易被人動手腳，而讓高辰複想起了靜和長公主。

靜和長公主也是在生產之時出事。

鄔八月嘆息一聲，輕輕拉住高辰複的手，他緊緊地回握。

「妳不會有事。」高辰複道：「母親會在天上保佑妳。」

鄔八月輕聲說道：「我也相信，母親會保佑我，所以你更不需要著急。」

她輕輕道：「等孩子出生，你記得要第一時間抱他。」

高辰複點頭。

# 第六十七章

產娘是早就預備好的，她們的經驗足，但在衛生方面，鄔八月卻不怎麼放心。打從產娘們住進一水居，鄔八月便嚴格要求她們的個人衛生，包括孩子出生需要用到的一切東西，都是嚴格把關。

產娘們起初覺得不適應，心裡也暗暗想著蘭陵侯府的大奶奶有些「事多」，不過鄔八月允諾的酬勞豐厚，拿人錢財給人辦事，產娘們倒也一一照做，沒有讓鄔八月再添煩心事。

產室收拾出來了，孩子出生時要用的東西也都準備妥當了，尤其是剪孩子臍帶的剪子，產娘們也按照鄔八月的吩咐消了毒。

走到再也沒法繼續走下去了，鄔八月方才讓在一邊著急的高辰複將她抱進了產室。

三個產娘站一排，朝霞和暮靄也立在床尾。產娘提醒高辰複道：「大爺，這會兒還是要讓府裡的大夫在外邊候著，以防萬一。」

「哪有什麼萬一！」高辰複壓低聲音說了一句，雖然心裡不希望鄔八月有這個萬一，但還是不得不讓人去將大夫給請了過來。

他還不放心，甚至想讓人去鄔府請鄔居正，被頭上開始冒汗的鄔八月給攔住了。

「哪有、哪有讓父親來的道理……」鄔八月搖頭，呼了口氣，道：「再者，父親也不是、不是專精婦科……還是等孩子出來了，再讓人、再讓人給父親報喜才是……」

高辰複抿了抿唇，見鄔八月呼吸都粗重了起來，忙不迭應聲道：「好好，都聽妳的，都聽妳的……」

鄔八月微微一笑，產娘拿布帕給她揩了揩額頭上的汗，看向高辰複，遲疑地道：「大爺，您是不是……」

「什麼？」高辰複坐在鄔八月床邊，正握著她一隻手，聽見產娘說話，便抬頭看向產娘。

產娘嚇得往後倒退一步，心想這大爺可真是個武將，那眼睛一瞪，著實嚇人得很，虧得大奶奶這麼嬌弱弱的女子竟然不怕他……

產娘硬著頭皮低聲道：「大奶奶要生了，大爺您是不是……到產室外邊去？」

高辰複不悅道：「哪兒就要生了？她叫都還沒叫呢！」他不想出去，冷冷地道：「我坐在這兒也沒擋著妳，妳只管接生妳的。」

「可是這不合規矩……」產娘的聲音低了下去，高辰複的眼神實在太嚇人了，她都不敢再勸……

鄔八月抽了抽被高辰複握在手心裡的手，高辰複忙朝她望了過去。

「爺，你出去吧。」鄔八月吸了口氣，道：「我這會兒還忍得住疼，等再疼起來，恐怕就克制不住了，到時候我的模樣肯定特別難看……」

高辰複忙道：「怕什麼？我又不嫌棄妳。」

鄔八月笑了一聲，差點岔了氣。

「爺不嫌棄，可我嫌棄……我不希望自己難看的樣子被爺看見。」

此時一陣疼痛襲來，鄔八月不由狠狠地抓了下高辰複的手。

她長呼了口氣。「爺在這兒等著，也不知要等多久，估計得到晚上才能生呢……何況，爺恐怕沒幾日就要出發去漠北了，要是讓人知道你在產房待著，恐怕、恐怕旁人會說爺沾了產房的血腥，晦氣……」

鄔八月對這種說法嗤之以鼻，但奈何如今的人都是這樣想的，她不能改變旁人的想法，只能適應。

高辰複坐著紋絲不動。「既然要等到晚上才生，那我現在陪在妳身邊也沒什麼大不了的。」高辰複早前曾向鄔居正請教過女人生產時的情況，也知道一些注意事項，他扭頭看向俯身在鄔八月腳邊觀察的產娘，問道：「開了幾指？」

產娘下意識回道：「三指。」

話剛說完便愣住了，冷汗也從脖子上冒了出來。高家大爺太詭異了，竟然會問女人開了幾指的產道……

「還有一陣。」高辰複自言自語地下了結論，又捧住了鄔八月的手，道：「我就在這兒等著，沒我陪著妳，妳心裡肯定也難受。」

鄔八月的鼻子微微紅了，眼眶也紅了。

「唉唉，別哭啊……」高辰複伸手去給她抹淚，眼裡也露出些焦急。「妳這哭什麼……是不是很疼？產娘！沒有止疼的東西嗎？」

高辰複對著產娘怒吼，鄔八月輕輕擺了擺頭，伸手抓了高辰複的手。

「爺……你這一走，咱們要什麼時候才能再見面？你會不會……」

鄔八月凝望著高辰複。

她說不出不讓他走的話，因為她也知道，這是不可能的；但要她跟著去，自然也不可能。

沒了他依靠，鄔八月總覺得不踏實。

高辰複俯身輕輕在她額上落下一吻，道：「我會儘快回來的，我不會有事，我向天發誓。」

鄔八月搖頭。「你當然要平平安安地回來，你也不會有事……因為我和孩子都在等你……」

高辰複用力點頭。

「還有……」鄔八月一時喃喃。「爺，你……你去漠北會不會……」

「什麼？」高辰複聽不真切，俯身道：「會不會什麼？」

鄔八月卻不知道該怎麼開口。

在這樣的時代，要求丈夫永不納妾似乎是一個笑話，就連公主也做不到單獨擁有駙馬一個人。

她要是提出這樣的要求，會不會被他厭棄？

又一陣疼痛襲來。

鄔八月想到自己在為這個男人經歷產子之痛，給他繁衍後嗣，今後卻可能要面對他和別的女人卿卿我我，還要教育他和別的女人生的兒女……做女人做到這樣的分上，難道不憋屈？

自從賀氏在她面前提點了此事之後，鄔八月便想了很久。

她想，她是做不到平靜看待此事的……

一瞬間，鄔八月也不知道從哪兒忽然生出的勇氣，緊緊抓住了高辰複的手，猛地瞪大眼睛，道：「我不要你納妾，我不要看到你和別的女人卿卿我我，然後讓別的女人給你……給你生孩子！」

她的聲音有些大，產室裡一時之間都靜了下來，連高辰複都有一瞬間的驚怔。

「你去漠北……你去漠北要是和別的女人在一起了，要是和別的女人生孩子，我、我不會怪你，但是……但是以後我……」

鄔八月的話還沒說完，高辰複就忽然一笑。

「傻子。」他輕嘆一聲，對上鄔八月一時之間有些愣怔的眼睛。「我不會和別的女人在一起，也不會和別的女人生孩子。」他柔聲道：「我言出必諾。」

鄔八月茫然地望著他。

他畢竟是個沈靜內斂，喜怒也幾乎不形於色的人，但是他的承諾，從來都是言出必行。

鄔八月長長地鬆了一口氣。

「你要信守承諾，你、你要記住你說的話……」

鄔八月盯著高辰複的眼睛，高辰複握著她的手，輕聲道：「我記著的。」

高辰複到底還是被鄔八月攆出了產室。

聽著產室裡，鄔八月漸漸發出的痛叫聲，每一聲都跟重雷似地打在他的心裡。

他開始和其他普通男人一樣，在妻子臨盆的時候如無頭蒼蠅一樣來回走動。

一水居中的熱鬧、外院的嚴陣以待，自然瞞不過高安榮的眼睛。

他一早就算著兒媳的臨盆之日，聽說一水居那邊和往日不同，高安榮頓時意識到兒媳婦要生了，他毫不耽擱，當即便拉著淳于氏要去一水居。

淳于氏正愁沒機會去，高安榮領她進去，她當然更求之不得。

只是出門時，淳于氏覺得有一道視線冷冰冰地望著自己。

臉上的笑容還沒收，淳于氏回頭望過去，只見高辰書低垂著頭，雙腿無力地坐著，似乎並沒有看她。

淳于氏心裡閃過一絲驚慌，默默告訴自己：書兒什麼都不知道，書兒什麼都不知道……彷彿這樣唸著，高辰書就真的什麼都不知道一樣。

高安榮帶著淳于氏匆匆過來一水居，卻因為有趙前帶著人嚴格把守著，即便是他來了也不能進去。

高安榮氣急敗壞地罵高辰複是個不孝子，讓趙前去將高辰複找過來。

趙前讓人守著門，前來請示高辰複的意思。

高辰複卻說：「八月在裡面受生產之痛，我沒心思和侯爺吵，就不去見他了。你轉告侯爺，不讓人進是為了以防意外，誰都別放進來。等孩子出生了，我會著人通知他。無論如何，他總是孩子的祖父。」

最後一句話，高辰複說得有些輕慢。

趙前心領神會，回去將高辰複的話轉達給高安榮。

高安榮想想也是，他這個公爹總不能守在兒媳婦產房外面，這像什麼話？何況生孩子也不是那麼早就能生出來的，指不定還得要一晚上。

所以高安榮也懶得進去了，出口埋怨責備了高辰複幾句，便要帶著淳于氏回去。

淳于氏心裡不願意。

一水居裡把關得太嚴，高辰複不愧是鐵血軍人出身，安排的人盡是眼睛都不眨的，軟硬不吃，她想往一水居裡安排人也安排不了。

現在高辰複的兒子要出生了，要是在鄔八月生產的時候動不了手腳，等孩子出生以後，恐怕動手腳更難了，也更容易暴露。

高安榮帶著她去一水居，她原本很是高興，這個機會可是自己掉到了她面前，這會兒要她回去，她哪會甘心？

淳于氏笑道：「八月是頭一次生孩子，她母親沒在身邊，複兒又是男人，很多事都不懂，院子裡要沒個指揮的人，怕是要亂。侯爺不進去便罷，趙護衛不若回去問問你們統領，我進去幫襯著可好？」

趙前目不斜視地道：「煩勞夫人了，只是統領有交代，是不讓所有人進去，還請夫人莫要為難。」

淳于氏心裡憋著一口氣，面上卻還要勉強笑著。

高安榮不順氣地道：「他長大了，翅膀硬了，誰也管不著他。行行，那誰也別管，咱們回去。」

高安榮當先便扭頭走了，淳于氏再不甘心，也只能轉身跟了上去。

同一時間，公主府裡也時刻關注著蘭陵侯府的情況，算著鄔八月產期的高彤絲，也很快地收到了侯府中的傳信。

高彤絲高興地忙讓人準備東西，打算去蘭陵侯府。

單氏輕聲道：「翁主這個時候去，是否有些添亂？」

高彤絲冷笑道：「我母親就是生產時出的事，大嫂現在臨盆，我不信淳于老婦會毫無動作。大哥要去漠北了，保護不了大嫂和我的小姪子，可淳于老婦忘了，我可還活著呢！」

鄔八月痛了整整一日，在第二日凌晨時生下了第一個孩子。

聽到小嬰兒的哭聲，高辰複腦子裡有瞬間的空白。

產娘推開產室的門走出來匆匆行禮，道：「恭喜大爺，大奶奶生了個千金，大爺喜得明珠。」

高辰複怔愣了片刻，才傻傻地「喔」了一聲，抬腿就要往產室裡走。

產娘忙伸手攔著。

「做什麼？」高辰複不悅地道。

產娘哭笑不得。「大爺，大奶奶肚子裡還有一個呢，您且再稍等些……」

說完，產娘便轉身回了產室，將門也給關上了。

高辰複愣在門外，好半晌才吐了口氣，聽得裡面孩子清亮的啼哭聲，極不自然地咧了咧嘴。

趙前守在院外，周武則待在院內，立刻上前來恭喜高辰複。

高辰複臉上的笑顯得一向英明神武的他有些傻氣，周武也只敢在背地裡笑笑。

產室之中，鄔八月才剛剛緩過了些。

大概是孕期嚴格要求自己，聽從大夫的囑咐調理身體、堅持鍛鍊，生產的時候便明顯地少受些罪。

且她肚子裡有兩個孩子，單論個頭的話，並沒有別的孩子大，生起來也容易一些，但到底年紀還不大，頭胎還是有些危險的。

鄔八月喘了口氣，朝霞拿帕子沾了溫水給她潤了潤唇。

鄔八月抓著朝霞的胳膊，趁著這會兒緩和些，偏頭去看正被產娘清洗小身子的大女兒。

「小小姐長得可漂亮了。」朝霞說了一句，鄔八月彎了彎唇，道：「才剛出生，和小猴子似的，哪兒看得出來漂亮了……」

話雖然是這麼說，但鄔八月還是十分欣喜。

恰好這時，大女兒也偏了頭過來，成一條縫的眼睛雖然沒有睜開，卻仍舊讓鄔八月心中一軟。

「大奶奶，您喘口氣，小少爺可還在裡面呢。」候在鄔八月腳邊的產娘笑著說道。

鄔八月吸了口氣，方才遭過的疼痛又襲來了，她指了指給大女兒洗澡的產娘，道：「包好襁褓了，抱去給大爺……」

產娘忙應了一聲，鄔八月便又開始用力，要將肚子裡另一個也趕緊生出來。生出來，她便輕鬆了。

抱過女兒軟軟暖暖的小身子，高辰複緊張得渾身僵直。

趙嬤嬤在一邊提醒道：「大爺，您手軟和些，這樣僵著太硬了，小小姐會不舒服的。」

高辰複連連「喔」了兩聲，手放軟了，可一下子放得太鬆，差點將女兒給摔了，又連忙穩住手。

趙嬤嬤在一旁看得冷汗直冒，又沒有呵斥主子的資格，只能默默地端了一把凳子來請高辰複坐。

高辰複倒是沒有絲毫尷尬，立刻坐了下來，視線都集中在了女兒的臉上。

他皺了皺眉。這小丫頭長得可真醜，是像誰的，長得那麼醜？將來長大了可怎麼好說婆家？

明明他和鄔八月都長得不賴啊！

趙嬤嬤暗暗觀察著高辰複的表情，心裡以為他因為生的是女兒而不滿。

趙嬤嬤雙手合十暗暗祈禱，大奶奶啊，您肚子裡那個可一定得是個小少爺啊！

周武又湊了上來，低聲問道：「統領，侯爺那邊可要通知一聲？」

高辰複心裡一頓，抬起頭來道：「侯爺恐怕等不到這個點，等天亮了再說。」

說到這兒，他頓了頓，補充道：「派人去鄔家報個喜。」

天濛濛亮，第二個孩子也順利地降生了。

清亮的哭聲傳來，鄔八月力氣一鬆，渾身一下子軟了。

產娘看了看孩子腿間，笑著恭喜道：「大奶奶喜得貴子，兒女雙全，真真是好福氣啊！」

鄔八月偏著頭，鬢髮汗濕。

她微微一笑，看了眼還沒清理身體、血糊糊的兒子，囑咐道：「包好襁褓……給爺抱去。」

說完她便擋不住睏意，沈沈地睡了過去。

產娘抱著小少爺出得產室，高辰複手裡抱著先出生的女兒，朝她望了過去。

一院子的下人都直對高辰複道恭喜，產娘笑道：「大奶奶累極，已經睡過去了，睡前囑咐小的讓大爺抱小少爺。」

趙嬤嬤便從高辰複手中接過了小丫頭，高辰複則小心翼翼地抱過了才出生的兒子。

他輕輕撥著襁褓，好露出小兒子的臉。

看了兩眼，高辰複又皺了眉頭。

趙嬤嬤正好瞥見，心道：大爺這還不滿意？旁人家都盼著一兒一女，難道大爺只想要兒子？

高辰複卻輕聲地自言自語道：「沒事，男人醜點算什麼，男人不需要長得漂亮。」

說到這，高辰複卻忍不住朝著趙嬤嬤懷裡的女兒望了過去，眼裡滿滿都是心疼。

他把兒子抱回給產娘，自己則是讓趙嬤嬤把女兒還給他。

趙嬤嬤更看不懂了。

難道大爺是喜歡小小姐多一些？大爺不想要兒子？趙嬤嬤心裡想了想，頓時搖頭。不對不對，大爺剛抱小小姐的時候也皺眉了……那大爺到底是想要兒子還是想要女兒啊？

產室內，朝霞幫著肖嬤嬤清理了乾淨，給鄔八月換了床單被褥，身上的血跡也都擦乾了。

暮靄縮在一邊有些哆嗦。

朝霞走過去輕輕拍了拍她的肩，道：「嚇著了？」

暮靄忙不迭點頭，小小聲說：「姑娘整張臉都猙獰了，肯定很痛……」

肖嬤嬤在一邊聽到，不由笑道：「生孩子哪兒不疼？誰都一樣的。難不成因為怕疼就不生了？」

本是玩笑話，暮靄卻認真地又點頭又搖頭。「不生了、不生了，太疼了。」

肖嬤嬤哭笑不得。

朝霞無奈地搖頭，看了看產室，覺得沒有什麼別的需要再整理了，便對暮靄道：「別杵在這兒，去把晴夏、晴冬給叫進來。她們也該學著管點事了，小小姐和小少爺出生後要用人的地方多著呢。」

暮靄應了一聲，當即便要出去叫那兩個小丫鬟過來。

走到門口她卻是回頭問道：「對了，朝霞姊，之前大奶奶留著小隋洛，靈兒小爺不是說等小少爺出生了，讓小隋洛給小少爺做玩伴，長大點了保護小少爺的嗎？朝霞姊妳說，這會兒大奶奶會不會讓人將小隋洛接來？」

朝霞想了想，道：「得看大奶奶怎麼想了。」

鄔八月生了一對龍鳳胎，喜訊傳到鄔家，賀氏便按捺不住要帶人去瞧她，被鄔居正攔住了，讓她隔一天再去。

「總要給蘭陵侯府留一天時間，咱們立刻就去打擾，侯爺怕是不喜。」

賀氏便依言，隔了一天才去看鄔八月。

一雙兒女窩在鄔八月床裡邊，兩人並排睡著，小模樣瞧著簡直一模一樣。

榮升為外祖母的賀氏喜得不行，礙著兩個孩子都睡著，也不好去抱，便只能坐在床邊高興地瞧著。

「母親。」鄔八月輕喚了她一聲，賀氏望了過來，笑道：「在這兒呢，瞧妳的模樣，想必也沒遭太多罪，這兩孩子也是疼人的。」

鄔八月抿抿唇笑。

「大爺人呢？」賀氏問道。

「進宮去了。」鄔八月輕聲道。「皇上讓他擇期前往漠北，想來也知道他多半會等到我生產之後再出發，應當是得到了消息……讓他進宮去談出發的日子。」

賀氏心裡一滯，伸手輕輕拍了拍鄔八月的手。

「男兒志在四方，這也是他建功立業的好時候。到底他也懂得疼妳，知道等妳平安生產了之後再走。」賀氏頓了頓，又笑道：「這會兒妳有兒有女，即便他不在妳身邊，妳也多少有些盼頭。」

鄔八月點點頭，想到高辰複承諾過她的話，鼻頭微微酸澀，心裡卻比吃了蜜還要甜。

她兀自笑了起來，賀氏瞧她笑了便也高興。

「好了，妳現在要更關心關心孩子才是。」賀氏關切地問道：「奶娘可請了好的？」

「父親說過讓孩子吃自己的奶也挺好的，所以我也沒有找奶娘。」鄔八月道：「我自己的奶也充沛，昨兒生了孩子後，兩個孩子醒來都吃了我的奶，也足夠了，暫時不需要奶娘。」

賀氏頷首道：「妳父親說的自是對的，當年我生你們姊弟幾個，也沒有請過奶娘。」她笑了笑，道：「不過妳還是要注意著，到底是一人奶兩個孩子，預備著一個奶娘的好，要是奶水不夠吃，總不會讓孩子餓著。還有便是……」

賀氏頓了片刻，道：「蘭陵侯府是大戶人家，妳父親覺得自己奶自己的孩子好，侯府不一定也這麼想。」

鄔八月頷首道：「我知道，不過爺讓我別在意侯府的人怎麼想。打從我懷孕後回了侯府，爺就讓人將一水居牢牢看管著，圍得跟鐵桶似的，我基本上也沒和侯府的人接觸過……」

賀氏輕嘆一聲，道：「這也不是辦法啊……他馬上要出門去漠北，留妳一個人在侯府，沒他在前頭撐著，妳也不可能不和侯府裡的人打交道。」

鄔八月道：「我這會兒也在想這個問題呢，也不知道爺是怎麼個打算……」

還沒等到鄔八月向高辰複詢問，答案便自己浮現了。

高彤絲出現在鄔八月面前時，著實讓她驚詫。

她笑著和賀氏互相見了禮，道：「聽得大嫂臨盆的消息，我本打算前兒晚上便過來的，知道大哥守著，我便沒過來。」

鄔八月笑了笑，請高彤絲落坐。

「大嫂一切皆好？」高彤絲眼睛往床內側瞄著，笑著問道。

鄔八月頷首。「我一切都好。翁主呢？」

「我有什麼不好的？」高彤絲笑著說道：「我在公主府裡就是最大的主子，閒了，尋單姨說說話，也能打發日子。」她撩了撩頭髮，道：「如今回了侯府，怕是少不了一些閒言碎語。」

鄔八月張了張口，道：「翁主怕那些閒言碎語做什麼？丫鬟僕人要敢在翁主面前說什麼，直接治他們一個亂嚼舌根的罪就好。」

「丫鬟僕人說什麼，我自然是不怕。」高彤絲輕笑道：「我回來可是來給大嫂保駕護航的。」

賀氏和鄔八月同時望向了她。

高彤絲抿唇笑道：「大哥去漠北，大嫂和姪兒姪女的安危，可就是我的責任，要是有人敢趁著大哥不在動手腳……哼。」高彤絲臉上笑容一撤。「且讓他生不如死。」

鄔八月微微低頭，無聲一嘆。

高彤絲道：「大嫂放心吧，即便大哥去了漠北不在這兒，在這侯府裡，妳也不會孤立無援。」

「翁主說的也太嚇人了些。」賀氏笑了笑，恰好這時小丫頭醒了，她藉機出聲緩和氛圍道：「啊，小丫頭醒了，快抱來瞧瞧。」

肖嬤嬤立刻上前將小丫頭抱了出來，賀氏接過，抱在懷裡逗著。

孩子還沒睜眼，小鼻子小嘴巴就讓人喜得不行。

高彤絲也湊了過去，倒是沒有再提方才的話題。

一說起孩子，女人之間的話便不會少。鄔八月給小丫頭餵了奶，賀氏抱著小丫頭開始說起養兒子和養女兒之間的差別。

高彤絲在一邊聽著，時不時伸手逗弄小丫頭兩下。賀氏擔心高彤絲認為自己受了冷遇，抱了一會兒後便把小丫頭交給高彤絲抱。

高彤絲輕輕抱了小丫頭，心思再沒放在賀氏說的話上。

她望著小丫頭小小的臉，輕輕地、一下一下地拍著她，抱了好久都不覺得胳膊疲累。

鄔八月朝她望了過去，只覺得這時的高彤絲寧靜溫婉得不像平常的她。

她有些奇怪，不知道為何高彤絲會有這樣的情緒。

賀氏也發現了高彤絲的不同。母女二人對視一眼，還是沒停下，小聲說話。

這其間，弟弟也醒了。

鄔八月照例是給弟弟餵了奶，賀氏也讓高彤絲抱。

高彤絲抱了會兒便禮貌地讓賀氏抱回去，她則是抱了小丫頭。看上去她更喜歡姪女。

賀氏待了大半日後回去了，高彤絲直到高辰複從宮中回來，方才和鄔八月告辭。

鄔八月讓人送她出一水居，半坐在床上望向正在換衣的高辰複。

「爺，翁主是你接她回來的嗎？」鄔八月問道。

高辰複搖了搖頭，道：「她那性子，不是誰想接她回來，她便就回來的。」

高辰複看向鄔八月，道：「她是自己回來的，只不過我讓她等我不在的時候再過來。」

鄔八月輕嘆一聲，將今日下晌時高彤絲的情況說給高辰複聽。

高辰複靜默了片刻，方才輕聲道：「她大概是想起了自己。」

「想起自己？」鄔八月不解。

高辰複點頭道：「母親去世的時候，她還很小，根本不可能有什麼記憶。她抱著小丫頭的時候，大概是在想著，母親還在世時抱著她，會不會也同她如今抱著小丫頭時的心情一樣。」

鄔八月聽著有些難過，她不由道：「翁主若是有了孩子，定然會是一個好母親。」

高辰複緩緩一笑，卻是什麼都沒說。

「今兒進宮去，我和皇上商定了出發的日子。」

高辰複頓了頓，還是免不了提起這話題。

鄔八月面上一頓，點了點頭，問道：「定了哪天？」

「五日之後。」

高辰複坐到了床邊，輕輕刮了刮兒子和女兒的小臉，看向鄔八月道：「現在出發前往漠北，緊趕些路，到那邊正是夏季。北蠻人在夏季時幾乎從不主動和漠北守兵交戰，那時有遍地的牛羊，不愁吃喝，所以性子最為溫和。在那時候發出善意的請和信號，談判成功的概率要高很多。」

鄔八月點了點頭。

「明日給兩個小傢伙洗三。」高辰複微微笑了笑，卻又輕嘆道：「就是……沒辦法給他們過滿月和百日了。」

鄔八月抿了抿唇，心中的不捨如潮水一般氾濫。

「不過，孩子的名字，我已經取好了。」高辰複微微一笑，拉了鄔八月的手輕撫著。

「什麼名字？」鄔八月忙問道。

「女兒頭一個出生，叫欣瑤，兒子叫初陽。」

「欣瑤倒也罷了，初陽……」鄔八月覺得這名字太簡單了。「就因為他是在清晨第一縷陽光出現時出生，所以給他取名叫初陽嗎？」

高辰複微微一笑。「是，晨曦初生，旭陽東起，我希望他能像初升之陽一般，蓬勃朝氣，有勃勃生機。」

鄔八月莞爾，挑了挑眉。「好吧，既然是父親取的名字，那不管好聽還是不好聽，就定這個吧。」

鄔八月轉頭看向一兒一女，笑道：「欣瑤和初陽……那小名就是瑤瑤和陽陽。」

瑤瑤，陽陽。沒想到她也是有兒有女的人了……

鄔八月伸手摸了摸兩個小寶貝的臉，忽地笑道：「三嫂的兒子小名也是瑤瑤呢。」

高辰複一笑。

「對了，侯爺那邊的人今兒又來了，說侯爺讓人抱陽陽去給他瞧……」

「兩個孩子都不能抱出一水居。」高辰複道：「他想看孫子、孫女，等我在的時候，我自會抱去給他看。」

回。」

鄔八月不由道：「那爺去了漠北，不在府裡時怎麼辦？」

「我不在，有彤絲。」高辰複抿抿唇，抱起初陽，道：「我抱陽陽去嶺翠苑，一會兒就

鄔八月點了點頭，他頓了頓，道：「他不在意瑤瑤也沒關係，咱們的閨女，咱們疼。」

鄔八月頓時一笑。

# 第六十八章

第二日是兩個小傢伙的洗三禮，鄔八月並不想辦得太隆重，高辰複也是這樣的想法——雖然是有些對不起兩個小傢伙，但他出發在即，洗三宴辦得太大，難免惹人側目。

可高安榮頭一次做祖父，還一舉得了一雙孫子孫女，高興得很，完全不聽高辰複的意見，執意要辦得聲勢浩大。

蘭陵侯府到底還是高安榮當家，他將請柬發了出去，收到請柬的自然都認為這也是高辰複的主意。

鄔八月唯一覺得慶幸的是，她在坐月子，用不著也跟著出去笑臉陪客。

洗三的儀式舉行過之後，宴會便開始了。

瑤瑤和陽陽都被抱了回來吃奶，兩個小傢伙眼睛水汪汪的，明顯是剛哭過。

輪流抱了會兒兩個孩子，前廳又來了人催，說是高安榮讓將小少爺和小小姐抱去。

鄔八月還沒開口，打簾進來的高辰複便說道：「讓人去回侯爺，就說小少爺和小小姐都累著了，這會兒已經睡了，不抱過去。」

鄔八月撐了撐身子，笑道：「爺。」

高辰複應了一聲，冷眼望著進來稟報的丫鬟晴冬。「還不去？」

晴冬打了個哆嗦，忙不迭低頭退了出去。

兩個小傢伙還醒著，並沒睡，這會兒也都已經哄好了，姊弟倆並頭躺著，小小嫩嫩的，怎麼看怎麼可愛。

高辰複嘆了一聲。

「爺嘆什麼氣？」鄔八月好奇道。

高辰複一本正經地低聲道：「兒子長得不好看也就罷了，閨女要也長得不好看，這可怎麼辦？」

鄔八月一愣，看了看兩個孩子的臉，哭笑不得道：「爺，他們哪兒長得不好看了？」

「這會兒瞧著，倒是比剛出生的時候要好些了。」高辰複伸手點了點兩個孩子的腮窩，抿唇一笑。「就是不知道以後會不會變得更漂亮些。」

鄔八月莞爾。「他們才剛出生呢，等過一段時間，就顯得粉雕玉琢，很可愛了。」

高辰複側頭望向她。「真的？」

「真的。」

高辰複便放了心，道：「不醜就行。」

鄔八月咧了咧嘴。

兩人正說著話，鄔陵桃和鄔陵梅攜手來瞧鄔八月，高辰複便回去席上陪客。

鄔陵梅是淡性子，將準備的禮物給了兩個小傢伙，便坐在一邊望著他們笑，時不時伸手摸摸他們的小手。

鄔陵桃則是坐在了床沿和鄔八月說著高辰複去漠北的事。

「聽說日子定了？」

「嗯。」鄔八月點了點頭，道：「四天以後。」

「時間倒還真趕。」鄔陵桃嘆了一聲，拍拍鄔八月的手道：「妳也有兩個孩兒，夠讓妳操心的。」

鄔八月笑道：「我身邊也不是沒有別的人在伺候，三姊姊不要為我擔心。」

「能不擔心嗎？」鄔陵桃嘆了一聲，頓了頓道：「席上還見著了妳那小姑子。」

「小姑子？」鄔八月皺皺眉。「三姊姊是說……軒王側妃？」

「可不就是她？」鄔陵桃扁了扁嘴。「瞧著那身行頭……怕是巴不得大家都叫她軒王妃而不是軒王側妃。也就是軒王妃現在臥床養胎，沒那精力治她。嚴格論起來，她那打扮已經算是僭越了。」

鄔八月張了張口。「她穿著打扮出格了？」她皺了皺眉頭。「算算日子，軒王妃也有近五個月身孕了吧？怎麼還會臥床養胎？」

鄔陵桃道：「妳也是窩在院子裡養胎，兩耳不聞窗外事。」

她笑了鄔八月一句，道：「軒王妃似乎是本來身子就弱，懷孕以後屢次出現了流產徵兆，逼不得已必須要臥床靜養，太醫還說她現在孕相不穩，可把麗容華給著急慌了。至於妳那小姑子——」

鄔陵桃輕蔑地哼了一聲。「軒王妃懷著孕，身子還屢屢出狀況，她可倒好，這時候不知道表現關心焦慮，反倒是趕著去魅惑勾引軒王，殷勤備至。這次來賀妳兒子閨女出生，軟磨硬泡了軒王陪她回來，軒王被她煩得沒辦法，來是不肯來，拿了這套行頭和陣仗來打發她，她倒還覺得軒王寵她，當真是滑稽可笑。」

鄔陵桃的語氣中滿滿都是不屑之意，鄔八月好笑道：「三姊姊，她得罪妳了？」

「那倒沒有。」鄔陵桃輕笑道：「我再不濟也是王妃，論輩分還比她長一輩，她怎麼敢得罪我？我就是瞧不起她那輕狂樣。」

鄔陵梅聞言朝鄔陵桃望了過去，輕笑一聲道：「三姊姊還說別人，妳問問四姊姊，妳如今這模樣，不也是輕狂樣？」

鄔八月掩唇笑了起來。

鄔陵桃挑挑眉梢。「我這是狂，可不是『輕狂』。我認得清楚自己的位置，她呢？恐怕還不清楚自己到底有幾斤幾兩重。」

她看向鄔陵梅，忽然展顏一笑，對鄔八月道：「妳還不知道吧？咱們陵梅也要說親了。」

鄔八月驚訝道：「真的？」

「自然是真的。」鄔陵桃笑道：「明兒個春闈放榜，那小子要是真的榜上有名，估計就定了他做我們的妹夫了。」

鄔八月立刻問道：「父親和母親看中的是哪家小子？」

鄔陵桃衝鄔陵梅挑挑眉。「妳讓她說，人可是她自己瞧中的。」

鄔八月更覺驚訝。「陵梅自己瞧中的？」

鄔陵梅臉上閃過一絲羞意，淡淡說道：「也就是偶然和他認識了，知道他是今科參試學子，母親便讓人暗暗去打聽他家中的情況，覺得他品行端正，為人正直……」

「聽聽，陵梅可是少有誇人的。」鄔陵桃掩唇笑著，鄔陵梅頓時收了口不再出聲，臉上也微微泛紅。

鄔八月笑道：「看來陵梅對那個學子挺滿意的。他家裡人可都還行？」

鄔陵梅輕聲道：「他家乃是耕讀傳家，他的出身並不是特別好……」

鄔陵桃道：「也就是出身差了些，別的嘛，比起其他紈袴來講不知道好到哪兒去了，父親母親倒也覺得滿意。」

鄔八月聽到這兒，有些意外地看了鄔陵桃一眼。

從前的鄔陵桃最是講究門當戶對，這般條件的男子，她連多看一眼都不屑，認為這樣家境的男子配不上她的妹妹。

鄔八月笑了笑，道：「父親母親覺得滿意就好。」

鄔陵桃頓了頓。「不過陵梅的婚事，老太君那兒肯定是要管一管的。」

鄔陵梅一笑。「老太君又不是嫌貧愛富之人。」

「這說的倒也是。」鄔陵桃笑了一聲，臉上忽又起了一層嘲諷之色。「東、西兩府分家之後，東府從老太君那兒得了大筆的錢財和產業，現在可當真財大氣粗得很。」

鄔八月面上一頓。「東府又怎麼了？」

「沒怎麼，我就隨口那麼一說。」鄔陵桃輕哼了一聲。「也不知道他們還要不要為宮裡那位鑽營呢，許久沒聽到宮裡那位的消息了。」

的確是很久沒聽到鄔陵桐的消息了。

自五皇子出生，鄔陵桐就失寵，後來連五皇子也交給了懿妃娘娘撫養。

盛寵一時的鄔昭儀悄無聲息了下去。

「昭儀娘娘總也是一宮主位，何況還生了五皇子。」鄔八月輕聲道。「皇上子嗣單薄，五皇子將來也定然是個富貴閒人。昭儀娘娘要是熬得住，等將來五皇子封王，她也不愁平安富貴一生。」

鄔陵桃哼了聲，擺擺手道：「行了，別說她了。今兒是妳兒子閨女的洗三宴，咱們說說妳家兩個小傢伙。」

鄔陵桃笑著朝鄔八月內側望去，語氣有些羨慕。「這一生就生了兩個，還是龍鳳雙胎。」她打趣道：「妳可不知道，這事京裡都傳遍了，貴婦們都想著來妳這兒討生子秘方呢。她們都覺得定然是父親給了妳什麼秘方，妳才能一舉得兩，兒女成雙。」

鄔八月哭笑不得。「父親可沒給我什麼秘方。」

肖嬤嬤和朝霞抱走了欣瑤和初陽，鄔八月也覺得有些睏了，打算眯一會兒。

鄔陵桃和鄔陵梅說前方太鬧了，還是鄔八月這兒清靜，便繼續待在一水居裡，等宴席散了，她們再走。

鄔八月便安心地閉眼睡了過去。

宴席過後，賓客陸陸續續都告辭。

鄔陵桃臨走前同鄔八月說，明兒個春闈放了榜再與她聯繫。

春闈放榜自是眾多學子翹首以盼的日子。三甲之列，絕大多數人都奢望不上，但能榜上有名就已讓他們興奮不已。

鄔八月也在等著放榜的消息。

高辰複抱著初陽，望著鄔八月給欣瑤餵奶，見她若有所思、心不在焉的，不由出聲問道：「想什麼呢？」

鄔八月抬頭笑了聲，道：「今日春闈放榜，我在想著表兄會不會高中。」

高辰複面上頓了頓，微微笑道：「他才識不錯，之前也有了名聲，應當不會落第。」

鄔八月也是這般想。「那他能入前三甲嗎？」

高辰複挑了挑眉，道：「這就要看皇上怎麼定了。今年春試，拔尖的學子並不多。」

「那表兄還是極有機會的……」鄔八月呼了口氣。

欣瑤吃飽了，朝霞將她抱了過去，高辰複遞上了初陽，鄔八月解開了另一邊衣襟。

「朝中現在正是需要用人的時候，不管妳表兄名次是否排前，前程想來都是不錯的。」

高辰複客觀地評價，卻又道：「不過，如果皇上對他之前在酒樓中的言行也有耳聞，並且還產生了別的想法的話……」

鄔八月輕輕點頭道：「是福是禍……就不知道了。」

候了半日，被打發去打聽消息的奴僕匆匆趕了回來。

鄔八月讓他喘勻了氣才問道：「怎麼樣？表少爺是否榜上有名？」

奴僕重重點頭，面上十分欣喜。「表少爺高中探花，乃是今科探花郎呢！」

鄔八月頓時吐了口氣，臉上也露出笑容來。

「可有人去報喜了？」鄔八月自言自語了一句，又不由好笑道：「瞧我，舅父舅母定然比我更關心此事，肯定比我更早知道這個消息。」

高辰複望著她笑道：「知道準信了，這下可放心了？」

鄔八月瞇眼笑笑，點點頭。

「放榜之後，估計近日就要開瓊林宴，宴上恐怕要生出好幾段姻緣。」高辰複笑道：「都說瓊林宴又是看女婿的宴會，朝中臣子們都希望在新科進士裡給自己的女兒覓得佳婿。」

鄔八月點點頭，心裡又想起昨日鄔陵桃和鄔陵梅所說的話。

「朝霞。」鄔八月喚朝霞道：「讓人去鄔家打聽一下，父親母親給陵梅看中的那家公子是否也高中了？昨兒個三姊姊說起，連那人的名姓也忘了提。」

朝霞應了一聲，即刻去辦。

高辰複笑道：「妳最小的妹子陵梅？她也到了談婚論嫁的年紀了？」

「陵梅還小，今年才十二歲年紀。」鄔八月笑道：「父親母親想早點給她定下來，要是那人真的不錯，早些定下也好。」

高辰複點了點頭。

朝霞派去的人回來告訴鄔八月，那位公子姓駱名司臨，此次科考排在二甲十四位。

高辰複道：「二甲十四位算不上拔尖，比不得一甲狀元榜眼探花和二甲前面幾位，但也是極有實力的了。」

鄔八月心裡為鄔陵梅高興。「那看來這樁婚事，是極有可能成的。」

高辰複輕輕點頭，笑道：「岳父岳母看中的人，想來也不會差。」

「爺，這等名次，要是派官的話，會派什麼樣的官？」鄔八月不由問道。

高辰複想了想。「高中學子若是家中有些背景的，官派會更好一些。駱司臨家中沒有太強的背景，好在他自己爭氣，排位靠前，在官派上，吏部不至於會為難他。我估摸著，如果不是留在朝中做無實權的小官吏，應該是會被派到中等一些的城鎮為父母官。」

鄔八月頷首道：「還是外派為官更能為百姓造福，也更能為自己積累為官經驗。」

她心裡默默算了算，如果駱司臨被外派為官，那麼三年一述職，他下一次回京時，鄔陵梅正好滿十五歲，恰是時候可以和鄔陵梅成親。

鄔八月臉上笑了開來，拉過高辰複道：「不知道瓊林宴什麼時候開，要是在爺啟程之前開，爺能去參宴嗎？」

高辰複笑道：「怎麼，妳想讓我代妳去瞧瞧那駱司臨長何樣？」

鄔八月點了點頭，笑道：「有父親母親把關，我自然不應當還心存懷疑，也只是想多瞭解瞭解……」

「明白。」高辰複笑著點了點頭，不由一嘆。「妳啊，就是操不完的心。」

鄔八月笑笑。「替自己的妹妹操心是應當的。」

「瓊林宴旨在宴請新科進士，即便宴會是在我啟程之前開宴，我也不能不請自去。」高辰複頓了頓，道：「此事還得等皇上通知。」

瓊林宴定在了放榜後第二日，時間有些趕，不過也是為了要借這個喜氣。

高辰複是做為皇親而被宣召參宴的。臨去前，鄔八月又再次囑咐他，讓他好好瞧瞧駱司臨的為人。

他無奈道：「知道了，這是我今日去赴宴最主要的目的。」

鄔八月抿抿唇笑。

高辰複俯身分別親吻了兩個小傢伙的前額，對鄔八月道：「等我回來定然有些晚了，妳早些休息。明日醒了，我再同妳『彙報』。」

鄔八月頓時一笑，伸手推了推高辰複道：「趕緊去吧，皇家宴會，遲到了可就不好了。」

因為將要遠赴漠北，以及為雙生兒女辦洗三宴的事，高辰複最近也是風頭很勁，要是再在瓊林宴上遲到，想必御史言官一類的也要開始彈劾他了。

高辰複騎馬到達了瓊林苑，苑外已是戒備森嚴。

大門牙道盡是古松怪柏，道上多錦石纏繞、寶砌池塘、柳鎖虹橋、花縈鳳舸，遠遠望去，行往瓊林臺已是人頭攢動。

高辰複朝著瓊林臺走了過去，尋了個位子坐了下來。等一會兒，宣德帝來了後，新科登第進士就會依次從瓊林臺過了。

而這個時候，也是眾多家有待嫁女兒的大臣要提高心神的地方。

沒過一會兒，宣德帝便攜了此次科考的幾位主要考官來到了瓊林臺。

高辰複坐的地方離得有些遠，但他人高馬大，視野極佳。百官的視線都集中在了宣德帝身上，高辰複一眼就望見了緊隨著宣德帝在後的鄔國梁。

連主考官許翰林許大人也要排在後面。

高辰複微微蹙起眉，眼裡幽深。

宣德帝顯得心情很好，說了幾句話便讓魏公公宣布新科進士入瓊林。

眾人的視線頓時被依次進入瓊林臺下的新科進士們給吸引了過去。

新科狀元和榜眼瞧著年紀都已不輕，必然也是寒窗苦讀了好些年的，兩人自然不會引起百官的過多關注——這樣的人，家中必然已有妻。

而英挺俊朗、正是好年華的探花郎也吸引不了眾人。

揚言要尚陽秋長公主的賀修齊，不管將來是否能成為皇家駙馬，眾位大臣都不可能再考慮他成為自家女婿。

所以，緊隨在賀修齊之後的英俊青年，便成為了大家注意的焦點。二甲傳臚，此人的學識毋庸置疑，若家世良好，更是聯姻首選。

這個人……

高辰複目光一頓，看見賀修齊停下了腳步，回頭和二甲傳臚言笑晏晏地說著什麼。

「淳于肅民……」他微微皺了皺眉頭。

沒想到淳于肅民竟然也榜上有名，且排名還如此靠前。

他不動聲色地端茶飲了一口。

忽然，他覺得一道視線射了過來。

高辰複抬眼望去，只見站在宣德帝身後最邊上的帶刀侍衛正望著自己。

明焉瞧著也沈穩內斂了許多啊……

高辰複心中感慨。想到自己將要離開燕京，這一去，也的確不知道什麼時候能夠返回，和明焉之間的叔姪之情雖沒了加深的可能，但最基本的友好，卻還是能做到的。

高辰複朝他舉了舉杯，抿唇一笑。

明焉面上一頓，緩緩收回視線，轉開了頭。

新科進士都入了座，瓊林宴正式開宴。

高辰複幾乎從不飲酒，今日也沒有端酒杯，他起身，尋到了駱司臨所在的那一桌。

湊巧的是，新科進士們都是打散了坐，賀修齊和淳于肅民竟也和駱司臨在同一桌。見到高辰複行來，賀修齊率先站起身，淳于肅民和駱司臨也緊跟著起來。

三人一站，其餘人不好繼續坐著，也都紛紛站了起來。

「恭喜諸位。」高辰複簡單地道了一句喜，舉杯飲盡杯中茶。

賀修齊也一飲而盡，卻是笑著道：「高大人怎只喝茶？我與大人斟一杯酒。」

高辰複伸手阻了一下，道：「家中妻兒還等著，就不飲酒了。」

賀修齊挑了挑眉梢，玩味一笑，道：「大人再過兩日便要啟程出發前往漠北，今日不喝一杯，下次見面再喝就不知要到猴年馬月去了。」

高辰複淡淡笑了笑，道：「總有機會的。」

賀修齊也笑了笑。

這時，絲竹聲漸漸小了下去，周圍的聲音也跟著低了。

高辰複回頭，見宣德帝正面帶笑容地望著他們這桌。

宣德帝朗聲道：「探花郎上前，朕有話相問。」

高辰複往旁邊避讓了一下，賀修齊便行上前去，走到了離宣德帝五步之遙的地方，躬身拱手道：「學生聆聽聖訓。」

宣德帝便是一笑，抬了抬手道：「探花郎不必多禮。來人，賜座。」

三甲之中，只賀修齊被宣德帝刮目相看，引上前去親自問話，落在眾多學子眼中，自然是別有深意。

賀修齊面上淡然地入了座，剛挨了挨椅子，卻又站了起來，誠懇地拱手說道：「昔日學生與好友醉酒戲言，言談之中曾提起陽秋長公主殿下，語出冒犯，學生清醒之後悔不當初。」

宣德帝不動聲色地一笑。

賀修齊頓了頓，繼續說道：「但話既已出口，學生也不欲做那言而無信之人，今日當著眾位同年之面，學生斗膽在御前請婚。」他雙膝一跪，俯趴在地，道：「學生請求皇上，將陽秋長公主許配予學生！」

瓊林臺上頓時鴉雀無聲。

高辰複望向宣德帝和賀修齊的方向，饒是他一向喜怒不形於色，這會兒也禁不住微微張了張口。

賀修齊的舉動太讓他驚訝了。

高辰複一直認為他只是借著這個名聲給自己壯聲勢，讓自己能在考前、在皇上面前記下一個名，沒想到他竟然真的打算求娶陽秋長公主。

當然，皇上也可能拒絕他的請婚。他如果只是欲擒故縱，鋌而走險也不是不可能的，可萬一呢？他就不怕皇上真的允諾了他的請婚？

他倒是不大關心賀修齊，他在意的是陽秋長公主。

眾官、眾今科進士都等待著宣德帝的回話。

沈默也就只有那麼片刻，宣德帝忽然哈哈大笑了起來。

「起、起！」宣德帝微微抬了抬手，朗聲道：「年輕人果然是夠膽識啊！」

賀修齊連道不敢，慢慢地從地上站了起來。

宣德帝上下打量了賀修齊一回，微微一笑，道：「衝你這份心，朕要是不允諾了你，倒顯得不近人情了。」

眾人臉上皆是一頓，賀修齊躬身，作勢又要跪下去。

宣德帝抬手道：「站著回話。」

「是。」

賀修齊站得筆直，脖子微彎，頭低垂著。

宣德帝道：「今科探花郎，品貌端正，才識頗佳，朕歡喜之，特賜婚與陽秋長公主為駙馬，望二人今後琴瑟和鳴，舉案齊眉。」

賀修齊朗聲道：「學生謝主隆恩！」

宣德帝哈哈大笑。

眾人雖覺這戲劇性的變化有些讓人摸不著頭緒，但在這氛圍下，也不得不出聲恭喜宣德帝喜得妹婿，恭喜賀修齊大婚在即。

高辰複端著茶盞輕輕捏了捏。

他的姨母將要嫁給他妻子的表兄……

這輩分關係，難道真沒有人覺得很奇怪嗎？

淳于肅民飲了一杯酒，輕聲笑道：「賀兄果真是說到做到啊……這等魄力，我服！」

駱司臨也不由感慨道：「本是酒後戲言，沒承想竟在京中傳得沸沸揚揚。如今殿試高中，賀兄本可裝糊塗不談此事，卻心心念念著陽秋長公主被因他而起的流言所累，執意負責……委實令人欽佩。」

高辰複在一旁聽著，不由吐了口氣。

絲竹再奏，斟酒美姬穿梭其中。賀修齊留在了離宣德帝最近的桌上，和大臣們暢飲抒懷。

高辰複留在駱司臨所在的桌旁，只喝茶，全桌的人就數他看上去最清醒。

淳于肅民的臉都燒了起來，和他旁邊的同年聊得十分開心。

駱司臨臉色也微微有些紅，他不比旁人酒量好，喝得少，但也有些上了頭了。

都說酒後吐真言，高辰複自然要抓住駱司臨喝得微醺的時候聊一聊。

「駱公子祖籍何處？」高辰複問道。

駱司臨抬了抬頭，見是高辰複問話，頓時坐直了些，回道：「學生祖籍洛陽。」

「千里迢迢前來京中殿試，駱公子辛苦了。」高辰複微微抿唇，道：「不知道駱公子今後是何打算？」

駱司臨微微一笑，臉色看上去更紅了。「家父家母叮囑學生，若是高中，定然回報鄉鄰……學生、學生想謀得洛陽附近官職，如此便可為家鄉百姓謀福祉，再好不過。」

「駱公子志存高遠，令人敬佩。」高辰複誇讚了一句，又道：「都說成家立業，立業之上，駱公子心中已有了打算，不知在成家上，駱公子可有想法？」

駱司臨喝得微醺，卻不代表他是完全醉的。他頭腦尚有些清醒，聽到高辰複這樣的問話，下意識地看向高辰複，抿唇一笑，不忘給高辰複施了一禮，卻是什麼都沒說。

高辰複便也一笑，舉了舉杯，飲了口茶，一切盡在不言中。

瓊林宴上，皇上為探花郎和陽秋長公主賜婚的消息，第二日便在京中傳得沸沸揚揚。

鄔八月一早就從高辰複口中聽得了這個消息。

雖說早就有了準備，但她還是感到些許驚愕。表兄真的要娶陽秋長公主啊……

「駱司臨那人瞧著不錯。」高辰複整理衣冠，望著鏡中說道：「話不多，人也並不阿諛奉承、顯得老道，說話做事很有分寸。他明知道將來或許和我會成連襟，昨日宴上對我也不算特別熱情，該說的說，不該說的絕口不提，將來前途定然不差。」

高辰複正說到一個段落，回頭去看，卻見鄔八月怔愣著，似乎沒有留意他在說什麼。

高辰複想了想，立刻明白了過來。他坐到了她身邊，無奈地喚了她一聲。

「啊？」鄔八月茫然地看向他。

高辰複抿抿唇道：「還在想妳表兄的事情？」

鄔八月淡淡嘆了一聲，道：「也是他主動在皇上面前提了此事，沒誰拿著刀子逼著他。」她輕聲道：「我現在比較擔心舅父舅母……舅母倒也罷了，舅父對表兄期望很高，我想他應當不會願意表兄尚主，從此仕途擱淺……」

高辰複笑了笑，並無二話。

鄔八月想了一會兒，也把這件事情拋在了一邊。她現在需要在意的是高辰複而不是賀修齊。

鄔八月抬眼看向他，道：「後日你就要啟程了，該準備的東西，我都讓肖嬤嬤和朝霞盯著去準備了。我現在也不能出門，無法為你做更多的事情……你看，還有什麼需要準備而我沒想到的？」

高辰複握住她的雙臂，無奈地道：「妳準備得很齊全，沒有什麼是妳沒想到的，別為了這些事情費心神。」

鄔八月搖了搖頭。「我沒有費什麼心神，這些事都有肖嬤嬤她們去忙，我也不過坐在屋裡囑咐她們而已，哪兒累得著？」

鄔八月微微頓了頓，輕聲道：「我只是想為你多做些事……」

「妳好好將養身子，就是為我做的最大的事。」

高辰複撫了撫她的雙臉，鄔八月抿唇道：「還有……要照顧好瑤瑤和陽陽。」

「那也都在其次。」高辰複認真道：「妳要是出狀況，他們可怎麼辦？我這個做父親的不在，他們就指望著妳這個母親。」

鄔八月重重地點頭，微微笑道：「嗯，我會好好將養身子。」

說著，她還伸手比劃了兩下，笑道：「我身體很好，洗三宴那日父親還給我把了脈，說我身體恢復得不錯。」

高辰複輕輕點頭，想了想道：「這次去漠北，周武我就不帶去了，讓他領人護衛著一水居，你們也不用太擔心，何況還有彤絲在。」

鄔八月張了張口。「周護衛願意嗎？」

高辰複道：「當然。我此去漠北也不知什麼時候能回來，他與朝霞不能因為這件事情耽誤了。」

鄔八月嘆了口氣。

「再者，我也的確需要有人留在燕京，為我護衛我的家人。」

她一頓，看向高辰複。二人凝望對視了片刻，鄔八月方才收回視線，臉色微微有些紅。

「從懷孕到現在，也就只出過那一次事……回了侯府也沒有什麼危機，爺不用太擔心。」

「那是因為凶手沒有再次下手的機會。」高辰複輕聲指出道：「莫語柔死了，便又死無對證了。當初誰下藥還沒有查清楚，侯爺夫人是否清白，要等到凶手找到了才能斷言。我不在，只留下你們母子三人，被人暗下黑手的可能就更大了，我又怎麼能不擔心？」

高辰複說到這兒，頓了一下，轉向鄔八月，道：「我在的時候，一水居有嚴令，不許人隨意進出；我不在了，侯爺和侯爺夫人多半會欺負妳臉皮薄，硬要進一水居。到時彤絲會攔著，周武也會抵死遵守我的命令，妳就別多話，省得再讓侯爺不滿。」

鄔八月輕輕點頭。

# 第六十九章

兩日晃眼便過，高辰複啟程的前一晚，鄔八月遲遲不眠。

懷裡人輾轉不安，高辰複輕輕嘆了一聲，伸手揉了揉鄔八月的頭。

「爺還沒睡？」鄔八月仰起頭看向高辰複。

「妳一直動來動去的，我哪兒睡得著？」

高辰複無奈地笑了一聲，鄔八月抿抿唇輕道：「對不起……」

「傻瓜，這有什麼好對不起的。」高辰複圈住她，在她頭頂上輕聲道：「我這次去不是去打仗，並沒有太多危險，只是少說一年半載的沒辦法回來。」

高辰複頓了頓，低頭輕輕在她耳邊道：「妳是不是捨不得我……」

黑夜之中，看不清楚鄔八月的表情，但她雙耳溫度的升高卻瞞不住。

熱燙的溫度讓高辰複有些心猿意馬，他輕輕探頭，吻了吻她的耳廓。

鄔八月忙伸手抵住他。

「爺，我身上髒……」

鄔八月還在坐月子，也有好幾日沒洗澡了。雖說現在天氣還不熱，但她心裡也有疙瘩，即便高辰複對她沒有半分嫌棄。

高辰複一嘆，伸手將她擁得更緊了。

他們這也不算小別，換做尋常夫妻，早就乾柴烈火滾在一起了。可鄔八月剛生了孩子，正在坐月子，高辰複哪可能那般禽獸？

鄔八月也伸手圈住高辰複的腰。

該囑咐的話，她已經說了無數句了，該安慰的話，他也已說盡，簡單地擁在一起，就足以表達自己感情。

他們就這樣不眠地相擁了一晚。

第二日天濛濛亮，高辰複小心地起了身。

鄔八月隨即也坐了起來。

昏暗當中，兩人相視一笑。

高辰複身體好，便是一夜未眠，看上去也神清氣爽的，鄔八月就顯得面色黯淡。

高辰複穿戴妥當，坐到了鄔八月床邊。

「我這就走了。」他輕輕抓住了鄔八月的手，道：「每月我都會寫家書回來，妳要記得給我回信。」

鄔八月點頭。

「在府裡好好保護自己，照顧孩子們。彤絲自告奮勇替妳擋災，別辜負了她。」

鄔八月還是點頭。

「我這是去完成皇上給我的任務，不會有旁的女人在我身邊出現，不管聽到什麼流言蜚語，都不要信，安心等我回來。」

鄔八月眼眶微微紅了。

「別說了……」她緊握住高辰複的手，道：「不需要再保證什麼，你是一言既出駟馬難追的君子，你說的話，我怎會不信……」

高辰複低嘆一聲，傾身向前輕吻了下她的額頭。

鄔八月趁勢環抱住他的腰，再仔細地聽了半晌他強而有力的心跳。

「去吧。」良久後，鄔八月放開了他。

她眼睛還有些紅，臉上卻笑著，因孕期圓潤了些的臉仰著，正目不轉睛地望著他。

「記得早點回家。」

高辰複微微哽咽，點了點頭，分別親了親兩個小傢伙後，回頭再深深地望了鄔八月一眼，隨即轉頭，大踏步離開了。

丫鬟婆子們紛紛蹲身福禮，口中說道：「恭送大爺。」

鄔八月臉上掛著笑，直到見不到高辰複的背影，笑容方才收了回去，取而代之的是淡淡的落寞。

肖嬤嬤於心不忍，讓人抱了兩個小傢伙到她面前，鄔八月才展露了笑顏。

「爹爹走了，娘還在。」鄔八月抱著欣瑤，輕輕拍了拍，柔聲道：「我們一起等爹爹回家。」

從一水居出來，總要經過茂和堂。

一大清早的，茂和堂裡已經聚了一堆人。

高安榮在，淳于氏在，高辰書和高彤薇也在，連肚子已經顯懷了的喬氏也穩穩坐在廳中。

高彤絲單獨一人倚在茂和堂的門邊，見到高辰複前來，露了個笑。

「大哥可算來了。」

高彤絲迎了上去，高辰複對她微微點了點頭。

高辰複與蘭陵侯府的人沒有太多要說的，進了茂和堂給高安榮施了一禮，淡淡地道：「侯爺，我這便出府去了。」

高安榮冷哼了一聲，心裡不大爽快。

長子從漠北回來也不過才一年，雖說這次再去漠北，是被皇上寄予了厚望、文武百官都盯著的，讓他這個做父親的也面上有光，但長子這般態度，讓高安榮想高興都沒辦法高興，臨了要走，連句好聽點的話都沒有。

高安榮肚子裡裝了一大堆要囑咐的話，卻發現壓根兒就說不出口。

他正打算切一個話題進去，高彤絲卻先道：「大哥安心去吧，一水居有我看著呢，大嫂和我姪子姪女的安全都包在我身上。周武也一定會謹遵大哥的吩咐，不讓閒人隨便進一水居。」

高安榮頓時不滿。「妳這話什麼意思？」

「字面上的意思啊。」高彤絲挑眉一笑。「大哥在的時候都不讓人隨便進一水居，這下大哥不在了，難道父親還想著進一水居去？一水居裡可只有大嫂在呢，你也不怕人笑話。」

高安榮氣得胸口疼。

「孽女！」他罵了一句，可惜高彤絲已經被他罵得麻木了，一點感覺都沒有。

高辰複看向高安榮，道：「不讓人進一水居是我吩咐的，正如彤絲說的，侯爺要去一水居也著實不方便。待八月坐滿月子，每日還是會抱了孩子去給侯爺瞧上一眼。孩子體弱，禁不得折騰，還望侯爺見諒。」

「我是孩子的祖父，怎會折騰他！」高安榮罵咧咧了一句，氣哼哼道。

高辰複面不改色說道：「侯爺見諒，只因為之前我妻剛有孕時被人下過藥，至今查找不著凶手，即便是杯弓蛇影，多防著些總沒有錯。侯爺總不希望高家子孫出意外吧？」

「小弟夭折的事，在蘭陵侯府可不能再上演了。」高彤絲玩味地看著淳于氏說道。

淳于氏面上保持著得體的微笑，安靜地跟在高安榮身後，不發一言。

眼瞧著要不歡而散了，高辰書忽然開口。「大哥。」

高辰複一愣，旋即轉向高辰書。

他坐在椅子上，清寡的目光望著高辰複。

不知怎麼的，高辰複總覺得自己這個弟弟有些超凡脫俗了。

聽說近幾個月，他更加足不出戶，還讓人買來佛經，說是要修身養性。

想著他看看佛經蕩滌心境也好，淳于氏並沒有攔著，可也不知道他是佛經看多了，還是自從出事之後就有些厭世了，那模樣，怎麼看都像是要出家為僧……

希望是他想錯了。

高辰複定了定神，對高辰書點點頭，道：「何事？」

高辰書淡淡地道：「大哥做的是造福蒼生百姓之事，只管放心去，佛祖也會保佑大哥平安順遂。大嫂在府中，大哥也無須太過掛心。好人總有好報，惡人自有惡人磨。天道輪迴，從不姑息養奸。」

高辰書的話很淡，但聽在淳于氏耳裡只覺刺耳非常。

什麼叫「惡人自有惡人磨」？什麼叫「天道輪迴從不姑息養奸」？說的……難不成是她？別人說倒也罷了，可說這話的是她的親兒子！她做那麼多，為的不也是他嗎？

淳于氏臉上的笑容有些維持不下去了，腦門上無端地冒出了些許冷汗。

高辰複和高彤絲對高辰書說的這段話也有些意外。

兄妹二人互視一眼，高辰複淡淡地點了個頭。

高彤絲卻是笑道：「你說的倒是有幾分道理。可不就是善惡到頭終有報，不是不報，時候未到嗎？」

高彤絲笑得有些惡毒，看向淳于氏笑問道：「夫人，是吧？」

淳于氏臉色微微白了白。

高彤薇打了個哈欠，小聲埋怨道：「還要在這兒待多久……」言下之意是，高辰複怎麼還不走。

高彤薇也快十四歲了，淳于氏想要給她選一個世家勛貴的夫家，這會兒正在相看。她也是大姑娘了，高辰複連說都不願意說她。

他看了看漏刻，道：「時辰不早了，我走了，免得他人等我。」

高安榮沒好氣道：「趕緊去吧，建功立業的時候，可別出岔子。」

高辰複點了點頭，轉身欲走。

高安榮到底還是沒忍住，出聲囑咐道：「一個人在外小心著點，漠北那等地方也不是什麼良善之地，邊關之地民風慓悍，尤其要和北蠻人打交道，更要謹慎小心，別忘了你媳婦孩子還等著你回來。」

高安榮說了一段，也自覺是在對高辰複示好，面上便有些羞惱，不由得哼了一聲。

高辰複頓下腳步，沒有回頭，靜靜地站了片刻，然後輕聲說道：「侯爺放心，我妻未老，我兒未長大成人，我不敢先行一步赴黃泉。」

高辰複走了，鄔八月便是心裡抑鬱，也要想著兩個還在吃奶的小傢伙，不敢心情低落。

高彤絲自從高辰複離開，每日都會來一水居陪伴鄔八月。

一水居被周武看管得牢牢的，生人根本就沒有辦法進來。

高安榮一個人來一水居不合適，他便拉著淳于氏來，但也終究會吃閉門羹。周武不放行，還有個高彤絲擋著，他們也不能硬闖。

就這樣，鄔八月安安穩穩地坐完了月子，待到解禁的那一天，她足足洗了半個時辰的澡，通體舒暢之後才出了浴房。

肖嬤嬤讓大夫來給鄔八月診了脈，大夫言說，鄔八月身體恢復得很好，並無問題，這讓肖嬤嬤鬆了好大一口氣。

坐了四十日的月子，鄔八月覺得自己渾身骨頭都軟了，人也疲乏，沒太多精神。

她給自己制定了恢復計劃，希望找些事情來做，肖嬤嬤卻認為這樣不合時宜。

「大奶奶若是想繼續給小少爺和小小姐餵奶，這一忙起來，可不一定能顧得上小少爺和小小姐。」

肖嬤嬤提醒了一句，鄔八月笑道：「沒關係的，抽空給兩個孩子餵奶的時間我還是有的。」

肖嬤嬤嘆了一聲，道：「老奴還是覺得，大奶奶給預備著奶娘比較好。」

鄔八月遲疑了下。「之前預備的奶娘，不都遣回去了嗎？」

鄔八月是尋了幾個奶娘養著的，只不過生了兩個孩子後，她的奶水豐足，足夠兩個小傢伙吃，便也無意再白養著奶娘，客氣地把奶娘請出了侯府。

如今要再將人請回來，又要多費一道功夫。

肖嬤嬤笑道：「有工錢拿的事，誰不願意做？只要大奶奶您吩咐，老奴現在就可以讓人同她們商量。」

「那就備一個在旁邊吧。」

鄔八月其實不大喜歡讓自己孩子和別的女人親近，更別說吃別的女人的奶，但總不能因為自己私心就讓孩子餓著。

瞧得出來鄔八月的心思，肖嬤嬤笑了一聲，道：「還沒見過像大奶奶這般排斥奶娘的母親。有錢的人家，孩子生了都是讓奶娘餵的呢。」

鄔八月笑了笑，沒說話。

肖嬷嬷道：「大奶奶要是不喜歡奶娘在邊上，老奴就讓她只負責給小少爺和小小姐餵奶，其他時候不允許她接觸小少爺和小小姐，這樣可好？」

鄔八月頓時莞爾，道：「嬷嬷這般說的，倒顯得我特別小氣了一樣。」

肖嬷嬷笑道：「大奶奶也是疼愛小少爺和小小姐，老奴不會笑話您的。」

一屋子的人都笑了起來。

一水居裡的氣氛融洽，兩個小傢伙也一改剛出生時的猴子樣，變得白白嫩嫩了起來。

雖然是雙生子，但性別不同，長相自然也有些不同。姊姊欣瑤的模樣暫時還看不出來更像誰，但弟弟初陽卻更像高辰複。

高彤絲抱著初陽，對鄔八月笑道：「我雖然記不得大哥小時長什麼樣，不過母親以前給大哥和我都畫過小像，我那兒還留著幾張，前幾日翻了來瞧，陽陽長得和大哥小時候簡直像是一個模子刻出來的。」

不比小時，光看高辰複現在，初陽也與他的相貌更相似些。

鄔八月對此倒是不會吃醋，兒子要是長得像她，豈不是顯得陰柔了？況且她還有個女兒，兒子像高辰複，女兒像她就好了。

然而再過兩個月，天氣熱了起來，兩個孩子將要過百日宴了，鄔八月才發現，欣瑤長得和她也沒有多相似。

高彤絲也覺得納悶。

欣瑤的相貌與高辰複夫妻都沒有太多相似的地方，但她的小模樣十分端莊文雅，也不知道她到底像了誰。

鄔八月還是照了高辰複離開之前囑咐的，每日帶著一串人，抱了初陽去茂和堂給高安榮瞧瞧。

高安榮進不了一水居，只能在每日固定的時候等著兒媳婦抱了孫子來給他看。

他對此雖然頗有怨言，卻也不可能闖兒子兒媳的住處，更不可能從兒媳的手上搶孫子吧……只能憋著一口氣，爭取每日抱孫子的時間可以拉得更長些。

他幾乎忘記了，兒媳是一次生了兩個，除了孫子之外，他可還有一個孫女兒。

他沒提過欣瑤，淳于氏也懶得提醒他。畢竟對淳于氏來說，要對付的重點還是初陽。

但每一次高安榮見初陽，高辰書也會從書房那邊跟過來。他一坐下，視線就會若有似無地在淳于氏身上頻繁地閃過，讓淳于氏坐立難安。

直到時近六月，兩個小傢伙眼瞅著要滿百日了，高安榮又打算大肆操辦一輪。

鄔八月心裡不大願意，一來是因為高辰複並不在，辦那麼大的陣仗也沒有什麼意思；二來是因為孩子還小，連個百日宴都辦得聲勢浩大，恐會折福。

雖說是民間迷信，但寧可信其有不可信其無。

鄔八月委婉地向高安榮提出了自己想法，高安榮卻道：「府裡沒多少人，借著這些個喜事熱鬧熱鬧，也好讓大家都知道知道我們陽陽。」

鄔八月聽他連提都沒提欣瑤一句，心裡便來了氣，語氣稍淡地道：「父親忘了，還有瑤瑤呢。」

高安榮愣了一下，面上頓時有些尷尬，笑了兩聲以作掩飾，連連點頭道：「對、對，還有瑤瑤呢。對了，複兒媳婦，妳怎麼沒把瑤瑤也抱來給我瞧瞧？」

心裡雖然不舒服，但鄔八月也只能回頭囑咐肖嬤嬤，讓她回一水居去把瑤瑤抱來。

高安榮總算是意識到自己這段時間對孫女兒的冷落，面上訕訕的。

鄔八月和他向來沒有多少話說，這下子更沈默了。

恰在這個時候，陽陽在高安榮懷裡哭了起來，高安榮拍哄了好半天，陽陽也沒給他這個祖父面子。

迫不得已，高安榮只能讓鄔八月將陽陽抱了去。

鄔八月檢查了一下，陽陽沒餓，尿布也沒髒，她抱著拍哄了兩下，陽陽的哭聲就止住了。

高安榮更加尷尬了，笑了兩聲說道：「陽陽這孩子，還真是個任性的小子，哈哈……」

鄔八月不接話，高安榮一個人唱獨角戲，臉都微微紅了起來。

淳于氏笑了聲，出來打圓場道：「陽陽跟複兒媳婦待的時間更長些，當然更親近複兒媳婦了，侯爺可不好吃這個醋。」

說著，淳于氏就掩唇笑了。

高安榮也笑了兩聲，心裡卻想著，要是孫子在他身邊待的時間長些，指不定親近誰呢！

鄔八月側抬了頭看了淳于氏一眼，面上不動聲色，卻是開口笑道：「父親也不用擔心，等喬姨娘臨盆，您可就有親兒子抱了。喬姨娘總不敢攔著不讓您親近四爺，您想抱多久、想什麼時候抱，那可由著您。」

淳于氏一聽這話，臉色立刻就變了。

蘭陵侯府只有兩位爺，大爺高辰複，二爺高辰書，鄔八月口中稱喬姨娘的孩子為「四爺」，不單單是暗示著喬姨娘會生個兒子，更提醒高安榮曾經也還有個兒子。

靜和長公主所出、出生即夭、連序齒都沒排的高辰凱……

淳于氏粗喘了一口氣，有些意外地看了鄔八月一眼。

這個女人……幾時也變了？

高安榮因鄔八月的話一陣高興又一陣傷心，茂和堂裡的氛圍有些沈滯。

就在這時，高彤絲卻親自抱著欣瑤來了茂和堂。

高彤絲很喜歡欣瑤，比喜歡初陽更甚。鄔八月抱初陽來茂和堂給高安榮瞧，她都沒跟著，但高安榮要見欣瑤，她卻親自抱了欣瑤來。

一跨進門，高彤絲就笑呵呵地說道：「喲，父親您可算是記起您還有個孫女兒了。」

高安榮咳了咳，不打算接這話。

「把欣瑤抱給我瞧瞧。」他面上不自然地說道。

高彤絲抱著欣瑤朝高安榮走近，嘴上卻不饒人地譏諷道：「難得啊，父親還知道自己孫女兒叫什麼名。我們欣瑤長大以後要是知道了，也不至於太傷心。」

「妳話怎麼那麼多？」高安榮惱怒地瞪了她一眼。

高彤絲瞇眼一笑，絲毫不以為意。

她明知自己早已被高安榮厭惡，再對她嫌棄一二，又有什麼可在意的？

高彤絲小心地將欣瑤抱給了高安榮，高安榮瞪了高彤絲一眼，這才漫不經心地伸手撥開欣瑤臉上的襁褓。

這一看，高安榮不由得瞪大眼睛驚呼，聲音陡然大了起來。「靜和?!」

高安榮的驚呼引得眾人立刻望了過去。

淳于氏臉上一閃而過的驚慌毫不掩飾，她猛地轉向高安榮懷裡，朝著欣瑤的臉直愣愣地望過去。

這一望，淳于氏頓時面色煞白。

這小嬰兒的長相……竟隨了靜和長公主起碼六分，要是再長大些，還不知道要和靜和長公主像多少！

高安榮的手微微地顫，想必他也是想起了靜和長公主這個原配。

「靜和……」

他又低聲輕喚了一句，睜著眼睛的欣瑤循聲盯著高安榮的臉望，盯了一會兒，也不知道是看到了什麼好玩的，竟然咧嘴笑了起來。

清脆的嬰兒笑聲將眾人的魂都招了回來。

高彤絲的反應最快，伸手將欣瑤抱了回來。高安榮因震驚太過，竟然沒有絲毫反應，直到意識到欣瑤已不在他懷裡了，他才衝著高彤絲大聲道：「妳做什麼呢！」

高彤絲將欣瑤抱得緊緊的，冷笑一聲。「做什麼？當然是做我這個當姑姑的該做的事情，要是等父親將欣瑤摔了我再把她抱回來，豈不晚了？」

「一派胡言！」高安榮怒聲道。「為父為何會摔了欣瑤?!」

「不是嗎？」高彤絲又是一聲冷笑。「父親都能將母親棄如敝屣，在母親新喪不到三個月就另娶別人，如今見到和母親容貌肖似的欣瑤，豈不也會看欣瑤不順眼？」

高彤絲微微停頓了下，目光輕柔地落到了因陡生變故而有些呆呆的欣瑤的臉上。

「瑤瑤乖，姑姑會好好保護妳……」

高安榮臉上一陣紅又一陣白。「妳、妳……」

高彤絲詭秘一笑。「父親，您瞧，母親回來了。」

高安榮的胸口開始一陣陣地痛了起來。

高彤絲冷眼望著他，沒有絲毫愧疚或擔心。

「老天有眼，將母親還給我了。」高彤絲突然彎唇笑了。

剛迎上前，扶著高安榮的淳于氏聞言一僵。她緩緩回頭看向高彤絲，高彤絲偏頭朝她一笑。

「侯爺夫人，您說是嗎？」

淳于氏不答，迅速扭過頭去，急忙地喚人道：「來人！來人！侯爺不舒服，快去請大夫！」

高彤絲抱著欣瑤，慢慢站回酈八月的身邊。

「瑤瑤她……長得像靜和長公主？」酈八月還有些茫然。

高彤絲輕輕頷首，道：「嗯，我也是今日才得知。怪不得……我見著瑤瑤，總覺得比見著任何人都要親切……」

高彤絲俯首在瑤瑤的臉上親了一口。「母親……原來長這個模樣。」

她吸了吸鼻子，看向鄔八月道：「大嫂，什麼時候……帶瑤瑤進宮去，讓外祖母也好好瞧瞧吧。」

趙賢太妃只有靜和長公主一個女兒，要是得知曾外孫女和女兒長得極像，恐怕也會涕淚縱橫吧？這對她或許也是一種寬慰。

鄔八月輕輕頷首。

淳于氏讓人扶著高安榮下去了，她回頭看了並肩而立的鄔八月和高彤絲一眼，眼中沒有絲毫溫度，也隨著走了出去。

高辰書讓人將他扶了起來，衝著鄔八月和高彤絲點了點頭。

商量百日宴的事情，也因為這突然的變故，不得不中斷。

高安榮的身體並不差，雖然是被高彤絲的話給氣著了，但緩和一陣後又恢復了正常。

但他的心情總歸是不大好，原本想要給孫子孫女的百日宴大肆操辦一番的念頭也淡了許多，到最後，高安榮決定辦個家宴就好，也不大肆鋪張了。

這自然是如了鄔八月的意，但高彤絲又不滿了起來，開始和高安榮唱反調。

鄔八月勸住高彤絲道：「妳就別再和侯爺擰著幹了，一時是快意了，今後可後患無窮。」

高彤絲冷哼了一聲，到底是沒有忤逆鄔八月的意思。

自從意識到欣瑤長得與髮妻很像之後，高安榮對孫子孫女的態度便顛倒了。

鄔八月每日會抱著初陽去給高安榮瞧，以往高安榮是壓根兒想不起還有個孫女兒的，現如今見到鄔八月只抱了初陽來，心裡不高興，還會責備鄔八月怎麼不把欣瑤給抱來。

而欣瑤要是也來了，高彤絲必然會跟著。有高彤絲在，高安榮和她總會不愉快，氣氛搞得特別僵。

淳于氏的話也少了很多，她的目光不再只圍著初陽看，顯然欣瑤也成了她的眼中釘。死了的人，又以這樣的方式回歸……淳于氏心裡的厭惡可見一斑。

鄔八月要防著淳于氏對初陽和欣瑤不利，但好在一水居的守衛固若金湯，而在茂和堂，還有高辰書坐著，淳于氏似乎也找不到任何可以下手的地方。

她大概是打算暫時放任這樣的情況下去。

因為高彤薇的婚事也要安排了。

如同對孫女兒不上心一樣，高安榮對女兒的婚事也不大在意。之前高彤蕾能夠成為軒王側妃，那也是淳于氏和麗容華斡旋的結果。當然，姜太后也在當中出了一份力。

輪到高彤薇，因為鄔八月生了一雙成為她眼中釘的兒女，淳于氏花在高彤薇身上的精力便少了很多。

或者說，她沒有那麼多的工夫再為高彤薇打算什麼。

肥水不流外人田，正好今年淳于肅民金榜題名，早已成了眾位大人們眼中的乘龍快婿，淳于氏懶得多費精力，回了忠勇伯府和自己的兄長商議了一番，二人口頭上達成了結為親家的決定。

淳于氏回府後將此事同高安榮提了一次，高安榮問了下淳于肅民的為人，便點頭應允了，讓淳于氏看著辦就行。

淳于氏對高安榮這樣敷衍的態度極為不滿。

她知道，這是因為他將心思都放在了兩日後兩個小雜種的百日宴上，根本沒有心思來理會女兒的婚事。

即便是簡單的家宴，他也這般上心……

淳于氏幾乎要將手上的絹帕給撕碎。

百日宴當天，鄔府來的人當然很多。

鄔陵桃和陳王也來了。

瞧得出來，鄔陵桃日子過得極為滋潤，雖然還沒有懷上陳王的子嗣，但陳王倒是極給她面子，鄔家的大小事情，陳王總也會參與一二。

夫妻二人也去見了兩個小傢伙。

開宴前，陳王後知後覺地「咦」了一聲，道：「我說呢，怎麼覺得眼熟……小丫頭和皇姊長得很像。」

鄔陵桃問道：「王爺說的是哪位長公主？」

「還能是哪位？自然是靜和長公主了。」陳王笑了笑，忽然笑道：「啊，聽說妳這妹子長得不像雙親，反倒更像妳們的祖母。如今她生個閨女，也像閨女的祖母，這還真是稀奇。」

鄔陵桃笑了笑，推著陳王去男人那堆說話。

陳王的身分擺在那兒，誰不給他面子？大家齊齊圍了上來，鄔陵桃正好得了閒。

一水居裡，賀氏正抱著初陽，和抱著欣瑤的鄔八月說話，鄔陵梅站在一邊抿唇輕笑。
鄔陵桃提著裙裾走了進來，丫鬟們忙讓開路。
「八月。」鄔陵桃走向鄔八月，在她身邊坐了，笑著往她懷裡望去，笑道：「長得真好。」
「妳瞧著好，自己也趕緊努努力，生一個。」
賀氏免不得又要老生常談。
「妳又不是不能生，自己能生，幹麼指望別的女人生的兒子？趁著現在陳王和妳的感情好，妳得加把勁才行。」
鄔陵桃最怕賀氏提這個，無奈地笑道：「行了，母親，次次見我次次說，不嫌煩哪？」
賀氏嘆道：「妳這丫頭主意大，但這點上，可真的要加把勁才行。」
鄔陵桃撇撇嘴，應了一聲。
鄔八月笑了笑，轉移話題道：「我成日不出門，也不大知道外邊的情況，那個駱家的小子可補了缺了？」
賀氏笑了起來，側頭看向鄔陵梅，拉了她的手道：「補了，在洛陽府轄下的一個縣上任縣令。妳父親和妳祖父提了提，妳祖父幫了力，這事才辦得順利了。」
鄔八月點點頭，又問道：「那他和陵梅的事，可拿出什麼章程了沒有？」
「他這次回鄉任官，自然要和他家鄉父老稟報此事。」賀氏嘆了一聲，道：「那小子瞧著倒是正派人，就是不知道鄉里親戚會不會有些難纏。」
鄔陵梅輕聲道：「母親不用為此擔心，女兒能處理好。」

「瞧瞧，還沒嫁呢，這就護上了。」鄔陵桃掩唇笑了一句，問鄔八月道：「聽陳王說，瑤瑤那孩子長得和靜和長公主相似，是真的嗎？」

鄔八月輕輕頷首。

鄔陵桃皺了皺眉，低聲提醒道：「那妳可要防著點侯爺夫人了。」

# 第七十章

「欣瑤長得像靜和長公主？」賀氏不解。

鄔八月微微頷首，輕聲道：「也是前幾天，侯爺見到瑤瑤才發現的。」

「侯爺夫人肯定不願意有一個長得像靜和長公主的人出現，哪怕只是一個小嬰兒。」鄔陵桃嘲諷地笑了一聲。

鄔八月看向鄔陵桃道：「上次妳還和侯爺夫人聊上天了呢，這就翻臉不認人。」

「我面對她的時候，這張臉就沒真過，談何翻不翻臉。」鄔陵桃掩唇笑了一聲，道：「不過逢場作戲罷了。」

她頓了頓，卻是認真道：「我同妳說的，妳也上點心，侯爺夫人不會待見欣瑤的。」

鄔八月頷首。「不用三姊姊說我也知道，不過孩子們身邊都有人跟著，也隨時都在我的視線範圍內，一水居裡有周侍衛帶人把守著，我也不用掛心安全。意外是不會有的，這點三姊姊可以放心。」

「那就好。」鄔陵桃拿了菱扇搧了搧風，接過丫鬟遞來的香帕擦了擦汗。

「天氣熱起來了，這個時候，我那妹夫兼外甥也應該到了漠北了吧？」

賀氏輕笑一聲，伸手打了鄔陵桃一下，道：「瞧妳那張嘴，盡說些沒正形兒的話。」

鄔陵桃咧了咧嘴，對鄔八月揚了揚下巴。「問妳呢！」

鄔八月好笑地眨眨眼，也回嘴道：「我那姊夫兼舅舅沒有同三姊姊說嗎？」

鄔陵桃也格格笑了起來。「母親，您瞧瞧八月，這生了孩子，她那張嘴可比我更會說話了。」

「妳也知道妳從前伶牙俐齒？」賀氏點了點鄔陵桃的額。「多大的人了，還和妹妹玩笑。」

鄔八月莞爾，道：「他上次來信的時候提過，已經到了漠北了。這個月的信還沒送到，也不知道進展是否順利。」

鄔陵桃笑道：「陳王也是這般說，看來皇上那兒收到的消息和妳得到的消息差不多。」

鄔八月道：「若能和北蠻談和，自然是再好不過的事。」

「放心吧，妳男人有這樣的本事。」鄔陵桃笑道：「他能得皇上重用，把整支使團都交給他帶過去，顯然皇上也十分認可、信任他的能力。」

鄔八月也與有榮焉。

「對了。」鄔八月忽然想起賀修齊和陽秋長公主的事，轉向賀氏問道：「母親，皇上給表兄賜婚，舅父舅母那兒……可歡喜？」

賀氏面上一頓，嘆道：「妳舅母倒看得開些，就是妳舅父，心裡有些擰了，好些日子都沒緩過來。」

「表兄怎麼說？」鄔八月問道。

賀氏道：「妳表兄也沒怎麼說，照樣設宴會友、談詩作畫。」賀氏頓了頓，道：「他和忠勇伯府的那位公子走得挺近的。」

鄔八月睜了睜眼。「母親是說……淳于肅民？」
賀氏輕輕點頭。
「瓊林宴上皇上口頭賜婚，後來也補下了聖旨，上面說是要擇期完婚，還要等欽天監選定吉日。到底是公主下嫁，有皇家一應安排，但妳舅母也省不了事。」
賀氏輕嘆了一聲。「公主下嫁自有公主府，妳舅父舅母在燕京城中本不打算長待著。頭兩日，妳舅母同我聊天時提到，等妳表兄和陽秋長公主成了親，他們便要回鄉了。」
「回元寧？」鄔八月張了張口。
賀氏點頭。「公主下嫁，對他們自然不能執尋常的兒媳之禮。妳舅父為人較為古板，心裡恐怕不會高興，與其這樣難受難堪，倒不如各過各的。」
鄔八月嘆息一聲。「舅父希望表兄金榜題名、光耀門楣，如今表兄成了駙馬，仕途無望，舅父心裡自然不會舒坦。」
賀氏笑了笑，道：「這也是妳舅父舅母該考慮的事情，妳就不用多操心了，還是將心思多放在兩個孩子身上才是。」
賀氏低頭逗了逗初陽，又笑著誇讚道：「瞧我的外孫長得多白淨，將來長大了不知道要迷倒多少女孩子。」
鄔八月聞言笑了笑，也低下頭，欣瑤的笑臉頓時映入眼簾。原來靜和長公主是長得這般模樣……
鄔八月輕嘆一聲，想了想，問鄔陵桃。「欣瑤長得像靜和長公主的消息，不知道會不會傳到宮裡去？」

鄔陵桃笑道：「怎麼傳不過去？今兒百日宴雖然辦得不隆重，但來的也多有皇親貴戚，一傳十、十傳百的，宮裡的人很快就會知道了。」

鄔陵桃問道：「怎麼，妳不希望宮裡的人知道？」

「倒也沒有。」鄔八月搖頭道：「我本就打算帶著孩子進宮去給趙賢太妃請安的。」

賀氏點點頭，嘆道：「也理該去給趙賢太妃請安才是。」

高欣瑤長得肖似其親祖母靜和長公主的消息，在蘭陵侯府的百日宴後不脛而走。居於宮中，卻也時常記掛著子孫的趙賢太妃自然也聽到了風聲。

曾外孫出生後她還沒見過，本就念著要瞧瞧兩個雙生孩子，這會兒得知女娃娃和靜和長公主長得很像，哪坐得住？沒隔兩日，她便讓人去給鄔八月下了口諭，讓鄔八月帶著兩個孩子去宮裡給她請安。

鄔八月早就想著，趙賢太妃知道了，定然會讓她進宮的，所以一早便做好了準備，接到口諭後也不慌不忙，翌日便帶著兩個小傢伙去宮中。

高彤絲一路護送到宮門口才止住了腳步。

她不忘叮囑鄔八月道：「大嫂進宮以後直接去慈安宮，別到別的地方逗留。」

鄔八月頷首，笑道：「我帶著兩個孩子也不可能去別的地方啊，妳就放心吧。」

高彤絲目送鄔八月坐了小轎，見不到轎影了才離開。

一路暢通無阻，鄔八月順利地帶著欣瑤和初陽到了慈安宮。

轎子停穩，鄔八月抱著初陽，才跨出轎門，臉上的笑還沒完全綻開，就愣在了原地。

姜太后身邊的靜嬤嬤赫然站在慈安宮門外。

靜嬤嬤在這兒，還守在殿外，可想而知，姜太后必然也在慈安宮內。

鄔八月平了平氣，抱著欣瑤的肖嬤嬤也從另一抬轎子裡走了出來，急忙行到了鄔八月身邊。

她一個人不可能同時抱兩個孩子進宮，除了朝霞照例跟著她之外，肖嬤嬤也跟來了宮中。

鄔八月深吸一口氣，朝霞暗暗給幾個抬轎的嬤嬤塞了點銀錢，回到了鄔八月身邊。

「靜嬤嬤也在啊？」鄔八月面上重新掛上了笑。

靜嬤嬤照舊是那副陰沈的模樣，蹲身給鄔八月福了一禮。「見過高夫人。」

鄔八月笑了一聲。「嬤嬤免禮。」

靜嬤嬤話不多，更無意與鄔八月多做交談，鄔八月自然不會放低身段去討好她。

再是姜太后面前近身伺候的人，對鄔八月來說，也不過是個提線木偶。說難聽些，不過是姜太后的一條狗。

鄔八月微微側頭，低聲提醒肖嬤嬤道：「太后也在慈安宮，嬤嬤行為做事要小心著些。」

肖嬤嬤立刻頷首，走路越發謹慎了起來。

慈安宮裡聽不見什麼聲音，鄔八月抱著初陽，身邊跟著肖嬤嬤和朝霞，引路的宮女腳步放得很輕。

鄔八月見她是慈安宮的熟面孔，不由輕聲詢問道：「靜嬤嬤怎麼在慈安宮外邊等著？」

宮女輕聲答道：「回高夫人，靜嬤嬤不是在等著，而是奉了太后之命，正要去請陽秋長公主來。」

「請陽秋長公主？」鄔八月頓時皺眉。「請陽秋長公主來慈安宮做什麼？」

宮女低聲應道：「太后來了有一陣子了，尋幾位太妃說陽秋長公主出嫁的事。」

鄔八月抿了抿唇。「怎麼早不說晚不說，偏偏今兒說這事？」

宮女低了頭不敢應聲。

到了慈安宮正殿，宮女止步，做了一個請的姿勢，鄔八月緩緩走了進去。

門簾掀開，正殿中坐了一排的宮中貴婦，內侍尖聲稟道：「高夫人到。」

鄔八月目光平視，做足了宮禮，從容不迫地給姜太后和諸位太妃請安。

「快起吧。」

趙賢太妃沒等姜太后出聲，率先便笑道：「抱著孩子呢，行什麼大禮？來人啊，給高夫人看座。」

鄔八月心裡感激，剛坐了下來，便聽到姜太后軟糯慵魅的聲音響起。

「趙賢太妃可真是疼愛外孫媳婦，只可惜呀，哀家沒女兒，就別提能讓哀家疼愛的外孫媳婦了。」

姜太后這話讓人怎麼聽怎麼不舒服。

但趙賢太妃在宮中幾十年，也不是吃素的，當即便揚眉道：「太后說的這什麼話？先帝崩，新帝即位，尊您為太后，您母儀天下，靜和自然也是您的女兒。您要說沒女兒，先帝可沒辦法答應。」

鄔八月心裡頓時叫了一聲好，偷瞄向姜太后，果然見她的臉微微僵了。

姜太后提起「女兒」，可趙賢太妃膝下的靜和長公主早夭，可見姜太后不安好心；而趙賢太妃提到先帝，又是在影射姜太后不將靜和當作自己女兒看待，枉為母儀天下的太后。

短短兩句，各自抓住對方的痛腳。

慈安宮正殿鴉雀無聲。

還是楚貴太妃會暖場子，見氣氛凝滯，不由出聲笑道：「咱們這兒來了兩個小客人呢。」她朝鄔八月招招手，笑道：「聽說妳那龍鳳雙胎模樣乖巧得很，趕緊抱上來給我瞧瞧，看看是個什麼俊模樣。」

鄔八月便起身走近楚貴太妃，將她懷裡的初陽抱給她瞧。

楚貴太妃誇了一句，一邊伸手將初陽抱到自己懷裡，一邊朝著肖嬤嬤點下巴，道：「抱給趙姊姊瞧瞧。」

楚貴太妃說著便問鄔八月道：「我這手裡抱的是弟弟吧？」

「是。」鄔八月拿絹帕給初陽擦了擦嘴邊的流涎，笑道：「太妃眼可真尖。」

楚貴太妃笑呵呵地道：「比你們年輕人多吃幾十年飯，總要有點比得過你們才行啊！」說著，楚貴太妃便朝著趙賢太妃望去。

鄔八月也望了過去。

肖嬤嬤將欣瑤穩穩地放到了趙賢太妃的臂彎當中。

趙賢太妃溫柔地盯著欣瑤的臉，眼眶有些微微泛紅。

「欸，趙姊姊見著曾外孫也別哭啊，可別讓人笑話。」楚貴太妃小聲地勸了一句，趙賢太妃抿了抿唇，愛笑的欣瑤恰在這時衝趙賢太妃露了個笑。

那一刻，趙賢太妃沒能止住鼻頭的酸意，眼淚頓時就流了出來。身邊的嬤嬤趕緊上前給趙賢太妃揩淚，鄔八月也有些手足無措。

「沒事，沒事……」趙賢太妃搖了搖頭，吸了口氣，抬起頭對鄔八月笑道：「這丫頭長得真好。」

鄔八月輕聲道：「太妃娘娘喜歡她就好。」

「喜歡，怎麼不喜歡……」趙賢太妃笑了笑，鼻音很重地說道：「這可是我的曾外孫女兒……」

「趙賢太妃這是喜極而泣啊，聽說妳這曾外孫女兒和靜和長得很像，也抱給哀家瞧瞧，看看有多像？」姜太后莞爾一笑，依舊風情萬種。

趙賢太妃臉上立刻露出不悅的表情，但不過轉瞬即逝。她輕笑一聲道：「太后何必這麼著急，再過三、四個月，您不也要抱曾孫子了嗎？」

軒王是宣德帝的五個兒子當中第一個封王，也是第一個成家的，年紀雖然並不算大，卻也要當父親了。

姜太后只當聽不出來趙賢太妃含沙射影的話，仍舊伸著手，臉上也還笑著。「趙賢太妃用不著這麼小氣吧，靜和也是哀家的女兒，不是嗎？她的孫女兒，自然也是哀家的曾外孫女兒了。讓哀家來瞧瞧，這小丫頭和靜和有幾分相似啊？」

趙賢太妃喉頭一梗。

姜太后拿她之前說的話來將自己一軍，這是趙賢太妃沒有想到的。

趙賢太妃沈默了片刻，到底還是抱著欣瑤緩緩起身，走到姜太后身邊去。

「太后，您可要悠著點。小嬰兒身子骨弱，您那手可要托穩了。」趙賢太妃沈沈地說了一句。

姜太后莞爾道：「妳就放心吧，哀家還能摔了她不成？」

鄔八月心裡一滯，目光緊緊黏在姜太后托著欣瑤的手上。

可不就是怕姜太后把欣瑤給摔著了嗎？

偏偏這時候，姜太后也抬頭，正好對上她的視線，衝她露出一個笑容。

鄔八月只覺得背上冒了一層冷汗。

姜太后笑完之後緩緩坐了回去，目光不經意地轉到了欣瑤的臉上。

她明顯地怔了一下，臉色也似乎突然一白。

鄔八月做好了隨時上前的準備。

這時，欣瑤卻在姜太后的懷裡掙扎起來，發出了啼哭。

姜太后頓時不耐煩地道：「都看著做什麼？把高家姊兒抱去啊！」

鄔八月立刻上前，不由分說地就從姜太后懷裡將欣瑤抱回來，拍哄了兩下。

欣瑤立刻就止了哭聲，依著母親的懷抱有些委屈地癟嘴，低聲抽泣著。

慈安宮中其餘的太妃看姜太后的目光便有些不對勁了。

鄔八月也顧不得別的，當即便檢查欣瑤的襁褓。她心裡還是會擔心是不是姜太后在這時間裡做了什麼手腳。

姜太后的臉更綠了。

「呀……」鄔八月檢查了一圈後，尷尬地笑了笑，道：「瑤瑤尿了……」

肖嬤嬤立刻上前，鄔八月將欣瑤抱給她，趙賢太妃則從滿面寒霜頓時轉成滿面笑容，讓人帶肖嬤嬤下去給欣瑤換尿布。

「太后要不要……也去換一身衣裳？」趙賢太妃笑得格外開心。「不過欣瑤還只是個小嬰兒呢，尿濕了也沒有怪味，能讓小嬰兒尿在身上，說明太后福氣好呢。」

姜太后僵笑了兩聲，面上也維持不下去了，雖然身上並沒有被欣瑤弄濕，但得知欣瑤是尿了，還是覺得有些膈應。

「來人，扶哀家去換一身衣裳。」

姜太后扶著宮人的手，斜斜地盯了趙賢太妃和垂首站著的鄔八月一眼，道：「哀家少陪了。」

趙賢太妃領著眾人緩緩起身，懶懶地福禮道：「太后慢行。」

姜太后人一走，趙賢太妃頓時喜笑顏開，她拉過鄔八月的手，衝楚貴太妃笑道：「瞧見她方才那表情了嗎？」

楚貴太妃抿唇笑，樂道：「趙姊姊什麼時候也喜歡這麼玩了？」

趙賢太妃哼了一聲。「以前她姊姊長姊姊短地叫我們，叫得多親熱，現在成了太后，越發喜歡擺譜了，一口一個哀家，生怕別人不知道她『哀』得很嗎？」

其他太妃都出言相勸。「趙姊姊別和她置氣。」

「我才沒那閒工夫和她置氣呢！」趙賢太妃哼道，臉上又露出笑容來。「瑤瑤可真是給我出了一口惡氣。」

「別光顧著妳曾外孫女兒，這兒還有妳曾外孫呢。」楚貴太妃下巴點了點自己懷裡的初陽。

趙賢太妃便樂呵呵地上前，從楚貴太妃手裡將初陽穩妥地抱了過來。鄔八月扶著她落了坐。

趙賢太妃看了初陽片刻，對鄔八月笑道：「這孩子長得像他父親。」

鄔八月微微頷首，笑道：「是呢，兩個孩子沒一個和我長得像的。外祖母，您說我冤不冤？」

眾人都笑了起來，都說鄔八月好福氣，一年抱倆，今後定然是多子多孫的好命。

「趙姊姊，我說什麼來著？」楚貴太妃笑道：「複兒和八月成親第二日進宮，妳還說要是能抱上曾外孫子就好了，現在一下抱了兩個，妳身體還那麼康健，以後就是再抱玄外孫子，也定然沒問題！」

趙賢太妃臉上笑開了花，看得出來十分高興。

眾人圍著兩個孩子的話題說笑了一會兒，肖嬤嬤便抱著欣瑤回來了。

鄔八月抱了欣瑤，趙賢太妃讓她坐到了身邊，抱一個，隨時還能看另一個，都不耽誤。

不管是欣瑤還是初陽，趙賢太妃都喜歡得不行，還想著要給兩個孩子請一個爵位。

郞八月忙阻止道：「外祖母，這樣太招眼了，爺還在漠北，現在也沒立什麼功績，皇上那兒恐怕會有想法。」

趙賢太妃想了想，正待說話，外面宮女卻打簾進來道：「太妃，太后更衣回來了。」

趙賢太妃面上閃過一絲不悅，緊接著又莞爾一笑。

「給初陽封爵位的確不大可能，不過欣瑤就沒關係了。」趙賢太妃抬了抬下巴。「太后來了，還愣著做什麼？還不趕緊掀了簾子等太后鳳駕？」

姜太后回來後，正殿中的氣氛又冷了許多，諸位老太妃礙著姜太后在場，都不大願意說話。

趙賢太妃抱著初陽，來回逗弄著兩個孩子，也不搭理姜太后，將她冷落在一邊。

起初姜太后還有閒心自己找話題，太妃們總不敢不接她的話，但後來，大概連她自己都覺得沒什麼意思了，也不怎麼開口了，只能和裕太妃說上兩句。

時間匆匆而過，不久之後，靜嬤嬤也回來了。

她身後跟著一個宮裝蒙面紗的少女，少女身後跟了兩個宮女。

陽秋長公主……

陽秋長公主個子不高，單從身量上看，顯得有些單薄，一副病弱的模樣。行到人前也只低著頭，不怎麼看人，更別提視線交流。

陽秋長公主給姜太后和諸位太妃行了個禮，不再開口，只站著聽吩咐。

姜太后笑了一聲，道：「陽秋不用害羞，來人啊，給長公主看座。」

宮人引了陽秋長公主落坐，陽秋長公主道了句「謝過太后」，仍舊低垂著頭。

鄔八月微微抿了抿唇，心裡有些同情。

陽秋長公主的聲音有些過於喑啞，不知道是因為這些年閉鎖在解憂齋，也不怎麼說話的緣故，還是當年那場火災在燒毀了容貌的同時，也奪走了她原本的聲音。

待陽秋長公主落坐，姜太后便笑道：「陽秋是先帝兒女之中，年紀最小的，如今也要成親了。」

陽秋長公主欠了欠身。

「今科探花郎倒也生了一副好模樣，家中又是書香門第，雖然地位差了些，但這次能高中，可見他不是庸俗之人，與陽秋妳倒也般配。」

姜太后掩唇笑了笑，忽然驚呼一聲，拍了拍自己的額笑道：「哀家這腦子也真是不夠用了，陽秋，方才妳和哀家、諸位太妃見了禮，這兒可還有一個人，妳也得見見禮才行。」

說著，姜太后便望向了鄔八月。

鄔八月抱著欣瑤，在陽秋長公主進來時只起身欠身福了一禮，並未行太正統的禮儀，現在姜太后點名要她們見禮，鄔八月也沒辦法違背。

朝霞將欣瑤抱了過去，同時，陽秋長公主也站了起來。

鄔八月朝陽秋長公主走近了些，兩人正式見了禮。

姜太后格外熱情地給兩人引薦。

「這是八月，陽秋還記得妳靜和皇姊吧？這是妳靜和皇姊的兒媳婦，也就是妳的甥媳婦。」

姜太后笑了一聲，又道：「而且啊，她還是妳未來夫婿的表妹。」

陽秋長公主遮著半張臉，能從露出來的眼睛及上半部分看得出來，她的臉的確有被燒毀的痕跡，疤痕延伸到了眉骨之上。

聽得姜太后說的話，陽秋長公主倒是沒有露出絲毫的吃驚，連抬一抬眉毛的面部表情也沒有。

她輕輕地對鄔八月點了點頭，一時之間為難著，似乎是不知道該怎麼稱呼鄔八月。

鄔八月笑道：「長公主喚我八月就好。」

陽秋長公主要比鄔八月年紀還小，但從高辰複那邊的輩分算，她還比鄔八月長一輩，叫她名字倒也不為過。

陽秋長公主便低啞地喚了一句。「八月。」

姜太后拊掌笑道：「看來妳們也是一見如故啊，這還真是不是一家人，不進一家門。」

鄔八月微微頷首。「婚事乃皇上御賜，長公主與探花郎自然是天賜良緣。」

姜太后笑了笑，擺手讓鄔八月和陽秋長公主都坐了下來。

「太后。」趙賢太妃細細撫著宮裝前襟上的刺繡，輕飄飄地道：「您說要商議陽秋出嫁的事，這會兒陽秋也到了，有什麼話，太后您老人家就趕緊說吧。」

姜太后聞言一笑，笑聲卻有些冷。

大概是趙賢太妃話裡那句「您老人家」讓姜太后心生不爽了。鄔八月暗暗忖度道。

姜太后說道：「方才哀家也說了，陽秋呢，是先帝兒女當中年紀最幼的，先帝還沒見著陽秋的面便駕鶴西去了，岑太妃也去得早，陽秋自小就沒了生身父母，是皇上皇后親自撫育長大的，哀家也是疼她的。」

這話怎麼聽怎麼假。

真的疼她，會在那麼多人面前提起她自小就沒了親生父母這件事嗎？

鄔八月暗暗腹誹，卻也關切陽秋長公主的反應。

但陽秋長公主似乎沒有受姜太后的影響。她戴著面紗，臉上仍舊是波瀾不驚。

鄔八月卻是有些嘀咕了。陽秋長公主如此沈得住氣，明顯不是腦子傻……她這樣，反倒讓鄔八月有一種陽秋長公主城府很深、很有心計的感覺。

「不管先帝如何、岑太妃如何，陽秋總是皇家公主。」楚貴太妃性子稍急，聽不下去姜太后這般說話，出言道：「既是皇家公主，出嫁事宜自然有禮部鄭重相待，難不成還能委屈了先帝最後一個未出嫁的女兒不成？」

楚貴太妃的出言相嗆讓姜太后頓時下不來臺。

姜太后深呼吸了一口氣，方才說道：「禮部自然要為陽秋的婚嫁之事周全，哀家此番來慈安宮，與諸位姊妹談及陽秋婚事，當然和婚儀並沒有太多相干。」

「那太后來此，到底所為何事？」趙賢太妃彎唇一笑。「難道是和諸位姊妹討論，該給陽秋多少嫁妝？」

太妃們都笑了起來，姜太后臉色一沈，太妃們頓時又不敢出聲笑了。

「趙賢太妃，這整個內宮都是哀家的地盤，哀家想來這兒，還要妳同意不成？」

姜太后斜視著趙賢太妃，語氣冷冷的。

趙賢太妃微微一笑，欠身道：「太后想去哪兒便能去哪兒，我當然不敢攔著。有事便說事，陽秋之事，太后只管吩咐，我們眾姊妹照做便是。」

楚貴太妃也站起身道：「太后吩咐吧，您身嬌體貴，慈安宮可比不得慈寧宮，在我們這裡，怕要連累您受晦氣。」

慈安宮中就數趙賢太妃和楚貴太妃的地位最高，她們兩人出了聲，其餘住在慈安宮中的太妃也不敢再出聲了。

正殿之中，好一陣的靜謐。

半晌之後，姜太后冷哼一聲道：「既然如此，太妃們便安心地在慈安宮頤養天年吧，哀家就不奉陪了。陽秋的婚事，妳們也不用操心了。」

趙賢太妃面上一頓，姜太后卻已拂袖而去，裕太妃緊隨其後。

陽秋長公主對著趙賢太妃等人鞠了一躬，也步履從容地跟了上去。

「她什麼意思！」楚貴太妃率先指著殿門口怒聲道：「她是太后，就能在這內宮之中橫行霸道？咱們再不濟，也是先帝的妃嬪！先帝駕崩前，我與趙姊姊的位分可還在她姜茗昭之上！」

姜茗昭乃是姜太后的閨名。

四妃之位，也要排個貴德賢淑，姜太后在太宗朝時乃是姜淑妃，楚貴太妃、趙賢太妃都在她之前，也就是命好，生了個有出息的兒子，否則依著趙賢太妃、楚貴太妃的娘家勢力，如果她們有兒子，江山會落在誰的兒子手裡，還不一定呢！

趙賢太妃拉住楚貴太妃，道：「算了，消消氣，她現在是太后，掌後宮大權，我們哪能得罪了她？」她嘆息一聲。「我們這些老東西這輩子也都要活到頭了，計較那些沒意思，我擔心的是陽秋那丫頭。」

楚貴太妃皺眉道：「姜茗昭她什麼意思？」

趙賢太妃冷冷一笑。「她沒什麼意思，今兒來和從前來一樣，不就是為了顯擺顯擺她現如今的地位？抬出陽秋來，說是同我們商量，實際上卻在告訴我們，陽秋的事我們管不著。」

楚貴太妃冷嗤道：「平民出身，果然就只有這點見識。」

「好在皇上倒不糊塗。」趙賢太妃頓了頓，對楚貴太妃道：「改明兒，妳同我去皇上跟前求個恩典。」

楚貴太妃疑惑道：「什麼恩典？」

趙賢太妃笑著看向鄔八月，鄔八月疑道：「外祖母有何吩咐？」

「沒有什麼吩咐。」趙賢太妃拉過鄔八月的手，道：「我去皇上跟前求個恩典，讓他看著欣瑤和靜和長得像的分上，給欣瑤封一個郡主封號。」

鄔八月頓時瞪大眼，忙道：「外祖母，萬萬不可！」

「有什麼不可的？我說可就可。」趙賢太妃拉住鄔八月，鄔八月搖頭道：「欣瑤還那麼小……」

「那麼小怎麼了？郡主之名，那也是欣瑤該有的。」

趙賢太妃微微有些惱。「蘭陵侯爺是怎麼回事？遲遲不上表請立世子。複兒要是成了蘭陵侯世子，那初陽也能被稱一聲小世子了。」

鄔八月抿了抿唇。

她不希望兒子女兒在這般小的時候就這麼打眼，雖說現在他們也已經夠招眼了。

趙賢太妃心意已決，鄔八月再勸也沒用。

進一趟宮，可真是次次都讓人覺得心力交瘁。

辭別趙賢太妃和楚貴太妃，鄔八月坐上了出宮的轎輦。

轎中，鄔八月抱著欣瑤，還在想著今日姜太后和陽秋長公主臉上表情的各種細節，想從中分析一下她們都在想些什麼。

搖搖晃晃的轎輦卻在半途停了下來。

朝霞慌張地掀開轎簾，低聲而急促地道：「大奶奶，撞上御駕了。」

鄔八月睜大眼睛，不敢耽誤，立刻從轎中鑽了出來，和所有人一起靜靜地站在了宮道紅牆邊緣，蹲膝躬身。

靜鞭聲響，宣德帝朝著這邊越走越近。

鄔八月隱約聽到有人問前方是誰，有人答是蘭陵侯府的高大奶奶奉慈安宮趙賢太妃口諭，攜雙生兒女進宮請安。

然後鄔八月覺察，一雙黑底龍紋皂靴停在了她不遠處。

一個威嚴的聲音道：「原來是複兒家的，起來吧。」

# 第七十一章

這不是鄔八月第一次見宣德帝，但每次見到宣德帝，鄔八月總會為他身上的威儀所震懾。

何況她一直懷疑，其實宣德帝知道姜太后和祖父之間的私情。

若是果真如此，宣德帝一直以來裝聾作啞到底是為什麼……

鄔八月站了起來，微微弓著腰。

宣德帝笑道：「這是才從慈安宮出來？」

鄔八月將頭埋得更低了些，道：「回皇上，是。」

宣德帝點了點頭，目光讓兩個被抱在懷中的嬰兒吸引了過去。

高辰複一舉得雙生龍鳳的事，因為他啟程之前大肆操辦的洗三宴而廣為人知，就連宣德帝也從蕭皇后口中聽說了這件事。

他面上一頓，問道：「妳懷裡抱的，是令公子還是令千金？」

鄔八月低聲回道：「回皇上，臣婦懷中所抱是小女。」

宣德帝笑了笑，朝身邊的魏公公看了一眼。

魏公公心領神會，上前從鄔八月懷中托過欣瑤的小身子，抱給宣德帝看。

鄔八月不敢反抗，只能小心地讓魏公公抱了欣瑤過去。

魏公公接過欣瑤時也望了欣瑤一眼，倒是愣了一下。

隨後，他更小心地將欣瑤抱到了宣德帝面前。

皇帝是不可能隨便抱嬰兒的，即便是自己喜歡的皇子皇女，能得他一抱，那便是頂天的福氣。

宣德帝也只是想瞧瞧兩個孩子長什麼模樣，聽蕭皇后說起，前去參加了蘭陵侯府洗三宴的眾位夫人都對這兩個孩子誇得不行，畢竟是龍鳳雙胎，倒也算是少見的，宣德帝好奇也不為過。

然而他探頭一看，如同魏公公一般，也愣住了。

兩個孩子的百日宴才剛舉辦過，宮中內婦即便聽說欣瑤與靜和長公主長得很像，也不可能八卦給宣德帝聽，是以宣德帝還不知道這件事。

如今一瞧欣瑤的模樣，怎會不驚訝？

愛笑的欣瑤即便到了陌生的魏公公懷裡，也並不排斥，小嘴張著露出粉紅色的牙床，正對著宣德帝笑。

宣德帝呆了呆，回過神時，卻見欣瑤朝他伸了兩隻嫩嫩的小胳膊。

鄔八月偷眼瞄著，心裡著急，正想上前去將欣瑤抱回來，再給宣德帝賠罪，但讓她驚詫的是，宣德帝竟然伸手將欣瑤抱了過去。

他抱嬰兒的手法並不嫻熟，魏公公小心地托著欣瑤的小身子，幫著宣德帝調整抱嬰兒的手勢。

而鄔八月在一旁看得心都要跳出來了。

宣德帝將欣瑤抱穩了，欣瑤還把臉湊到宣德帝的龍袍上蹭了蹭，舒服地格格笑了出來。

宣德帝臉上的笑容也柔和了。
「皇上，高大人的千金喜歡皇上呢。」魏公公在一旁笑道。
宣德帝朗聲道：「在民間，這丫頭也要叫朕一聲舅爺，能不喜歡朕嗎？」
魏公公連聲應是。
宣德帝笑了一會兒，倒是沈默了下，看向鄔八月，道：「有沒有人說過，這丫頭長得像靜和長公主？」
鄔八月頓了頓，方才道：「回皇上，侯爺和太妃娘娘們都曾提過。」
宣德帝不知想到了什麼，半晌後方才嗯了一聲。
魏公公輕聲提醒他道：「皇上，高大奶奶還等著出宮呢。」
宣德帝微微點頭，讓魏公公將欣瑤抱回給鄔八月。
欣瑤有些不滿地哼了哼，大概是換了懷抱，覺得不大舒服，等回到鄔八月懷裡被母親輕拍著哄了哄，方才安靜了下來。
宣德帝頓住，視線又投到了欣瑤的身上。
他開口詢問道：「都給孩子取了什麼名？」
鄔八月輕聲道：「回皇上，長女欣瑤，長子初陽。」
「欣瑤……」宣德帝唸了一句，點點頭道：「嗯，名字還不錯。」
「謝皇上誇獎。」
「時辰不早，既趕著出宮回府，就別多耽誤。」宣德帝揚了揚手，又看了鄔八月懷裡的襁褓一眼。

魏公公命人開路，宣德帝轉身大步而行。

鄔八月等人便又如迎駕時的姿勢，蹲膝躬身，齊齊朗聲道：「恭送皇上。」

高彤絲在宮外等著接鄔八月，見到轎輦出來便趕緊迎上前，待鄔八月步出轎輦後，她忙不迭地將欣瑤抱到了懷裡。

欣瑤在搖晃的轎輦中已睡熟了。

見到高彤絲對女兒殷勤的態度，鄔八月有些無奈。

原本以為生了一雙兒女，兒子總要比女兒受歡迎，沒想到現如今大家的目光都聚集在了女兒身上，反倒把兒子給冷落了。

想到這兒，鄔八月便回身，示意肖嬤嬤將初陽抱給她。

「回去吧。」鄔八月對高彤絲笑道。

兩人回了蘭陵侯府，高彤絲跟著鄔八月進了一水居。

她免不得要問一問今日進宮的情況。

鄔八月倒也沒瞞她，將見到姜太后和陽秋長公主的事情如實相告，連後來出宮時，遇到宣德帝御駕的事情也告知了高彤絲。

高彤絲抱著欣瑤，眼中露出了些許深思。

「太后可有說，小皇姨的婚期是什麼時候？」高彤絲問道。

鄔八月搖了搖頭，道：「太后和外祖母她們言語上有些不愉快，幾乎沒提有關陽秋長公主的具體之事。」

高彤絲皺了皺眉。

「翁主在想什麼？」鄔八月偏頭問道。

高彤絲笑了笑，擺擺手道：「沒想什麼。」

鄔八月試探地問道：「之前翁主入宮——」

高彤絲打斷她道：「對了，外祖母說要去給欣瑤求一個恩典，這是件好事。」她笑著起身道：「外祖母一向是說一不二之人，如果順利，封賞詔書很快就會下來，大嫂要做好準備才是。」

鄔八月愣了愣，高彤絲已經笑著和她辭行了。

她是打定主意不談陽秋長公主之事了。

鄔八月無奈，點點頭道：「我知道了。」

果然如高彤絲所說，隔沒兩日，宮裡就下了特例敕封欣瑤為郡主的諭旨。

這算得上是越好幾級晉封了，畢竟欣瑤的生身父母都沒有爵位在身。

這個大消息，自然也在蘭陵侯府如平靜湖面的表面投下了一粒激起漣漪的石子。

對高安榮來說，他認為這是宣德帝對高辰複的嘉獎，也是他會繼續重用高辰複的一個信號，當然更加堅定了要將爵位傳給高辰複的想法。

淳于氏顯然也是這樣認為。

因為高辰書的不配合、宣德帝對欣瑤的重視，還有高彤薇婚事的不順利，都讓淳于氏感到疲憊。

鄔八月發現，一向注意自己形象的淳于氏竟開始有些不修邊幅了起來，人也憔悴了許多。

高彤薇的臉色也不好。

向暮靄詢問，鄔八月才知道，最近淳于氏因為高彤薇的婚事而心力交瘁。

淳于氏原本是希望讓高彤薇嫁給淳于肅民。她滿懷信心，認為自家兄長定會欣然同意高彤薇和淳于肅民的婚事。

然而淳于泰興在口頭上應承之後，卻又斷然反悔，如何不讓淳于氏錯愕？

被此事打擊的淳于氏近兩日做任何事情都提不起精神。

高彤絲對鄔八月道：「這就叫做惡人自有惡人磨。」她嘴角牽起一個冷冷的笑，說道：「夫妻本是同林鳥，大難來時還各自飛呢，更別說兄妹了。有利可圖時你好我好，無利可圖時，不也得分道揚鑣？」

鄔八月抿唇看向高彤絲，輕聲道：「翁主這話將全天下夫妻和兄妹都繞進去，說得可是不妥當，至少妳大哥就不會如此。」

高彤絲莞爾一笑，忙和鄔八月賠了個罪。

鄔八月擺了擺手，頓了片刻道：「最近侯爺夫人和彤薇看人的眼神都有些冷，脾氣也有些暴躁，我們能避著她們，還是避著些比較好，妳別上前招惹。」

高彤絲撇了撇嘴，對鄔八月的話不以為意。「我就算上前招惹了，她們又能怎麼著？淳于老婦嘛，還得端著她侯爺夫人的架子，也就是高彤薇可能會上前同我理論。我還怕她一個乳臭未乾的小丫頭？」

鄔八月搖了搖頭。「多一事不如少一事，妳也說她是乳臭未乾的小丫頭，又何必和她計較？」

高彤絲哼哼兩聲。

「如今欣瑤被封為郡主，我看那母女倆心裡怕是更加不平。」她轉而又笑道：「皇上肯冊封，肯定不只有外祖母求恩典的緣故，這可是破了大例的，可見皇上也對欣瑤上心，必定是覺得欣瑤長得像母親，這才肯冊封欣瑤。」

高彤絲意味深長地道：「皇上也念著母親呢，淳于老婦……她算個什麼東西？」

帝心難測，鄔八月也不想揣測宣德帝的心思。

欣瑤被冊封為郡主，終歸是一件有利有弊的事情，不知道會不會招致別的災禍……鄔八月心裡有些憂愁。

隨著敕封詔書一同下來的，還有宮裡賜下的一些封賞。

高安榮當然不會貪孫女兒的這些東西，鄔八月的私庫裡便又多了好些寶貝。

其中有一疋珍貴的煙雲羅夏紗綢，讓高彤薇看中了，上了心。

翌日，鄔八月帶人抱欣瑤和初陽去給高安榮瞧的時候，高彤薇便開口問鄔八月要。

她猶豫了一下。

宮裡賜下的布疋自然是由內宮織造局織造出來的，也都有皇家印記，那疋煙雲羅夏紗綢的料子，鄔八月本打算給兩個小傢伙做幾身衣裳的。

煙雲羅的布疋料子本就精貴，夏紗綢穿著也舒服涼爽，尋常買也是買不到的，宮裡也只賜下了一疋，要是做了大人的衣裳，留給兩個小傢伙做衣裳的料子可就剩得不多了。

鄔八月委婉地同高彤薇說，等剪裁下給兩個小傢伙一人做一件小衣裳所需要的尺寸之後，把剩下的給高彤薇。

那料子本就不屬於高彤薇，高彤薇要這東西，別人肯給她那是情分，不給她那也是本分，何況她與鄔八月又不親，即便鄔八月不答應，她也沒資格和鄔八月鬧騰。

可大概是最近婚事不順，讓高彤薇心裡堵得慌，高彤薇一聽這話頓時就炸毛了。

「大嫂，妳什麼意思啊？我要妳一疋料子妳都捨不得？讓妳兒子閨女用剩下了的才給我？妳當是打發要飯的不成！」

高彤薇這話說起來可就過分了。

高安榮、淳于氏、高辰書都在，高彤絲在鄔八月旁邊坐著，懷裡抱著欣瑤。

早在高彤薇開口的時候，高彤絲就想開口譏諷了，要不是鄔八月拉著她，她就出聲了。

現在聽高彤薇這般態度，高彤絲哪忍得了？當即就要站起來和高彤薇理論。

鄔八月不想橫生枝節，不過是一疋料子，棉布做的衣裳吸汗，小嬰兒也能穿，不一定非要用煙雲羅夏紗綢的料子來做，何況最近欣瑤也的確太招眼了。

鄔八月拉住高彤絲，搖了搖頭。

「彤薇不要誤會，煙雲羅的料子本就珍貴，宮裡也只賜下了一疋。我想著給妳姪兒姪女做了衣裳，剩下的也夠妳做一套衣裳。既然妳不願意，那整疋料子妳都拿去吧。」

鄔八月對這件事看得並不重。料子是宮裡賜下的，本就是意外得來的，犯不著為此和高彤薇嗆聲。

高彤絲可就被氣慘了。

「自己沒有，問人家要，人家不給，還厚著臉皮說是人家的不對。這什麼道理？」高彤絲冷笑了一聲，道：「這下好了，大嫂看不上那疋料子，正好打發要飯的。」

高彤薇頓時氣鼓了眼睛，高彤絲挑著眉望著她。

尋常人要是被這般譏諷，恐怕再是喜歡那料子，也不會要了。

但高彤薇小小年紀，為人卻有些虛榮，即便是被高彤絲這般說，她還是要那疋料子。

她當即也不願意在茂和堂待下去，站起身對鄔八月道：「大嫂既然願意給，就儘快讓丫鬟送到我院裡來，早早做了，今年還能穿一會兒。」

鄔八月應了一聲，高彤薇給高安榮和淳于氏福了禮，匆匆下去了。

高彤絲發出一記冷笑。

「好了，姊妹姑嫂之間，一疋料子而已，不值得生氣。」

高安榮向來不覺得這種事有什麼好置氣的，見她們也沒吵，心裡便也滿意。他現在就盼著家和萬事興罷了。

高彤絲冷冷一笑，正待說話，卻又被鄔八月拉住了袖子。

「用膳。」鄔八月低低地說了一句，高彤絲只能抿了抿唇，不甘心地閉上了嘴。

煙雲羅料子的事情很快被鄔八月拋在了腦後。

兩個孩子越長越大了，漸漸好動了起來。

現在他們已經會翻身了，所以一定要時時刻刻都有人看著，免得他們翻著翻著，自己翻出了床榻。

他們的一舉一動也漸漸落入了鄔八月的眼中，給她造成了很多甜蜜的煩惱。

尤其是欣瑤，不管見誰都是一張笑臉，呵呵笑著像是個傻大姊似的，讓鄔八月很是頭疼。

「妳呀，對誰都笑，對誰都沒有防範之心，要是被人拐走了可怎麼辦？」

欣瑤拉著鄔八月腰間的絛子，格格笑著，就要往嘴裡塞。

鄔八月忙將絛子從她手裡抽了出來。

肖嬤嬤捧著曬過的小衣裳走了進來，一邊放進箱籠裡，一邊笑著說道：「大奶奶，郡主身邊有那麼多人看著，怎麼會被人拐走？您可別胡說。」

鄔八月笑道：「我不過就白說那麼一句，嬤嬤可別抓我的小辮子。」

鄔八月點了點欣瑤的小臉蛋，卻又憂愁地嘆息了一聲，道：「欣瑤這麼小就有了郡主封號，不知道等她再大一些了，會不會不得自由……」

肖嬤嬤一頓，正給初陽輕輕打扇的朝霞望向鄔八月，輕聲道：「大奶奶別想太多了，郡主封號乃是皇家所賜，郡主也便是名正言順的皇家郡主，誰敢限制郡主的自由？何況還有大爺在呢。」

「朝霞姑娘說的是，大奶奶可真是杞人憂天了。」肖嬤嬤笑著道。「郡主和少爺都是有福氣的人，老天爺會保佑他們的。」

鄔八月笑笑，道：「希望如此吧。」

姊弟兩人一個在床榻上笑著撲騰著，另一個安靜睡著。

雖然面容上，姊弟二人並不大相似，但他們都有一排長長梳子一樣的睫毛，眼睛撲閃時，看上去格外漂亮。

鄔八月俯身輕輕在欣瑤的眼上吻了一下，引得欣瑤格格笑得更歡。

就在這時，晴冬從屋外探頭進來，輕聲道：「大奶奶，牛管事說大爺來信了。」

鄔八月忙抬起頭，道：「還不快送進來？」

晴冬連忙捧上信。

高辰複如同之前所言，每個月會給鄔八月寄一封信。之前兩封信到得比較快，畢竟那時他離燕京還不算太遠，第三封信卻是盼了又盼，才總算是盼到了。

鄔八月小心地拆開了信，不放過上面任何一個字，神情專注得讓肖嬤嬤和朝霞會心一笑。

暮靄踮著腳看鄔八月還有幾頁沒讀，待她看到最後一頁了，暮靄便趕緊問道：「大奶奶，大爺信上說什麼了？和北蠻的人聯繫上了嗎？」

鄔八月緩緩舒了口氣，輕輕頷首道：「已經和北蠻人聯繫上了，也初步說服了他們派各部落貴族與大夏使團進行談判。」

肖嬤嬤和朝霞、暮靄都激動了起來。

這件事若是被高辰複辦成了，那可是功在當代、利在千秋的大好事。

「一切都很順利。」鄔八月輕聲呢喃了一句，臉上不由自主地露出舒心愉悅的笑容。

漠北之事進展順利，宣德帝自然也接到了消息。

宣德帝看完了從漠北發回來的線報，點點頭笑道：「複兒倒的確是個不可多得的將才，有勇有謀，戰時能衝鋒陷陣、殺敵無數，不戰時卻也能想到兩全其美之法，力求和平。」

蕭皇后捧著茶遞給宣德帝，聞言笑道：「皇上，高大人也已是兩個孩子的父親了，還這般叫他的小名，怕是有些不合適吧。」

宣德帝接過茶，頓時笑道：「他就算是滿頭斑白了，不也是朕的外甥？」

「是是是。」蕭皇后掩唇一笑，道：「等他回來，皇上可想好了要如何嘉獎他？倒是前段時間，皇上才敕封了高大人的女兒為郡主……」

宣德帝面上一頓，輕聲道：「封那小女娃為郡主，一來是太妃所求，二來，朕也是瞧著她與靜和皇姊長得委實很像……」

蕭皇后輕輕頷首，道：「臣妾雖然沒見過那小娃娃，但皇上既然這般說，想必那孩子是極像靜和長公主的。」

宣德帝沈默了下，道：「皇后平日裡要是覺得無事，倒是可以招了複兒家的帶著她兩個孩子進宮相伴。」

蕭皇后有些意外。「皇上是……想要多看看那小娃娃？」

宣德帝輕輕點頭。

「朕年幼時，靜和皇姊對朕很好。那時，趙賢太妃雖和母后處不來，但趙賢太妃與靜和皇姊對朕是真的好，朕也念著她們的好。」

蕭皇后輕聲嘆了一句，頓了頓，又輕聲問道：「既然皇上感念靜和長公主和趙賢太妃的好，那平樂翁主——」

「別提她。」宣德帝抬手止住蕭皇后的發問，說道：「那丫頭幾年前犯下那樣的大事，朕沒要了她的腦袋，已經是顧念靜和皇姊了。不讓她再進宮也是為她好，留她一命，她就該惜福。」

蕭皇后抿抿唇輕嘆了一聲。

「對了。」宣德帝看向蕭皇后，道：「陽秋的婚事，妳可要多上點心。」

蕭皇后輕嘆道：「不用皇上說，臣妾也會多上心的。雖然這幾年陽秋閉門謝客，不與旁人接觸，但她畢竟也是臣妾接到身邊來照顧的，臣妾對她不只有姑嫂之誼，更有母女之情哪。」

宣德帝輕輕點頭，拉過蕭皇后的手道：「妳最是心慈，朕信得過的，也只妳一人而已。」

宣德帝想要見欣瑤，下懿旨的事自然落在了蕭皇后身上。

鄔八月接到蕭皇后要她帶著孩子進宮請安的旨意，還有些懵。

她自覺和蕭皇后也沒太多的聯繫，無緣無故，蕭皇后怎麼會讓她進宮呢？

鄔八月十分疑惑，卻也只能依著懿旨，帶著欣瑤和初陽進宮。

多去兩次，鄔八月便也發現，每每和蕭皇后一起說話時，宣德帝多半都會過來逗弄兩個小傢伙。

當然，被宣德帝封為郡主的欣瑤被逗弄得更多，宣德帝也偶爾會抱抱欣瑤。

宣德帝第一次抱欣瑤時，鄔八月看見蕭皇后的眼睛都直了。

再後來，宮妃們大概也知道了皇后娘娘見高大人家眷時，皇上總會在的事情，每當鄔八月進宮，宮妃們也會自動自發前來蕭皇后的坤寧宮。

鄔八月見到了更多從前未曾見過的宮妃。

這些妃嬪讓鄔八月覺得，蕭皇后不愧是正宮皇后，治理宣德帝的後宮果然獨有一手；位分低的，自然話都不敢怎麼說，瞧見宣德帝來了便眼巴巴地瞧著，希望能讓宣德帝多看自己一眼，由此獲寵。

位分高的倒是能多說上兩句話，但顯然也入不了宣德帝的耳，且她們說的能讓宣德帝接上的，十有八九是誇獎欣瑤的話。

而每次抱欣瑤的，都是皇后娘娘。

幾次之後，妃嬪們便也心灰意冷了。

鄔八月鬆了口氣的同時，心裡也有些沈重。

因為在前段時間中，她沒有見到鄔陵桐，也沒有從妃嬪們或者是蕭皇后口中聽到過有關鄔陵桐的一言半語。

愨妃娘娘也曾來過一次，是帶著鄔陵桐所出的五皇子來的。

妃嬪們逗弄著五皇子，卻一個字都沒提到五皇子的生母，就好像鄔陵桐這個人，已經被所有人徹底遺忘了。

宮裡的人不提，鄔八月自然不會主動開口提。

就這樣，時間往前推移，轉眼又是鄔八月的生辰。

生辰當日，她收到的最好的禮物是高辰複的信。

高辰複算著日子，預計信送到時就在她生辰的前後。

他的一句「生辰快樂」，比任何的祝福都要讓鄔八月欣喜。

高安榮撥了銀子，讓鄔八月自己辦生辰宴，置辦上幾桌好吃好喝的，招待一下親朋好友。

這算是高安榮對鄔八月這個兒媳婦的認可——再怎麼說，鄔八月也給他生了一對孫子孫女。

長者賜，不敢辭，鄔八月接下高安榮的好意，倒也置辦了幾桌。

除了鄔家的人，賀文淵和羅氏也帶著賀修齊和嫵兒來了。

賀修齊和陽秋長公主的婚期，禮部已根據欽天監卜算的吉日定了，定在十一月中旬。

鄔八月請了臺戲班子，一水居今日非常熱鬧，女眷們都聚在一起說說笑笑。

鄔陵桃身邊帶了個十歲出頭的小男孩，長得劍眉星目，模樣很好。

鄔八月好奇這是何人，鄔陵桃告訴她，小男孩是陳王的第六子。

「我進府也一年有餘了，還沒身孕，總免不了被人說三道四。」鄔陵桃撣了撣衣裳，道：「與其被人說這說那的，倒不如我主動養個兒子在身邊，也好堵了那些女人的酸言酸語。」

鄔八月抿了抿唇，輕聲問道：「那這孩子的生母……」

「生他的時候就沒了。」鄔陵桃嘆了一聲。「是陳王酒醉之後拉上床的，據說長得不怎麼好，陳王也嫌棄，念在她後來有了身孕，到底還是給了一個名分。」

鄔八月意外地看了看那男孩。

「是不是覺得這孩子長得還挺周正的？」鄔陵桃將鄔八月的疑惑看在眼裡，輕笑一聲道：「這就是命，這孩子也不知像了誰，長得倒是挺好。也因為這副好相貌，陳王才勉強答應讓我把他接到身邊養。」

鄔八月低聲道：「母親怕是不會認同妳這般做……」

鄔陵桃抬眉笑笑。「放心，我會和母親說，這只是權宜之計。」說著，她卻是低嘆一聲。「誰教我一直沒身孕呢……」

鄔八月輕輕拍了拍鄔陵桃的肩。「陳王府裡秩序亂，三姊姊把陳王府收拾清楚了，再懷孩子、生孩子更妥當一些。妳也別著急，該有的總會有的。」

鄔陵桃點頭道：「我知道。」

鄔八月頓了頓，卻是道：「我最近常常進宮去，見了不少宮妃宮嬪，不過……卻沒見過大姊姊的人影。」

鄔陵桃挑了挑眉。

「自從東、西兩府分家之後，我們和東府幾乎便沒有往來了。大姊姊現在的境況……東府難道也不管？」

「妳還關心她呀？」鄔陵桃嘆笑一聲，不由得搖搖頭。「鄔陵桐生了五皇子之後傷了身子，再不能生，五皇子又是個癡兒，將來沒可能繼承大統，而皇上也明顯對鄔陵桐冷落了，東府要真想再爭一爭，也不可能從鄔陵桐那兒下手，放棄她是理所當然的事。」

鄔八月聞言，嘆了一聲。「我見到了五皇子……」

「嗯？」鄔陵桃看向鄔八月。「五皇子怎麼了？」

鄔八月搖了搖頭。「他被愨妃娘娘養得很好，不過……」

「不過人傻傻的，對吧？」鄔陵桃笑了一聲，道：「傻也是一種福氣。」

這話從鄔陵桐嘴裡說出來，很有些感慨的味道，鄔八月不由多看了她幾眼。

鄔陵桃輕聲道：「如果五皇子是個聰穎的孩子，鄔陵桐和東府的人必然對他更加寄予厚望。皇后娘娘所出的四皇子還在呢，他們要是頭腦發熱，讓五皇子與四皇子對著幹，這對五皇子來說也不是什麼好事。」

鄔陵桃頓了頓，聲音壓得更低。「自古以來，爭位的皇子，失敗的都不會有什麼好下場。」

這點鄔八月倒是認同。

只是到底可憐了五皇子，這一生都只能渾渾噩噩地度過了。

一晃眼，八月過去，九月也要來了。

欣瑤和初陽已經開始長牙了，兩個小傢伙天天都掛著亮晶晶的涎，每日都要換好幾件圍兜。

尤其是欣瑤，張著嘴流涎的時候還要望著人笑，怎麼看怎麼可愛，引得大家更喜歡她。

初陽就要比他姊姊穩重很多。

鄔八月沒見過高辰複小時候的模樣，高彤絲倒是有印象，直說初陽臉長開些了，越來越像高辰複幼時的模樣了。

鄔八月心裡的悵然可見一斑。

她歷經辛辛苦苦的懷胎十月、一朝分娩生下來的兩個小人兒，竟然沒有一個完全像她的。同高彤絲抱怨的時候，高彤絲哈哈大笑，揶揄道：「大嫂別難過，等大哥回來了，你們再多生幾個，總有一個像大嫂的。」

鄔八月伸手拐了高彤絲一下，白眼道：「有點正經樣。」

「我說的哪裡不對了？」高彤絲掩唇笑道：「多子多孫多福氣，母親也肯定希望能見到你們兒孫滿堂的。」

鄔八月微微一笑，不由又想起高辰複，心裡湧上蜜糖似的甜。

姑嫂二人正說著兩個小傢伙的趣事，晴夏匆匆跑進來，道：「大奶奶、翁主，大事不好了，軒王妃早產，側妃娘娘被軒王爺打了一頓，讓軒王爺送回侯府來了！侯爺和夫人都到了茂和堂，軒王爺這會兒還沒走……」

鄔八月一驚，高彤絲也是一愣，旋即翹起嘴角笑道：「呵，可算是出事了，高彤蕾去了軒王府能安分守己才怪。」

軒王妃早產和高彤蕾被軒王爺責打並送回侯府的事情連起來，其中深意可就多了。

鄔八月擺了擺手，猶豫了下，吩咐晴夏道：「讓人把一水居的大門給牢牢看著，不許人出去看熱鬧。這件事咱們就當不知道。」

「別啊，大嫂，有好戲看，怎麼能裝作不知道？」高彤絲笑著起身。

鄔八月拉住她道：「還嫌不夠亂？這事，軒王和侯爺定然會說個清楚，妳去也搭不上話，何必自找麻煩。」

高彤絲撇了撇嘴，不大甘心，道：「那我就去瞧著，不說話總成了吧？」

「去瞧也不許。」鄔八月難得對高彤絲疾言厲色，高彤絲無奈，也只能乖乖留在一水居，卻也時刻關注著茂和堂的情況，催促晴夏去打聽現在進展如何了。

半個時辰後，晴夏跑回來稟報道：「大奶奶、翁主，軒王爺已經回去了，側妃娘娘被侯爺關進了出閣前的閨房……」

晴夏喘了口氣，方才繼續說道：「還有，三姑娘、三姑娘暈倒了，侯爺讓人請了大夫，這會兒正在看診。」

鄔八月一愣。「彤薇好端端的，怎麼會突然暈倒？莫不是被今日的事給嚇到了？」

「她膽子可大著呢，能被這麼件事給嚇著？」高彤絲輕笑一聲，卻不怎麼信。

然而當日傍晚，卻爆出一件讓所有人匪夷所思的事——

高彤薇之所以暈倒，不是被嚇的，而是中了毒。

# 第七十二章

乍然聽到這麼一個消息，別說是鄔八月，就連高彤絲也十分吃驚。

姑嫂二人對視一眼，高彤絲立刻擺手道：「這可不是我幹的。」

鄔八月無奈地道：「我可沒說這是妳做的事啊。」

高彤絲撇撇嘴。「這不明擺的嘛，她平常也沒出府，就擱這府裡待著，被人下毒肯定是在府裡。整個府裡和她有仇怨的，不就只有我一個嗎？」

高彤絲伸了個懶腰說道：「這下可好，高彤薇中了毒，恐怕所有人都會懷疑到我身上，我是沒有清靜日子過了。」

鄔八月無奈地嘆笑一聲。

高彤絲哪喜歡過清靜的日子，她可是唯恐天下不亂的人……

鄔八月不信高彤薇中毒的事和高彤絲有關，卻也相信，高彤絲對這件事是喜聞樂見的。

「那麼晚了，去歇了吧。」鄔八月輕聲道：「不管是怎麼一回事，總要等到明兒個天亮了才能有個定論。」

高彤絲應了一聲，頓了頓，卻是道：「就是不知道他們會不會查不出個所以然來，就直接將屎盆子扣到我頭上？尤其是淳于老婦，她這陣子正不順呢，撒氣撒到我頭上來也不是沒可能的……」

說到這兒，高彤絲又是一笑。「算了，難不成我還怕她？」

鄔八月道：「凡事都要講個證據，她再如何也不能毫無證據就把妳定罪。」

「那誰能說得清楚？」

高彤絲哼了兩聲，方才在鄔八月的催促下離開了一水居。

府裡出了這麼兩件大事，鄔八月雖然沒有親眼見到、親身經歷，心裡還是有些擔心。

晚上，欣瑤又因為天氣變化的緣故，似乎有些受涼，半夜哭鬧了起來，連帶著鄔八月也沒能睡個好覺。

第二日起早，鄔八月神情有些倦怠。高彤絲聽說欣瑤昨夜鬧騰，雖說已經沒什麼大礙了，還是心疼得跟什麼似的，罵了奶娘好幾句，讓奶娘連辯駁的話都不敢說。

高彤絲對欣瑤是真的疼愛，鄔八月覺得，要是欣瑤生病再厲害一些，恐怕高彤絲還會罵她這個做母親的沒有將欣瑤給照顧好。

肖嬤嬤去張羅著早膳，昨夜鬧騰了一晚的欣瑤乖乖地趴在高彤絲的懷裡，平日裡見人就笑的笑臉也沒了，懨懨地提不起精神。

姑嫂二人坐著輕聲細語地說話。

晴夏忽然跑來，氣喘吁吁地道：「大奶奶，侯爺派人來請，讓大奶奶和翁主即刻去茂和堂……」

鄔八月一愣，高彤絲一臉「果然如此」的表情。

「那麼早？」鄔八月皺了皺眉。「來人還說了什麼？」

晴夏搖頭。

暮靄不由伸手去點晴夏的額頭，輕斥道：「真是個笨蛋，侯爺派來的人說了什麼，是什麼神態、什麼語氣，妳自個兒就沒點分析的？大奶奶見不著人，可不就憑著妳的判斷理解侯爺喚大奶奶前去的目的？讓妳傳話妳可有點用處？」

晴夏訕訕地摸了摸額頭，輕聲道：「暮靄姊，疼……」

「該妳疼，不疼妳不長記性。」

暮靄瞪了晴夏一眼，朝霞對鄔八月笑道：「大奶奶您瞧，暮靄也越來越有架子了。」

鄔八月站起身理了理衣裳，笑了一聲道：「眼瞧著妳就要出嫁了，暮靄要是還沒個總管丫鬟的派頭，那怎麼能行？」

暮靄笑嘻嘻地湊上來，朝霞好笑地伸手拍了她一下。

兩人幫著鄔八月整理了下行頭，鄔八月開口說道：「行了，朝霞留在一水居，肖嬤嬤、暮靄和晴夏跟我一起去茂和堂吧。」

眾人應是。

肖嬤嬤猶豫道：「大奶奶，還是等用了早膳再去吧？晴夏。」

晴夏忙道：「嬤嬤有何吩咐？」

「傳話的人說急不急？」肖嬤嬤問道。

晴夏想了想道：「我瞧著他是滿急的，他也說是讓大奶奶和翁主『即刻』就去茂和堂。」

鄔八月無奈一笑，道：「算了，嬤嬤，我晚點再用早膳也沒關係，瑤瑤和陽陽不會被餓著就好。」

肖嬤嬤也只能嘆息地應了一聲，拿帕子揀了幾塊糕點，跟上了鄔八月，好讓鄔八月能夠用糕點填填肚子。

一路行至茂和堂，大概是昨晚發生的事情太大、太突然，眾奴僕都比往日更加謹言慎行、小心翼翼。

肖嬤嬤抱著初陽，高彤絲抱著欣瑤，鄔八月走在前頭，也在觀察著奴僕們的反應。

他們見到高彤絲和鄔八月時都會躬身埋頭行禮，但是總要偷瞄高彤絲。

而高彤絲目不斜視，背脊挺得筆直。

奴僕們若有似無的視線，高彤絲不會察覺不到。但她選擇了無視。

沒做虧心事，不怕鬼敲門。鄔八月很想讚高彤絲一句，但顯然現在不是時候。

幾乎全府的人都知道高彤絲和高彤薇之間存在嫌隙，高彤薇中毒，誰會是下毒之人呢？高彤絲的嫌疑無疑是最大的。

但也說不通。

最近時間裡，高彤絲都在關注欣瑤，壓根兒就沒有時間理會高彤薇，更別說和高彤薇發生什麼足以讓高彤絲對她下毒手的大矛盾。

何況每次高彤絲和高彤薇起衝突，高彤絲幾乎都占了上風，在言語之上，高彤薇根本不是高彤絲的對手。

真要是日久生怨，鄔八月覺得那也該是高彤薇對高彤絲下毒手，高彤絲沒有下手的必要。

一路上這般分析著，很快就到了茂和堂。

茂和堂外候著許多奴僕，整個堂裡卻是鴉雀無聲。

侯府總管見鄔八月和高彤絲到了，忙迎上前來低聲說道：「大奶奶、翁主，侯爺正在裡面等著呢。」

高彤絲不悅地道：「都在這外邊杵著做什麼？裡頭不要人伺候了？」

「這……」侯府總管擦了擦汗，道：「侯爺吩咐，不讓人接近正堂……」

高彤絲懶懶地長長「喔」了一聲，眉梢一挑道：「明白，家醜不外揚嘛。」

侯府總管頓時尷尬萬分。

高彤絲率先朝茂和堂內走了進去，鄔八月對侯府總管笑笑，隨後也跟了上去。

果然如侯府總管所說，茂和堂內幾乎是空無一人，連個灑掃的丫鬟都沒瞧見。

進了正堂，只見高安榮坐在首座，淳于氏立在堂中。她旁邊還跪趴著一人，鬢髮四散開來，顯得特別狼狽。

還有高辰書，他手裡正一顆顆地撥動著佛珠串，坐在一邊，面上無悲無喜，幾乎沒有什麼表情。

鄔八月走近了些，朝那趴伏的人定睛一看。

原來是高彤蕾。

那麼，侯爺急召……不是因為高彤薇，而是因為高彤蕾了？

鄔八月上前給高安榮行了個禮，高安榮面露威嚴，只伸手揮了一下，示意鄔八月退到一旁。

高彤絲懶洋洋地行了個禮，往地上一瞧，不由嗤笑道：「喲，我道是誰呢，原來是咱們的側妃娘娘哪。」

高彤蕾緩緩地抬頭朝高彤絲瞪了一眼，眼神怨毒。

高彤絲對此卻是一點都不怕，當即便輕笑了一聲。「被軒王扭送回娘家，妳可真是給高家長臉。」

「好了！」高安榮喝道：「姊妹之間，妳說這話可就過分了！給我退到一邊去！」

高彤絲冷笑一聲，施施然地行到鄔八月旁邊，不客氣地坐了下來。

高安榮往高彤絲和肖嬤嬤懷裡的兩個孩子望了過去，又是不悅地道：「來茂和堂還帶著兩個孩子做什麼？」

鄔八月心道：是你每日都要見見你孫子孫女的，這下我抱來了，你又不高興了？

但面上還是道：「想著父親讓我們來，便順便將孩子給抱來了。」

高安榮不鹹不淡地「嗯」了一聲，讓人將孩子抱上來瞧了瞧，便又讓人抱了下去，還吩咐肖嬤嬤等伺候的人都退出茂和堂之外，不得命令不許進來。

等肖嬤嬤她們出去了，高安榮方才對鄔八月道：「複兒媳婦，妳也是我們蘭陵侯府的一分子，昨日軒王前來之事……」

高安榮頓了一下，似乎是不知道該怎麼繼續說下去，畢竟是一件醜事。

鄔八月無意摻和在中間，但想必高安榮請她過來，也是想著她乃是「長嫂」，家中諸事，她也應該說上兩句才對。

高安榮緩了緩，繼續說道：「軒王昨日將蕾兒送回來了，軒王妃早產之事，有確鑿證據證明是她做下的惡事。」

高彤蕾趴在地上一言不發。

高彤絲冷哼了聲，倒是沒說什麼，只端起了一旁的茶慢悠悠地喝了一口。

鄔八月微微頷首，等高安榮的下文。

高安榮做了個深呼吸，道：「軒王將人送回來了，和我言明，不欲再接蕾兒回去，但礙於此樁婚事乃是太后玉成，且兩府都有名聲，不好聲張，遂也無法休妻……」

「高彤蕾是妾，軒王爺不要她，那也只能是發賣妾室，和休妻有什麼關係？」高彤絲冷嗤一聲說道。

高安榮氣得肝疼。

「孽女！為父說話時，何時輪得到妳開口！」高安榮怒聲厲喝了一句，高彤絲冷冷一笑，偏過了頭去。

鄔八月打圓場，道：「父親有什麼想法，只管說。」

高安榮緩了緩，方才又繼續說道：「軒王那邊態度明確，已打算不與蕾兒再有任何瓜葛。但蕾兒已經是軒王府抬過門的側妃，回了侯府，那也是紙包不住火，定然會被人所知。到時候……蘭陵侯府定然聲名掃地。」

鄔八月越聽越糊塗，不知道高安榮同她說這些做什麼。

她剛要開口詢問，高安榮卻主動說道：「複兒媳婦，我聽說妳與軒王妃關係很好，親家母和許翰林夫人也是常常來往的交情，想必軒王妃願意聽妳說上一、兩句。」

鄔八月一愣，不由指著自己道：「父親的意思是，讓我去說服軒王妃？」

「正是。」高安榮道了一句，正打算進一步解釋，高彤絲卻站起來罵道：「你腦子被驢給踢了不成？你能要點臉嗎？軒王爺既然都已經這般表態了，除非是說服軒王爺，讓軒王爺改變想法，否則就算尋到軒王妃面前，說服了軒王妃，那也於事無補，更可能讓軒王爺對蘭陵侯府更加不喜！」

高彤絲厭惡地看了眼高彤蕾。「自己做下了醜事，還要厚顏無恥地回軒王府，就不怕被人吐唾沫星子淹死？」

鄔八月也是這樣的想法。再說，讓她去勸軒王妃，她站在什麼立場去勸？別說她和軒王妃還不到真正朋友那樣的交情，即便她們是十分要好的朋友，妻妾問題上，她也永遠不會對軒王妃指手畫腳，甚至出謀劃策。

讓軒王妃原諒軒王的小妾？這種話她怎麼說得出口！

鄔八月抿抿唇，在高彤絲話音落下後也表態道：「父親，請恕我無能為力。」

高安榮愕然。

高彤絲冷笑道：「父親，不是所有人都跟你一樣腦子拎不清的。」

高彤絲起身拉過鄔八月道：「大嫂，我們走。」

「站住！」高安榮厲喝一聲，大聲道：「我還沒說讓妳大嫂去軒王妃面前說服她什麼，妳就上趕著給我扣罪名！我豈是那般糊塗之人！」

高安榮氣得從首座上站了起來，隨手抓起茶盞就朝地上摔了下去。

清脆的茶盞碎裂聲讓鄔八月和高彤絲都頓了一下。

高彤絲正要和他罵回去，鄔八月拉住她，對高安榮道：「是兒媳和彤絲錯了，沒聽父親說完整。父親請說，兒媳洗耳恭聽。」

她倒要聽聽自己公爹打了什麼主意。

鄔八月賠禮道歉，高安榮的火氣也沒處發了。

他冷哼了一聲，方才言道：「我是讓妳去說服軒王妃，讓她將蕾兒接回軒王府去。事情既已出了，也是我蘭陵侯府管教無方，她乃是軒王側妃，犯下的罪行，軒王和軒王妃要殺要剮，我毫無二話；但如果軒王妃和軒王爺仍舊念在和蘭陵侯府尚有兩分交情的分上，肯留蕾兒一命，那我自然也不勝感激。是將她送往莊子上，讓她在莊子上過一輩子也好，還是留她一個側妃名頭，卻將她貶為下奴，做牛做馬一生還債也好，我還是別無二話。」

鄔八月面上一頓。

高彤絲冷笑道：「可真是個好父親哪。」

高安榮朝高彤蕾望了一眼，道：「嫁出去的女兒潑出去的水，她就是死，也只能死在軒王府，不能再回我蘭陵侯府！」

高安榮看向鄔八月，道：「複兒媳婦，這件事，就交給妳去辦了。同軒王妃開這個口，應當不算太難吧？」

鄔八月抿了抿唇。這差事，她可真不想接。

靈機一動，她道：「父親，軒王妃早產……這會兒興許還在生孩子呢，最近——」

高安榮抬手打斷她道：「讓妳們來之前，我派去軒王府附近打聽消息的人回來說，軒王妃產了一名男嬰，母子均安。」

鄔八月一頓，下意識地往高彤蕾那邊看了過去。

她的髮遮住了她的臉，根本看不清楚她現在的表情。

高安榮舒了口氣，道：「也正是因為軒王妃得以順利產下軒王嫡長子，所以我才敢提出讓妳去說服軒王妃這樣的話。如果……」高安榮頓了頓，道：「如果軒王妃沒能平安生產，皇上追究下來，蘭陵侯府也逃脫不了罪責。」

高安榮說到這又面露心痛。

「一個、兩個的……為父怎麼教出這樣的孽障來！」

本不打算開口了的高彤絲頓時抬頭直盯向高安榮。

「父親，你什麼意思？什麼叫做一個、兩個的？高彤蕾犯了事，又不是我犯事，把我也一起算上是怎麼回事？」

高安榮吹鬍子瞪眼道：「妳以為妳就不荒唐了！妳算算妳從五年前起，做了多少荒唐事了！」

「我再荒唐也及不上你啊，父親。」高彤絲冷笑一聲，指著高彤蕾道：「你也看到了，你說你怎麼會教出這樣的孽畜，可是父親，這真是你教的？是，子不教父之過，可你教過她什麼？她的這些，還不是跟這個女人學的！」

高彤絲瞬間將手指向站著不動，一直也未曾開口說話的淳于氏。

鄔八月心裡暗道一聲不好，這是家醜之事還未擺平，又要開始內部爭鬥了。

她伸手拽了高彤絲一把，但高彤絲正處於怒火熊熊燃燒的時候，壓根兒不可能壓抑得住情緒。

她指著淳于氏，語氣激動地道：「父親你看到了嗎？啊！你忘記母親當初是怎麼死的不成？母親是生孩子的時候死的，一向身體健康的母親，生過兩個孩子的母親，怎麼會難產呢？你看到今日高彤蕾做下的惡事，你可曾想到了母親！有其母必有其女，高彤蕾那些不入流的骯髒手段，多半都是和淳于老婦學的！她們母女──」

「啪！」

高彤絲正指著淳于氏說得激動，高安榮箭步過來，伸手就給了高彤絲一個巴掌。

這巴掌來得太突然，聲音太響，力氣也大，高彤絲一個踉蹌，往一邊歪了過去，連連走了好幾步。

鄔八月愣了一瞬之後回過神來，趕緊上前去扶住高彤絲。

「胡言亂語！」高安榮厲聲道：「此中事還未解決，妳又要多生事端不成！今日讓妳來是念在妳姓高的分上，家中諸事也該讓妳參與一二，萬沒想到妳竟這般冥頑不靈！」

質疑淳于氏的話，高彤絲明著暗著說了無數次，高安榮沒有一次相信，可高彤絲卻從未放棄過，逮著機會就再次提及。

有時候鄔八月也替她累了。

扶著高彤絲，鄔八月輕聲勸說道：「現在不是說這個的時候，府裡事情正多著，說這些只是徒增煩惱，侯爺不相信，妳說再多也沒用。」

高彤絲捂著臉，面部掩在陰影之中，看不真切。

鄔八月幾不可聞地嘆息一聲。

高安榮揮了揮手，大概也是心累，復又坐了下來，有氣無力地說道：「今兒的話就說到這兒。複兒媳婦，軒王嫡長子出世，洗三宴是不會少的。到時候妳且記得過去，和軒王妃說說此事。」

鄔八月微微低首應了一聲。

「行了，都下去吧。」

鄔八月扶著高彤絲蹲身福了一禮，高彤絲捂著臉，有些站立不穩地依在鄔八月懷裡。走出茂和堂的時候，高彤絲輕聲對鄔八月道：「大嫂，我疼。」

鄔八月鼻頭微微發酸。

高安榮的這一巴掌，打進了高彤絲的心裡。

以前高安榮也不是沒有甩過高彤絲耳刮子，但高彤絲都沒有說過這般脆弱的話，但今日，她或許已經對高安榮不再抱有期望。

高彤蕾這般狠毒，手段是誰教的？只有淳于氏。

任誰都會這樣想，任誰都會這樣懷疑。

可是高安榮，他直接以一個耳光終結了高彤絲毫無依據的「揣測」。

要鄔八月說，高安榮真的不是一個好父親。

自小沒有了母親的高彤絲，對父親的渴望會翻倍，但是高安榮沒有給予高彤絲足夠寬厚的父愛。若說她思想偏激，造成這樣情況之人，無疑是高安榮。

「沒事了。」鄔八月輕輕撫了兩下高彤絲的頭。

雖然高彤絲比她大，但現在的鄔八月就像是高彤絲的長輩。

她柔聲細語地安慰道：「真相總會大白於天下，不過是早或晚的事情。當真相披露的那一天，侯爺總會知道，他錯了。」

「不重要了……」高彤絲恍惚地笑了笑，搖頭道：「他知不知道他錯，已經不重要了。」

鄔八月輕嘆一聲，更緊地摟住高彤絲，道：「我們回一水居，欣瑤還要妳這個姑姑抱呢。」

提到欣瑤，高彤絲方才真心地露了個笑容。

鄔八月對她一笑，腦海中卻不由得浮現出淳于氏的表情。

她今日隻字未言，臉上的神情十分陰沈，也不知道心裡在想什麼。

鄔八月莫名覺得心口發慌。

高彤蕾被軒王爺所厭棄，攆回了蘭陵侯府；高彤薇的婚事極度不順，連娘家人都要將她們拒之門外，如今她又中了毒。高辰書現如今更像是個潛心修佛的佛門俗家弟子，撚起佛珠的神情無慾無求。

淳于氏……似乎已經沒有任何指望。

不管蘭陵侯府如何，軒王府的洗三宴總是要辦的。

雖然出了高彤蕾之事，但軒王府的請柬卻仍舊送到了蘭陵侯府來。不過不是送給蘭陵侯府主母淳于氏的，請柬上只宴請了鄔八月和高彤絲。

鄔八月想了一下便明白過來。

高彤蕾做下這等事，軒王爺和軒王妃自然會厭惡高彤蕾，連帶著對教導出這樣女兒的淳于氏也定然不喜，請柬上不寫淳于氏也在情理之中。

至於高彤絲和她，靜和長公主是軒王爺的姑母，他們的這層關係無疑要比蘭陵侯夫人更親近許多。

高彤絲半坐在床榻上，表情懨懨的，對鄔八月道：「大嫂去就行了，我就不去了。」

鄔八月輕輕抿了抿唇，道：「彤絲，妳還在想那日……」

「我沒想什麼。」高彤絲搖頭道：「我去軒王府能做什麼？軒王妃才生產，身體不一定就復原了，難道我和她一起罵高彤蕾？軒王妃所產之子乃是皇上的第一個孫子，洗三宴前去恭賀的人定然不少，皇親國戚排排坐……呵，我還是不去了，免得碰上什麼人，再說些不得體的話。」

面對這樣頹喪的高彤絲，鄔八月也不知道該怎麼勸她。

反而是高彤絲安慰鄔八月道：「大嫂不用憂心，我的確只是不想去面對那樣的場合，才不打算去軒王府。妳去了後，記得替我同軒王妃說聲恭喜。」

鄔八月只好點頭。

「大嫂放心去，瑤瑤和陽陽交給我照顧，一定沒有問題的。」高彤絲一笑，道：「明日去軒王府，大嫂總不能將兩個孩子也帶去，真帶去了，說不定被人說是喧賓奪主，那可就不好了。」

鄔八月頷首，她本也沒打算帶兩個孩子出門。不過……

鄔八月頓了頓，卻是認真說道：「彤絲，雖然沒有證據，但妳一直堅持認為，害死長公主的便是淳于夫人。我雖然不能肯定妳的懷疑是對的，但就目前而言……我也是越發相信妳。」

高彤絲微微一愣。

鄔八月繼續說道：「所以，接下來的日子，我們可要加倍小心。」

「大嫂，妳這是……何意？」高彤絲有些糊塗。

鄔八月輕聲說道：「還記得昨天的事嗎？從我們到茂和堂，侯爺夫人一句話都沒說……妳不覺得，這和她平日裡的為人不相符嗎？好像她……變了個人似的。」

高彤絲頓時瞪大眼睛。「大嫂不說，我還真沒注意。她昨日的確是……一言未發。這是為什麼呢？」

鄔八月搖頭。「她心裡如何想，我們從何知道？別的暫且不說，小心提防總是必要的。」她頓了頓，聲音壓得更低。「彤蕾等同於是被軒王爺徹底厭棄了，今後……恐怕再沒什麼指望。彤薇的婚事不順，況且出了彤蕾之事……雖然侯爺說，軒王爺已經答應將此事壓下來，不往外披露，但這種事紙包不住火，權貴之家多多少少都會聽到些許風聲，也必然會連累到彤薇的終身大事，今後彤薇還能不能擇得如意郎君，可就不好說了。再有就是……」

「高辰書。」高彤絲輕聲接了一句。

鄔八月點點頭。「我對高二爺並沒有什麼惡感，相反地，因為妳大哥對這個弟弟一直憐憫關愛，我對高二爺的印象很不錯。」

高彤絲嗤笑一聲，鄔八月笑了笑，心裡卻是暗暗嘆息。

高辰書當初和鄔陵桃締結婚約時，兩人也曾一起煮茶談天過。當然，閨中女子顧及閨譽，哪怕是和未來夫君相處，身邊也定然會有一批人陪同，鄔八月自然也在其中。

那時的高辰書是個溫文爾雅的謙謙君子，鄔八月對他的印象很不錯。

高辰書對高彤絲也未曾做過什麼惡事，但高彤絲因他乃是淳于氏的兒子便對他這般厭惡，就鄔八月看來，高辰書的確很委屈。

「最近幾次看到高二爺，總覺得他要跳出紅塵，遁入空門了。」鄔八月輕聲一嘆。「他終日禮佛誦經，面上的表情越來越少。我剛過門時，見到他，還能看到他臉上有隱約的自我厭惡和猙獰，而現在的他……尤其當時，不管我們說什麼，侯爺做了什麼，他都一直無悲無喜地坐在那兒，手裡撚著佛珠，好似一個不理塵世俗務的方外之人……」

高彤絲聞言一笑。「呀，那他豈不是要去當和尚？那敢情好，也等於是斷了根，沒了香火，更不可能搶大哥的爵位了。」

「彤絲。」鄔八月正色道：「妳大哥從來就不想要這個勞什子爵位。」

「我知道。」高彤絲莞爾一笑。「可淳于氏想要呀！淳于老婦想要讓她兒子做下一任蘭陵侯，我就偏不讓她如意。就算是大哥不稀罕這位置，我也要想方設法給大哥搶過來。」

高彤絲握了握拳。

鄔八月只能又是一嘆，道：「行了，妳大哥又不在，妳說這個，也沒意思。妳大哥若是不要，妳能硬塞他手裡？」

高彤絲正要回話，鄔八月抬手止住她。「這件事先不提了，我們繼續說府裡的事。」她喝了口清茶，道：「侯爺夫人就生了這三個子女，當然，她最看重的無疑是高二爺。而現在，這三個子女似乎都已經沒了前程，她心裡不甘、憤怒、妒忌和仇恨……達到了一個什麼樣的程度，那還真是不大好說，所以我們現在都要提高警覺，萬一……」

「萬一她瘋了，也得有個對付瘋子的方法才行。是這個意思嗎，大嫂？」

高彤絲挑了挑眉，聽鄔八月將淳于氏形容得如此「窮途末路」，高彤絲心裡的喜悅完全壓抑不住。

「真好。」高彤絲彎唇一笑。「我還就怕她什麼都不做呢！她要是按兵不動，我怎麼抓她的把柄？」

鄔八月一頓。

「不過大嫂放心，不論如何，我一定會照顧好瑤瑤和陽陽的。淳于老婦膽敢碰他們一根寒毛，我都要教她不得好死！」

翌日，軒王府給皇長孫辦洗三宴，鄔八月帶著日前備好的賀禮赴宴去了。

臨走前，高安榮再一次前來叮囑她道：「複兒媳婦，妳可要記得和軒王妃好好溝通商量啊。」

鄔八月暗地裡撇了撇嘴，面上恭敬地應了下來。

果然如高彤絲所說，今日前來軒王府的皇親國戚不在少數。
不過軒王妃早產所出的皇長孫因為身體不大好，洗三儀式被取消了。
鄔八月倒是覺得這還算人性。當初瑤瑤和陽陽洗三的時候，她可是狠狠捏了一把汗，生怕兩個小傢伙凍著了。
才出生的孩子身子骨嬌貴著呢，哪能受這般驚嚇？
雖然看不到皇長孫，但大家也不覺得遺憾。
席開兩邊，男人和女眷分別在各自一邊的宴桌坐了下來。
鄔八月尋到了鄔陵桃，姊妹倆挨著坐到了一塊兒。
鄔陵桃望了一圈道：「怎麼沒見著妳小姑子？」
鄔八月張了張口，輕聲道：「就我一個人來。」
鄔陵桃挑挑眉，見鄔八月臉上閃過一絲不自在的表情，好笑道：「跟我這個做姊姊的還藏著掖著。」
鄔八月笑了一聲，鄔陵桃擺擺手道：「行了，妳也是別人家的媳婦了，要是還亂跟娘家人嚼舌根子，別人該說妳的不是了。」
鄔八月笑嘻嘻地挽住鄔陵桃的手道：「謝謝三姊姊體諒。」
「德行！」鄔陵桃瞪了鄔八月一眼，伸手戳了戳她的額頭，道：「也不帶兩個孩子過來。」
「今兒的主角是軒王爺、軒王妃和皇長孫。」
姊妹兩人說說笑笑著，席面也開了，裝扮一新的丫鬟們魚貫而入，素手纖纖捧上精緻的美味佳餚。

鄔八月心裡存著事，也吃不下什麼，指了幾道菜讓丫鬟布菜，便自己低頭悶吃。這種宴上的東西還真沒什麼好吃的。

鄔八月來得雖然不晚，但軒王妃屋裡一直有人陪著，她也不好插進去說話，何況談的還是軒王府和蘭陵侯府的醜事。

等到席面撤下來後，鄔八月方才去了軒王妃的屋子。

鄔陵桃跟在她一邊，皺眉問道：「八月，妳尋軒王妃有事？」

鄔八月張了張口，輕聲說道：「是啊，我……我與軒王妃有些話說。三姊姊不用陪著我。」

鄔陵桃望了望鄔八月，輕聲道：「妳是有私密的話要同軒王妃說吧？既然如此，那我自然不會在旁邊跟著。」

鄔八月面上略有些歉意，鄔陵桃笑了笑，輕輕拉了拉鄔八月的手。「高將軍不在，妳一個人要處理的事情自然會多，不過可別累著了自己，若是有什麼難處，記得和我說。」

鄔八月心中感動，輕輕頷首，道：「三姊姊放心，若有難處，我定然會去擾妳。」

鄔陵桃一笑。「去吧，這會兒應當沒人在軒王妃跟前，妳正好能和軒王妃說私密話。」

鄔八月點頭，輕聲道：「多謝三姊姊。」

# 第七十三章

軒王妃所生的乃是宣德帝的頭一個孫子，軒王爺更是宣德帝兒子中目前唯一一個封王的，說這個孩子是含著金湯匙出生也不為過。

鄔八月望著被奶娘抱在懷中餵奶的皇長孫，想起自己的兩個孩子，面上也不由露出了疼惜的表情。這孩子雖然足月了，卻不是自然分娩出來的，到底是受了刺激早產，原本可以健康的身子便因此虛弱了。不過，聽聞軒王妃懷上這孩子的時候，身體就一向不好。母親身體不好，生出的孩子又能健康到哪兒去？

鄔八月心裡默默嘆了口氣。

許靜珊頭上包著頭巾防止受涼，目光也溫柔又憐愛地望著被奶娘抱著餵奶的孩子。

她身體不好，因為是非正常生產，生孩子的過程雖然還算順利，但到底也是傷了元氣。御醫明白地告訴軒王爺夫妻，若是想要第二個孩子，少說也要等上幾年。

奶娘給孩子餵了奶，拍了奶嗝後，抱給許靜珊逗弄了會兒，許靜珊便讓奶娘將孩子抱下去了。

「高大奶奶。」許靜珊望向鄔八月，神情中有些複雜。「今日若有哪兒招呼不周的，還請高大奶奶見諒。」

鄔八月忙道：「王妃說哪兒話，軒王府處處周全，我魯莽前來，該是我向王妃請罪才是。」

許靜珊擺了擺手，輕聲讓屋裡伺候的人下去。

鄔八月微微低首。

「高大奶奶也不是那種說假話、空話的人。」許靜珊緩緩一笑，嘆道：「高大奶奶也不用和我生分，屋裡的人我都讓她們下去了，剩下的這兩個是我的心腹丫鬟。高大奶奶有什麼話，盡可直說。」

頓了頓，許靜珊又道：「想來，高大奶奶今日會單獨前來找我，應是為了貴府二姑娘的事吧？」

鄔八月張了張口。

許靜珊稱呼高彤蕾為「二姑娘」，這不是明白地告訴她，沒有談下去的必要嗎？

鄔八月心裡嘆了口氣。

軒王爺將高彤蕾送回蘭陵侯府，目的就是讓蘭陵侯府自己處理高彤蕾。

而高安榮希望將高彤蕾送回來，今後高彤蕾不管是死還是活，都髒不著蘭陵侯府。要是真的將高彤蕾送回軒王府，而她真的就被處理掉了，說不定蘭陵侯府還能成為輿論中被同情的一方。

高安榮讓她來辦這事，可真是看得起她啊……

鄔八月不由得嘆了口氣，抿了抿唇還是說道：「王妃，妳的憤怒和厭惡，我明白。坦白講，換作是我，更願意讓她自食惡果，但……」

鄔八月無奈地看向許靜珊道：「長輩之命，不敢不從，若是言語之上有讓軒王妃不喜的地方，還希望軒王妃能夠原諒一二。」

許靜珊虛弱地笑了笑。「我就說妳不是個虛與委蛇之人。也罷，既是長輩讓妳出面，我就且聽妳說一說。」

鄖八月站起身，鄭重地朝許靜珊行了個禮，許靜珊再請她落坐。

鄖八月正要開口，外邊卻傳來嘈雜之聲。

片刻之後，大門打開，軒王爺從外走了進來。

鄖八月一愣，趕緊起身向軒王見禮。

而軒王爺也是一愣，頓在原地似乎還回不過神來。

許靜珊輕輕咳了咳，對軒王爺笑道：「王爺，你來了……」

軒王爺這才回過神來，匆忙地叫了鄖八月起，又忙走幾步坐到許靜珊的床榻邊，一邊說道：「前面的事告一段落了，我想著回來歇一歇。」

說著軒王爺便看向鄖八月，抿了下唇，方才輕聲問道：「表嫂來此，可是有什麼事？」

鄖八月正要說高彤蕾的事呢，當著軒王爺的面，她可怎麼好開口？

一時之間，鄖八月有些尷尬，站在原地也不知道該說什麼好。

許靜珊出言道：「高大奶奶來此，是想說……高側妃的事。」

軒王爺皺了眉頭。

許靜珊溫聲道：「高大奶奶，王爺既然也在這兒，也免得我再向王爺陳述一番。妳且說妳要說的話吧。」

鄖八月窘迫地點了點頭，餘光掃了一眼軒王爺的表情，見他也只是皺著眉，似乎沒有發怒，心裡方才安定了些。

「彤蕾回家之後，侯爺將她關在她原本的閨房之中。得知王妃平安生產的消息後鬆了口氣，卻也憂心該如何處置彤蕾。」

鄔八月輕呼了一口氣，繼續說道：「侯爺的意思是，彤蕾被抬進了軒王府的門，生是軒王府的人，死是軒王府的鬼，斷沒有今後一直留在蘭陵侯府的道理。王爺和王妃的憤怒他明白，彤蕾做了錯事，她也理當受到懲罰，但她是對王爺和王妃犯的錯，自然也該由王爺和王妃來定她的罪。」

軒王爺輕聲插話道：「表嫂，我以為……我那日同蘭陵侯爺說的，已經夠清楚了。」

鄔八月一頓，心道：我又不知道你們說了什麼。

「……侯爺未曾和我提過王爺和他說了什麼，我今日前來，也是轉達侯爺的意思，下什麼樣的決定，自然還是由王爺和王妃說了算。」

鄔八月輕輕低了低頭，只聽四周靜謐了片刻，軒王爺的聲音方才又溫和響起。

「表嫂繼續說便是。」

鄔八月道了句謝，繼續說道：「侯爺希望王爺和王妃能夠將彤蕾接回軒王府，是軟禁在莊子上，讓她自生自滅也好；是將她貶為下奴，讓她做牛做馬，一生為自己所犯下的錯贖罪也行，便是給她一個痛快，侯爺也不會有半分意見。但不管如何，彤蕾不能留在蘭陵侯府之中。這對軒王府、對蘭陵侯府的名聲都無益處。」

許靜珊忍不住開口道：「可是高大奶奶，人我們已經送回去了，要再接回來，這像什麼話？」

鄔八月輕聲道：「王爺王妃若是認同侯爺的想法，自然這送人回來的事，蘭陵侯府會料理妥當。」

許靜珊沈默了下來，看向軒王爺。

鄔八月知道，這件事的決定權還是在軒王爺手中。

她輕輕抬起頭去看軒王爺。

光風霽月的少年郎，如今也已經長成了一個翩翩佳公子，即便是已娶妻生子，他周身還是有著那儒雅的、令人沈醉的溫潤光芒。

為了避嫌，回到燕京之後，鄔八月和軒王爺保持著距離，即便是不得不見的面，次數也只有那麼幾次。

他們之間沒有任何交集，卻總能讓人想入非非。

就如現在的軒王妃許靜珊。

她望了望正在思索著的軒王爺，又望了望微微抿唇等待著軒王爺作決定的鄔八月，心裡的苦澀如潮水一般氾濫開來。

不經大腦思考，許靜珊便衝動地出聲道：「王爺，妾身不想她回來。她害了我，還差點害了咱們的孩兒，這樣的蛇蠍女子，領她回來豈不是引狼入室？如果王爺同意將她接回來，那請結果了她的性命，妾身便同意。」

鄔八月一愣，頓時看向許靜珊。

軒王妃怎麼會如此衝動？

軒王爺也愣了一瞬，皺起眉頭。「妳說什麼？」

許靜珊頓感後悔，但話已出口，收不回來。

許靜珊微微低首道：「妾身恨她。」

軒王爺緩緩呼出一口氣，也沒與許靜珊溝通一二，便對鄔八月說道：「表嫂說的也有道理，我那日這麼做，的確有些欠妥。送她回來的事，蘭陵侯府看著辦吧。我兒初生，不欲造殺孽，待她回來，一頓板子是少不了的。今後將她送到莊子上，永遠囚禁，直到她死。表嫂以為如何？」

軒王爺都這般客氣地跟她商量了，她能說什麼？

能讓軒王爺鬆口，她也算是完成了高安榮派給她的這個任務了。

鄔八月躬身對軒王爺道了句謝，抬頭時卻見到許靜珊一雙悽苦的眼睛，正靜靜地看著她。

鄔八月一頓，眨了眨眼再看過去，軒王妃卻已經偏過了頭。

鄔八月心裡有些難受。

話傳達到了，軒王爺也作出了新的決定，這裡也沒她什麼事了。

鄔八月識相地起身同軒王爺和軒王妃告別。

許靜珊勉強地笑了笑，道：「累高大奶奶跑一趟。」

鄔八月連道不敢。

軒王爺站起身道：「來者是客，我送表嫂一程。」

鄔八月推辭了兩句，軒王爺卻已經親自去打開屋門，鄔八月只能向軒王妃行了一禮，匆匆走了過去。

屋門闔上，外面的秋高氣爽再與許靜珊無關。

她輕輕低了頭，攤開了雙手望著。

「王妃……」心腹丫鬟上前輕聲喚道。

許靜珊淺淺一笑，道：「有時候……我真不知道我這麼算計來算計去，到底是成了贏家，還是徹底淪為了輸家……」

兩個心腹丫鬟對視一眼，其中一名低聲道：「王妃說什麼呢，您當然是贏家了，高側妃今生今世都翻不了身了。況且，的確是她意圖害您的，您不過是將計就計……」

許靜珊卻是搖了搖頭，輕聲道：「我不是這個意思。」

她頓了頓，低著頭，幾不可聞地說道：「恐怕不管是誰，都及不上她吧。」

「王妃，您說什麼？」丫鬟沒聽清，問了一句。

許靜珊閉了閉眼，道：「我說，好像是從今兒開始，天漸漸冷起來了。」

和軒王爺走在一起，鄔八月無疑是尷尬的。

做了父親的軒王爺，整個人似乎已經完全褪去了稚嫩。

鄔八月記得在慈寧宮中，還是大皇子的軒王爺因為沒辦法替她澄清，那雙愧疚不忍的眼睛。

鄔八月也不得不承認，軒王爺是她所見過的男子中，最讓人驚豔的一個。

然而他們在相識之初，便有橫在彼此心上、恐怕終身都無法磨滅的開端。

現在的他們分別成為了另一個人的丈夫和妻子，最初的那份怦然悸動，也只能永遠壓在記憶的深處。

軒王爺比鄔八月高了足有一個頭，鄔八月刻意放慢了腳步，只走在軒王爺的身側稍靠後的地方。

一時之間，兩人也無話可說。

今日乃是軒王府嫡長子的洗三宴，來的皇親國戚用過中午那頓宴席之後，多半都已離開了，但也還有一些與軒王府關係較好的留了下來，聚在一起聊得正歡。

軒王爺送鄔八月離開的事情，被丫鬟傳了出去，經人添油加醋，最後竟變成了「相伴而行」且「有說有笑」。

事實上，也只在軒王爺送鄔八月到達外院的時候，道了一句「告辭」和「慢行」而已。

由此開始，鄔八月和當年還未封王的軒王爺之事又被人翻出來咀嚼。

唯恐天下不亂的長舌婦人不懷好意地斷定，因為高辰複遠去漠北，而高大奶奶沒有了男人，因此心裡開始悸動起來，又要與軒王爺攪和不清了。

誰讓軒王妃早產剛生了孩子，卻因此元氣大傷，身體也虛弱得很，根本就沒辦法籠絡住軒王爺的心呢？

有自稱是軒王府的丫鬟也站出來爆料，說軒王爺雖然納了蘭陵侯府的高二姑娘為側妃，但從高二姑娘被抬進軒王府，軒王爺就沒進她屋裡幾次。

眾人都開始為遠在漠北的高大人不值，言語上也開始同情高側妃、同情軒王妃。他們不敢說軒王爺什麼話，便將攻擊的矛頭指向了鄔八月，暗地裡，有人說她是「紅顏禍水」。

鄔八月還不知道有這麼一個危機逐漸逼近，她更預測不到，在不遠的將來，還有一個更大的危機在等著……

向高安榮轉達了軒王爺的意思後，鄔八月便又回到了一水居，深居簡出，不再理會旁事。

高彤蕾已經被高安榮打包送回了軒王府，軒王爺也照著他所說的，派了專人將高彤蕾秘密送往京郊的一個小莊子上，讓人在那兒看守著她，負責她的基本生活。

軒王妃特意下了指令，說只要人活著就行，其他概不用論。

高安榮鬆了口氣，淳于氏卻生了一場大病，臥床不起。

高彤絲也因為高安榮那一記絲毫沒有懷疑的巴掌，有些頹喪。

每日起床梳洗之後，高彤絲便尋到了一水居中，也不怎麼說話，就安安靜靜地陪著兩個小傢伙。還好有見人就笑的欣瑤，高彤絲才不至於變得越發精神不振。

在她還在替高彤絲擔心的時候，殊不知謠言已經越傳越廣，直到一日半下午時，出外和友人去酒樓談天的高安榮氣急敗壞地趕了回來，語氣惡劣地讓鄔八月到茂和堂見他。

鄔八月有些莫名。這個點，不是高安榮要見孫子孫女的時間啊？

傳話的晴夏惶恐道：「大奶奶，茂和堂來傳話的小廝口氣很急，還同奴婢說，侯爺似乎在大發雷霆，提起大奶奶臉上止不住怒意……」

鄔八月更覺得奇怪。

高彤絲懶懶地起身道：「他又發什麼瘋？大嫂別擔心，我同妳一起去。」

長輩所請，鄔八月也不可能不去。

她點了點頭，遲疑道：「那瑤瑤和陽陽……」

「讓肖嬤嬤和奶娘看著，不是說他正在發怒嗎？」高彤絲撣了撣衣裳說道：「要是嚇到了瑤瑤和陽陽可怎麼辦？」

鄔八月也是這個意思。

叮囑了肖嬤嬤幾句，鄔八月便帶著朝霞和暮靄前往了茂和堂。

高安榮正在茂和堂中砸著東西，看不順眼的都給砸了。

想起在酒樓之中，友人多喝了些，酒上了頭而對他說的那些話，他可真恨不得找個地縫鑽進去！

再想到現在他竟然還要等著那姍姍來遲的兒媳，高安榮就更覺得難堪。

「人呢？傳話都傳了多久了！怎麼還沒來！」

高安榮衝著丫鬟厲聲吼了幾句，屈膝跪著的丫鬟們頓時紛紛磕頭，口中喊著。「侯爺息怒。」

鄔八月的腳剛跨進茂和堂主廳，高安榮便摔了個茶盞在她的腳前。

她頓時驚駭地後退一步，高彤絲眼疾手快地扶住她，惱怒道：「你做什麼呢！」

「做什麼？妳問問妳這個好大嫂做的好事！」

高安榮顫著手指著鄔八月，鄔八月委實覺得莫名其妙。

她定了定神，站直說道：「父親對我若是有什麼不滿，只管明說，若有不對的地方，兒媳自當會改。」

「改？說得容易！」高安榮氣鼓著眼，高彤絲看不下去，道：「連個理由都沒有就要定大嫂的罪？大嫂哪兒做得不對了?!」

「妳問她！」高安榮厲聲吼道：「整個燕京恐怕都要傳遍了！妳、妳、妳說妳怎麼能這麼丟人呢！」

高安榮指著鄔八月，表情頗有幾分痛心疾首、悔不當初的樣子。

「我讓妳去軒王府勸說軒王妃，可不是讓妳去與軒王爺重敘舊情的！」

高安榮話音一落，鄔八月頓時驚詫道：「父親，我與軒王爺從未生過情，又何來重敘舊情一說？」

「還不承認！」高安榮怒指著鄔八月道：「軒王府的人都看到了，你們二人相伴而行，且有說有笑。這還是在眾人都看見的情況下，眾人要是看不見，還不知道你們做下了多少齷齪之事！」

鄔八月蒙受這種誣衊，覺得不可思議的同時，心裡也湧上了無法言喻的憤怒。

「侯爺。」她站直身體，連一聲「父親」都懶得再叫，冷冷地開口道：「遇到這等事，侯爺難道不該先詢問我這到底是怎麼一回事嗎？單憑旁人捕風捉影的一面之詞，侯爺就要將我定罪？近日時間裡，我與軒王見面也不過是那日軒王府的洗三宴，軒王為主人，我為賓客，主人送賓客離開，只為禮貌之舉，我們沒有相伴而行，更沒有有說有笑。大庭廣眾之下，我和軒王豈會做那等讓人誤會之事？侯爺這般篤定流言，真讓我心寒。」

「妳還心寒？有膽子做下醜事，沒膽子承認！」高安榮自我中心已經不是一次、兩次了，這一次，他仍舊選擇相信自己的判斷。

「妳這樣敗壞夫家門楣和名聲的媳婦，我蘭陵侯府要不起！」高安榮怒道：「我要上表，讓我兒休妻！」

鄔八月心口一震，高彤絲尖聲道：「你敢！」

「她敢做下這等醜事，我還不敢上表皇上，讓妳大哥休妻?!」高安榮指向高彤絲。「難不成妳還相信這個淫婦！」

「我大嫂才不是什麼淫婦。」高彤絲冷然而堅決地說道：「大嫂是大哥所抉擇的妻子，他們二人之間的感情，我不需要聽別人說，我有眼睛能看，有心能感受。我不像某些人，眼睛看不見真相，心也拒絕相信真相，只憑著別人的中傷之詞，就肆意懷疑自己的親人！」

在這樣的關頭，高彤絲能站出來說這樣的一番話，鄔八月的感動可想而知。

高彤絲停頓了下，厲聲道：「你堂堂侯爺，嘴裡竟吐露如此侮辱人之字眼，母親當年真是瞎了眼，竟會憑你一副光鮮亮麗的皮囊，便擇定你為自己終身依靠！你簡直枉為人夫，更枉為人父！」

高安榮氣得直抖手。

鄔八月按住高彤絲激動的身子，目光冷然地看著高安榮。

「我與夫君的婚事，乃是御旨所賜，即便我二人要分開，也只能和離，斷沒有休妻一說。」

她鏗然道。「何況，我相信夫君不會憑他人之言便信我乃那等不守婦道之人。侯爺盡可去信告知夫君此事，若他也如侯爺這般認為，不用侯爺上表御前，我自請下堂，絕無二話！」

鄔八月扶著高彤絲，道：「話不投機，我與侯爺也再無話可說。告辭。」

二人大踏步離開茂和堂，高安榮氣得額上青筋畢露。

「反了反了，都反了！」

高安榮對著屋口厲聲大罵，猛烈咳嗽了幾下，嚇得大氣不敢出的丫鬟趕緊上前端茶給他潤喉。

高安榮猛灌了好幾口，方才長吐出一口氣，喋喋不休地罵道：「當初賜婚聖旨上寫，說她品行純良、婉順敦厚，可實際上呢？」高安榮喘了口氣，看向一旁的丫鬟怒問道：「妳說！」

丫鬟當然不敢開口，立刻就跪了下去，直喚「侯爺息怒」。

但高安榮這個怒，怕是沒辦法息得下去了。

鄔八月和高彤絲回了一水居，肖嬤嬤得知了高安榮所言，驚呼出口道：「侯爺怎麼能憑旁人三言兩語就論定大奶奶的為人？再說大奶奶從嫁給大爺起，不管是在蘭陵侯府還是在長公主府，都鮮少出門，怎麼會有這樣的流言傳出來？」

鄔八月也覺得有些奇怪。

暮靄尚且還有些驚魂未定。「大奶奶，我們、我們現在是不是不好再住在侯府裡了？侯爺會不會將我們攆出府去？還有小少爺和小小姐，我們要是離開蘭陵侯府，能不能帶著兩位小主子一起走？」

這也是鄔八月在思考的問題。

按照現在高安榮的態度，對她自然是百般不信任，那麼在蘭陵侯府裡，她待著也憋屈。

一水居雖然有高辰複走前安排的人護衛著，但架不住蘭陵侯府的其他下人勢利，稍微在一些細小的事情上使使絆子，他們的日子就不會好過。

朝霞果斷地道：「大奶奶，奴婢看，還是回鄔家較為妥當。」

「或者去長公主府。」高彤絲冷聲道：「此處不留人，自有留人處，我們犯不著在蘭陵侯府裡受委屈。」

鄔八月靜坐著沒有開口，半晌後，她方才輕聲說道：「去鄔府或者長公主府自是不難，但這謠言要是一直傳下去，興許會一發不可收拾，我總不能坐以待斃。」

這種涉及男女之間道德的問題，備受奚落和譴責的一般都是女方。

失了清譽，對這時代的女子來說，那可是要命的事情。

鄔八月鎖了眉頭，嘴角抿成一條直線，手也緊緊地握了起來。

「肖嬤嬤說得對。」鄔八月輕聲道：「我也不是那等放浪的女子，這樣的謠言要是沒有人引導，怎麼會在短時間內廣為傳播？要說沒有人在幕後操作這件事，我是不信的。」

高彤絲皺起眉頭，坐直身體道：「大嫂的意思是說……這事情不是被人以訛傳訛傳出來的，而是有人蓄意為之？」

鄔八月輕輕頷首。「我認為是這樣。」她看向高彤絲。「妳覺得呢？」

高彤絲鎖起眉頭。如果真的是有人蓄意為之，那這人……會是誰呢？

「大嫂。」高彤絲正色問道：「那日軒王送妳離開，都有誰看見？」

「看見的人應該不少。」鄔八月道：「我們二人身邊跟著的人，還有路上遇到的軒王府下人，都能看到。」

鄔八月頓了頓。「但我可以保證，軒王是從王妃屋中送我出軒王府的，他也只送到了內院和外院相隔的地方便止了腳步。外院出去也並非宴客之地，中間並沒有碰到別的賓客，而且，我是落後軒王一個身位而行，與軒王爺也並沒有說什麼話。」

「如果是這樣，軒王府的人沒道理會嚼這樣的舌根子，畢竟這種謠言不只是損傷了大嫂妳的清譽，也會損傷軒王爺的清譽。」

高彤絲頓了頓道：「但既然沒有別的人看到，傳出這種閒話的，就只能是軒王府的下人。」

高彤絲皺了皺眉，忽然瞪大眼睛，猛地站了起來。

「高彤蕾在軒王府也待了半年多的時間，她不可能沒有一點人脈，這件事會不會——」

鄔八月打斷她道：「彤絲，妳想得太多了。且不說彤蕾她那時候被關在蘭陵侯府中，沒可能去給軒王府的下人下達命令，就算她能辦到，那她這般陷害我，有什麼好處？」

鄔八月搖了搖頭。

但高彤絲卻不覺得自己的推論有錯。

「高彤蕾沒有那個能力，淳于老婦有啊！她們這麼做，自然是要報仇啊！」

高彤絲越想越覺得自己的猜測是對的。

「大嫂妳想想，高彤蕾沒辦法翻身了，淳于老婦也知道高彤蕾這輩子算是完了，所以那日軒王送高彤蕾回來，她們母女二人幾乎都沒有開口說過話，必然是已經知道無力回天。她們過不好，肯定也不會讓我們好過，尤其是大嫂和瑤瑤、陽陽，她們這是要陷害大嫂，讓妳沒辦法翻身啊！一旦這個謠言傳得甚囂塵上，路人皆知，到時大嫂豈不也是百口莫辯……」

高彤絲越說，鄔八月眉頭皺得越緊。

「淳于老婦是知道大嫂去軒王府的，軒王府中也有她們母女以前收買了的親信，在得知大嫂和軒王爺兩人曾經單獨行了一段路後，淳于老婦便想到了這個毒計。」高彤絲雙眼一眯起。「仔細想想，在這個謠言之中，受益的有誰？大嫂和軒王爺名聲掃地是不用懷疑的，而軒王妃和高彤蕾做為軒王爺的女眷，必然會備受同情，蘭陵侯府也會因此被世人認為家門不幸……還有瑤瑤和陽陽，有大嫂這樣名聲的母親，今後……」

高彤絲搖了搖頭。「當務之急，是要想辦法澄清這件事，不能讓大嫂陷入這樣被動的局面。」

可問題是，這樣的謠言要怎麼破除？

高辰複若在燕京，自然可以帶著鄔八月「秀恩愛」，堵死這越演越烈的謠言。但高辰複即便是插上翅膀，也沒辦法現在就趕回來。

鄔八月輕輕抿了抿唇，道：「這件事情，我去澄清是沒用的，恐怕還不待我開口，大家的唾沫星子就要把我給淹死了。」

「讓軒王爺出面闢謠呢？」高彤絲建議道。

鄔八月輕聲道：「這是一個好主意，但是軒王爺也是當事之人，世人只會認為軒王爺說的話是推託之詞，不足為信。」

「那還有什麼辦法……」高彤絲頓時焦急了起來，站起身猶如熱鍋上的螞蟻，來來回回地走了好幾圈。

肖嬤嬤等人也跟著想主意，但此時事出突然，哪有那麼好的主意可想？

一屋的沈默持續了好長時間。

許是這種靜謐的氛圍讓兩個孩子都感到了不適，愛笑的瑤瑤率先哭了起來。

陽陽聽見姊姊哭了，頓時也扯了嗓子哭起來。

鄔八月心裡正煩，見肖嬤嬤和趙嬤嬤已經各自抱了一個哄起來，本不打算過去察看兩個孩子，但是當她看向兒子女兒哭得脹紅的臉時，不禁心疼了起來。

鄔八月走過去抱了欣瑤拍了拍，又伸手讓初陽抓了自己的手。

孩子們哭了一會兒，不哭了。

鄔八月突然福至心靈，轉向高彤絲，雙眼亮晶晶地道：「我想到辦法了！」

高彤絲傾身向前。「什麼辦法？」

「彤絲，妳不是說我現在正陷入一個被動的局面當中嗎？既然我現在是被動，那就化被動為主動好了。」

鄔八月咬唇一笑，高彤絲不明白鄔八月的意思。「大嫂，妳準備怎麼辦？」

鄔八月輕聲道：「我去澄清自然不合適，我就讓別人來幫我澄清。」

她低頭看看欣瑤和初陽，道：「皇后娘娘每隔幾日就會下旨讓我帶著兩個孩子進宮，下次進宮去，我要當著皇上和皇后的面訴我的冤屈。到時，我要這般說……」她頓了頓，鏗然道：「爺在漠北為大夏安穩和平的將來鞠躬盡瘁，燕京之中，只剩我與幼兒弱女，此等中傷我的流言，無一不是在試圖抹黑我夫君這遠在漠北的大夏忠臣；更甚者，是借我名聲之事，擾亂我夫君在漠北所做之大事，進而更有挑起大夏與北蠻戰火、動搖大夏安定和平之局面的嫌疑。我清白之事事小，但大夏安定之事事大，請皇上下令徹查此事，揪出幕後造謠元凶，以安忠臣之心！」

朝霞等人都愣住了。

肖嬤嬤憂心道：「大奶奶這般……這般說，豈不有威脅皇上之嫌？何況，將此事說到這樣的程度，會不會……」

「就這樣說！」高彤絲卻是雙眼一亮，拊掌附和道：「大嫂，這真是一個好計謀！妳還大可在皇上面前發毒誓，以證明自己與軒王爺絕無私情。有毒誓和欺君之罪在前，任誰也無法再誣衊妳是在說謊。」

鄔八月輕輕頷首。

「就這麼辦。」鄔八月道：「雖是謠言止於智者，但要讓我相信這般說辭，並讓我看淡此事，那我可就真的跌入萬劫不復之地。」她冷冷一笑。「我豈會坐等別人陷害？即便這只是被人以訛傳訛傳出來的，也定要找到那傳話的人，以正視聽，以證我清白！」

# 第七十四章

確定了接下來的應對之策，鄔八月終於稍稍鬆了口氣。

雖然這口氣還不能完全鬆懈，但有了辯駁的方向，總比沒有一絲一毫的辦法要強得多。

鄔八月靜心等待著蕭皇后宣她帶孩子進宮去的口諭。

兩日之後，蕭皇后的口諭如往常一般到了。

鄔八月心裡想，市井之中的傳言即使傳得再甚囂塵上，也不可能在短短時間內傳到宮牆裡，想必現在宣德帝和蕭皇后還不知道這件事。

真要是被人陷害，她名聲掃地，最終結局定然也是淒涼無比，此招「借刀殺人」，使得可真是既妙且毒。

鄔八月穩了穩心神，對一臉擔憂地望著自己的高彤絲道：「不用擔心，皇宮不是龍潭虎穴，等我的消息。」

高彤絲輕輕頷首，吐了口氣道：「大嫂，平日裡妳性子挺柔的，我就怕妳到皇上面前，本想說的話卻又不敢說了。」

「不會。」鄔八月輕輕搖頭，沈聲說道：「這種事觸犯到我的原則，我不可能忍得下去。就算不是為了我自己，為了妳大哥，為了瑤瑤和陽陽的將來，我也不可能臨陣退縮。」

高彤絲心裡著實緊張，舔了舔唇。「我真想和大嫂一起進宮去。」

鄔八月輕輕拍了拍高彤絲的肩頭。「別說傻話，在府裡等著我回來。」

鄔八月帶著欣瑤和初陽朝著府門口而行，知道她要進宮的高安榮在半道上截住了她。

鄔八月站住腳步，冷聲說道：「侯爺，我是奉了皇后娘娘口諭進宮的，你若是攔著不讓我走，那可就是抗旨之罪。」

高安榮哼了一聲。「皇后娘娘宣妳進宮，我當然不會攔著。」

他指向角落站著的一行侍衛，說道：「來去都該有人護送才是。」

鄔八月旋即便明白這是高安榮在她旁邊安插人盯梢而已。

高安榮讓人監視她，或許也是為了防範她會帶著兩個孩子不回蘭陵侯府的可能。

鄔八月心裡頓時止不住的憤怒。

「侯爺這樣未免太小題大做了。」鄔八月咬了咬唇，用極其諷刺的口吻說道：「爺離開漠北前留下的護衛，足以保護我往返平安。」

「妳如何我可不關心。」高安榮冷笑一聲。「我是怕我的孫子孫女兒被妳連累。」

鄔八月連和他再多說一句也懶得。

「愛跟便跟著吧。」鄔八月連禮都不行，徑直從他身邊走了過去。

高安榮想發火，可顧忌著孫子孫女還在鄔八月那邊，他也只能按捺下怒氣。

周武已經在府門口等著了，見鄔八月出來，忙請了鄔八月上轎。

鄔八月扶著轎杆，忽然笑了一聲，對周武道：「周侍衛，你說我這去皇宮的路上，會不會有人朝我扔臭雞蛋和爛菜，罵我是破鞋？」

周武一愣，朝霞皺眉道：「大奶奶，都什麼時候了，您怎麼還有心思開玩笑啊！」

鄔八月抿唇笑道：「我不過是猜測一二，不用那麼慌張。」

周武頓了頓回道：「大奶奶放心，平民百姓若是對達官貴人的轎子有任何的冒犯之舉，都會被送官究辦。況且這一路我們也不會路過市井雜民聚集之地，安全方面，應當是無虞的。」

周武這般說，鄔八月便微微放了心。

轎子一路輕鬆地被抬到了皇宮門口，路上也沒遇到鄔八月臆想的那種情況。

以往高彤絲都會跟著她，一路將她送到皇宮，等她帶著孩子們出來，再接了她一同回侯府；自從出了那樣的流言，高彤絲因為篤定是淳于氏和高彤蕾暗裡下的黑手，執意要時刻監視著淳于氏的動靜，因此接送鄔八月從宮中來回的事情便交給了周武。

巍巍宮闕仍舊是讓人心慌的一處地方。

鄔八月吸了口氣，方才領著人，從容不迫地走了進去。

蕭皇后的坤寧宮裡，宣德帝也在。

鄔八月帶著孩子給他們二人請了安。

宣德帝叫了起，照例是讓人將兩個孩子抱去給他瞧。

他又將欣瑤抱在了懷裡。

蕭皇后知道宣德帝喜歡這個相貌極似靜和長公主的晚輩，看這樣的場景，多幾次便也習慣了。

「坐吧。」蕭皇后讓人給鄔八月設了座，笑著道：「漠北那邊，與北蠻各部落貴族交涉的事情進展順利，說不定今年冬，複兒就會回來了。」

鄔八月一愣，面上頓時激動道：「皇后娘娘所言當真？」

「怎麼，他家書上沒寫此事嗎？」蕭皇后卻是反問了一句，看向宣德帝。

宣德帝含著笑，目光望著欣瑤，嘴上卻是對鄔八月道：「複兒一向是個謹慎之人，事情沒百分之百篤定，他是不會同人提起的。」

鄔八月心裡的高興便沈了沈。

這麼說，漠北之事已經到達一個極其關鍵的時候了。

這樣更好，她待會兒要說的事，宣德帝必然會因此更加重視。

鄔八月暗暗咬了咬唇，猛地站起，「撲通」一聲跪在了帝后面前，陪同她一同進宮的朝霞和肖嬤嬤也都隨著跪了下來。

蕭皇后嚇了一跳。「呀，這是做什麼？快快起來！」

宣德帝聞聲也看向鄔八月，皺了眉頭，面露不解。

宮女們上前要扶鄔八月起身，鄔八月掙開她們的攙扶，雙手按在地上，大聲說道：「請皇上皇后為臣婦作主！」

「有什麼話先起來再說……」

蕭皇后還待讓人扶她起身，鄔八月卻搖搖頭道：「皇后娘娘且讓臣婦將話說完。」

此時的她心跳加速，腦子卻異常清晰。

按著之前和高彤絲斟酌過的說辭，鄔八月平靜地將流言傳播的始末說了一遍，並將此事和高辰複聯結了起來。

「……臣婦與軒王從未有過兒女私情，更別說苟且之事。此番言論，辱臣婦清譽，毀臣婦名聲，令鄔、高兩家蒙羞，更令臣婦遠在漠北的夫君淪為他人口中的笑柄。」鄔八月頓了頓，繼續道：「若此事為真，事情暴露，臣婦自當以死謝罪。但舉頭三尺有神明，臣婦肯發下毒誓，若臣婦與軒王有半分私情瓜葛，便天打雷劈不得好死。」

蕭皇后不忍，看向眉眼沈沈的宣德帝，輕聲喚道：「皇上……」

宣德帝抿唇道：「那依妳所見，何人會傳播此等謠言？」

鄔八月搖搖頭。

誰會傳播這樣的謠言，鄔八月不確定，甚至連是不是有人在背後蓄意為之，也是一個未知之數。

鄔八月將此事在宣德帝面前陳情，更多的是希望藉由宣德帝的手，讓這樣的謠言隨風消逝，不要再擴散下去。

這才是鄔八月最直接的目的。

至於查不查得出來、是否真的有人在背後使壞，對現在的她來說並不是十分重要。

鄔八月定了定神，道：「臣婦清白之事事小，但大夏安定之事事大，還請皇上下令徹查此事，揪出幕後造謠元凶，還臣婦清白，以安忠臣之心！」

鄔八月話說至此，便再不開口，俯下身去結結實實地磕了三個響頭。

宣德帝嘴唇緊抿，半晌後才道：「此事，朕知道了。妳且先回去，朕會下令讓人徹查此事。」

鄔八月心裡大石落地。「臣婦叩謝皇上！」

鄔八月帶著一雙兒女走了，宣德帝閉著眼睛，微微偏著身子，左手輕按著太陽穴。

「皇上。」蕭皇后坐在一邊，輕聲開口道：「臣妾瞧著她不像是說謊。」

宣德帝睜眼抬了抬眉。「就因為她發了毒誓？」

蕭皇后搖頭，遲疑了下，方道：「鄔氏還未與複兒締結婚約時，曾經也出入過皇宮。臣妾還記得，那時就有她對軒王送帕傳情的事，也因為那件事，母后把她逐出了皇宮。至今為止，臣妾也覺得那事多有可疑。」

宣德帝看著蕭皇后，道：「妳繼續說。」

蕭皇后便道：「有那件事情的前車之鑑，臣妾想，她應該不會願意再和軒王扯上絲毫干係。況且如今她嫁了人生了子，夫妻和睦、舉案齊眉的，又為何要和軒王再扯上關係？她也不是什麼蠢人。」

蕭皇后頓了頓，道：「此事……除了鄔氏所說的，會不會也有可能，是有人在蓄意抹黑軒王？」

宣德帝一笑，道：「有句話妳倒是說得對，鄔氏可不是什麼蠢人。」

「皇上的意思是……」蕭皇后輕聲道。

宣德帝搖了搖頭，道：「別的不說，皇后對鄔氏的印象倒是滿好的，肯幫著她說話。」

蕭皇后便是一笑。「鄔氏人文靜，臣妾倒的確挺喜歡她。」

宣德帝笑了笑。

「皇上還沒同臣妾解釋，為什麼覺得臣妾所言，說『鄔氏不是什麼蠢人』這句話很對？」

宣德帝道：「妳把事情想得太複雜了，竟然還懷疑到有人抹黑泓兒上面去。」宣德帝搖了搖頭。「這件事要查倒是不那麼好查，朕堂堂天子，豈能為這樣的流言費心神？鄔氏搬出複兒來，也不過是想讓朕重視此事。只要朕干預了，謠言不攻自破。」

蕭皇后一怔。

「那……幕後造謠之人……」蕭皇后皺眉道。

「大概只是衝著鄔氏去的吧。」宣德帝懶洋洋地道。

鄔八月按著胸口，行在宮道上。

朝霞緊跟在她身後，輕聲道：「大奶奶，奴婢總覺得……皇上對大奶奶說的話並不是那麼相信。皇上真的會讓人去查此事嗎？」

鄔八月頷首，輕輕捶了捶自己跳動得比平時快一些的胸口，道：「君無戲言，皇上既然答應了，就絕沒有擱置不理的道理。」

「可是……」朝霞緊鎖著眉頭。「奴婢想著皇上的表情，還是覺得……」

她頓了頓，用了「帝心難測」四個字。

鄔八月緩緩吐了口氣，道：「我提起爺的那些話，皇上大概是不信的。不過儘管如此，他還是答應下令去徹查此事。這就行了。」

「什麼?」朝霞瞪大眼。「皇上不信大奶奶說的那些話?」

鄔八月輕輕點頭,長嘆一聲。「皇上是什麼人,豈會真就因為我所說的隻言片語就相信我的推測?不過好在,皇上到底還是答應了會去查此事……也沒有治我一個欺君之罪。」

朝霞額上頓時冒出了冷汗。

鄔八月舒了口氣道:「不管怎麼說,今日來宮裡的目的算是達到了。今後謠言能不能停止,就要看皇上怎麼處置了。」

朝霞抿抿唇,想了想道:「奴婢想,不管怎麼樣,皇上也該會讓軒王爺到他面前解釋一二吧?此事並不單單只涉及大奶奶,還有軒王爺呢。」

鄔八月微微抿唇。軒王爺……她躲還來不及呢。

可沒想到,越是想躲的人,卻越能碰上。

鄔八月心裡暗叫一聲「糟糕」,定睛一看,好在軒王爺身側前方似乎還有一人。

她鬆了口氣,朝霞卻輕呼一聲,道:「大奶奶,是軒王爺和明公子。」

「明公子?」鄔八月一愣,仔細一看,的確是明焉。

她不知是該提一口氣還是鬆一口氣。

就在她愣神的工夫,兩人已經走到了她面前。

明焉現如今是宣德帝的御前侍衛,護衛軒王在宮中行走,倒也說得過去。

不過看他和軒王的表情,兩人好似都是臭著張臉。

見到鄔八月，明焉扯了扯嘴角，低頭道：「高夫人。」

鄔八月尷尬地應了一聲，福身向軒王行禮。

軒王本是想伸手將她扶起來，然而手剛伸出去，卻又因避諱著什麼，不由得又收了回來。

鄔八月餘光看到他收回了手，吐了口氣，自己站直了，低垂著頭道：「軒王和明侍衛定然還有要事處理，我便不多打擾了。告辭。」

軒王抿著唇，突然開口道：「燕京城中的流言……」

鄔八月一愣。

軒王似乎是在考慮要怎麼開口，不過不等他想個明白，明焉就搶先開口，語氣頗為嘲諷。

「明知道有這樣的流言，軒王爺卻不站出來還高夫人一個清白，還任由流言發展下去，倒也真是讓人看不明白了。」

軒王頓時看向明焉。「明侍衛，你這是什麼意思？我之前解釋過了，非是我不站出來澄清，是因為……」

「是因為王妃身體不好，令公子又患病，所以軒王走不開。」

明焉挑著眉梢說了這麼一句，隨即彎了彎腰。「王爺家事纏身，自然沒有多餘精力去為旁人闢謠。」

軒王被他這些話堵得說不出話來。

雖然明焉這樣說話有些冒犯他之嫌，但軒王現在也沒有立場指責明焉。

他自己也知道，那種解釋，其實真的不能成為一個很好的理由。

關於他和高夫人的流言，傷害的不僅僅只是高夫人而已，他也難免會被人詬病。不過他到底是男子，這樣的事情，對他的傷害相對要小些。

他出面澄清，內心裡是願意的。

可是事實上，又哪裡是一件簡單的事情？

且不說他是事件主角，任何人遇到這樣的事情，恐怕都是解釋不清的了。

而他要向誰澄清？誰又肯相信他說的話？

何況，做為皇家子弟，竇氏一族也不會容許他任性妄為地對百姓作出所謂的「交代」，丟了竇氏的名聲。

他是男子，處理這種事情，置之不理是最佳的選擇，時間總是能夠沖淡這種謠言的。

那……謠言中心的女子呢？

軒王看向鄔八月，對上她一雙溫潤的眼睛，忽然覺得，這一生至此虧欠最多的，便是面前的這個婦人。

兩年前在宮中，礙於母妃的謊言，他無法棄母於不顧，違背良心，沒有為她證言。

兩年後，各自成家生子，他們陷入了同一個謠言當中，而此時的他，仍舊沒有辦法還她一個清白名聲。

軒王無法掩飾住自己浮於面容之上的愧疚，他輕聲對鄔八月說道：「對流言之事……我無能為力，只希望時間能還我們彼此一個清白。」他頓了頓道：「這種中傷人的流言，不去理會，自會煙消雲散。」

鄔八月面上有片刻的僵硬，但她很快就調整了過來，對軒王微微一笑，道：「希望如此吧。」

鄔八月再次避到一邊，垂首道：「軒王慢走。」

軒王目露愕怔，明焉嗤笑一聲，不耐煩地道：「軒王爺，走吧。」

軒王這才抬了腳步，往前走兩步，卻忍不住回頭去看鄔八月的表情。

鄔八月的臉上無悲無喜，沒有怨恨和怪責。她招呼了身後跟著的奴僕，好似方才並沒有發生過什麼似的，從容不迫地沿著要走的路緩緩行去。

明焉也回頭目送著鄔八月帶人走遠。

他先回過了頭，不鹹不淡地對軒王道：「軒王爺，人都走遠了，就別看了吧。再看，恐怕角落裡那些探頭探腦的內監宮女，就要從宮裡傳起軒王爺與高夫人之間的私情了。」

軒王頓時回頭，四下一掃，那些冒出了個頭的內監宮女立刻縮了回去。

軒王臉色陰沈。

明焉率先往前走了兩步，想了想，他可不能搶在軒王的前頭，便又退了回來。

「軒王，恕在下直言。」明焉拱了拱手道：「方才軒王在高夫人面前說的那話，可真是極不妥當。」

軒王皺眉，仔細想了想和鄔八月說的話，道：「哪句不妥當？」

明焉一笑。「軒王說：『中傷人的流言，不去理會，自會煙消雲散』。這話，陡然一聽彷彿極有道理，但事實上，落在高夫人耳裡，恐怕是空談。」

軒王立刻看向明焉。「為何？」

明焉輕哂道：「王爺是男子，自然不在乎這樣的流言，旁人議論一番，最終也會說王爺您英俊倜儻，連已婚婦人都對您青睞有加，這是您有魅力的體現。然而對高夫人而言，任由這個流言發展下去，不去澄清不去闢謠，那麼『紅杏出牆』四個字就會永遠貼在高夫人的身上。」

明焉頓了一下，反問軒王道：「王爺，現在您是否還覺得這句話說得妥當？」

軒王頓時面如死灰，轉身就想要追著鄔八月去跟她解釋，卻被明焉一把拉住。

「王爺要做什麼？」明焉微微瞇了眼睛。「在宮中這般無狀，皇上若是知道了，可沒辦法饒王爺。」

軒王咬著下唇。「我總要去和她說個清楚才行。」

「算了吧。」明焉道：「王爺沒發現，高夫人對王爺是避之唯恐不及嗎？她都這樣避著王爺，就是為了和王爺劃清界線。不要再做讓人誤會的事了，王爺。」

軒王頹然地垂下雙臂，明焉放開他，仍舊忍不住譏笑一聲，道：「王爺若是覺得對不住高夫人，何不查清楚到底是從何人口中造出的謠言？方才來的路上聽王爺提過，當日只有王府中伺候的奴僕知道王爺送高夫人離開之事，那麼這件事情必然是從王府裡傳出來的。揪出幕後造謠生事者，謠言不就不攻自破了？」

軒王雙眼一亮，隨即卻又頹然地靠在了宮壁上。

「王爺？」明焉不解地喚了他一聲。

「即便是這次的事情，找出造謠生事的人了又如何？」軒王苦澀地道：「這次的事只是其中的一件，出了這樣的謠言之後，大家又將另一件事情牽扯了進來，除非……那件事我也可以為高夫人澄清……」

明焉皺了皺眉頭，頓時恍然道：「王爺是說，當初高夫人還在慈寧宮中，與王爺送帕傳情之事？」

「沒有這回事！」軒王低吼一聲。

明焉冷然道：「王爺既說沒有此事，當時卻為何沒有替高夫人澄清？我可記得，高夫人之所以會前往漠北，便是因為這事讓她在燕京城中待不下去。」

這話自然是問到了軒王的痛腳。

他竇昌泓自認一生沒有虧欠過誰，唯一一個虧欠的，便是她。

這份虧欠，恐怕他窮盡這一生都沒辦法償還……不，說不定她並不稀罕他的償還。

軒王極其低沈地嘶吼了一聲。

他悲哀地發現，自己真的無能為力。

然後他不得不想起了遠在漠北的表兄，她的夫君。

若是那個男人在，定然會義無反顧地站出來，保護她，免她驚、免她苦，不讓她受這樣的流言所傷，也會讓她幸福自在地、快樂地活著。

這樣一想，他更加痛苦。給予她苦難的是他，而能救她的，卻是別人。

他何其窩囊！

鄔八月已經走遠。

饒是朝霞素來沈穩，在聽了軒王爺說「流言自會煙消雲散」之後，也止不住憤怒，行遠了也沒忍住，說道：「軒王爺可真是站著說話不腰疼，他非女子，怎知大奶奶為這謠言受了多少的委屈？」

想起鄔八月被高安榮指著鼻子罵，朝霞心裡就悲憤異常。

「要是大爺在——」

「好了，朝霞。」

鄔八月側頭輕輕看了朝霞一眼，道：「這會兒還在宮裡，當心隔牆有耳。」

朝霞頓時住了嘴，臉色卻是臭的。

等候在宮外接鄔八月的周武見到人出來，趕緊上前，第一時間就注意到了朝霞臉上的不豫。

「這是怎麼了，誰惹妳了？」

周武給鄔八月行了個禮，退到朝霞身邊，關心地問道。

朝霞「哼」了一聲，瞪了周武一眼，沒來由地說了一句。「男人真是沒一個好東西。」

說完便跟上鄔八月的步子，將她送上了轎子。

周武撓了撓頭，只覺得自己什麼都沒做，怎麼好像又無辜受累了……

周武看向肖嬤嬤，問道：「她這是怎麼了？」

肖嬤嬤搖了搖頭，嘆了一聲，也鑽進了轎子。

周武只能大咧咧地想，或許朝霞又是因為什麼事情心裡不痛快，不過肯定不是因為自己。

這樣一想，他便釋然了，趕緊招呼了轎夫起轎。

平安回到了蘭陵侯府，高安榮第一時間趕了過來，見到完好無損的孫子孫女心裡便鬆了一口氣。

鄔八月對他自然不會有什麼好臉色，吩咐肖嬤嬤和朝霞回一水居，連多讓高安榮看看孫子孫女的時間都不留給他。

高安榮惱怒地喚住她道：「妳就是這樣對長輩的？」

鄔八月沒有搭理他，加快了腳步。

進了一水居的院門，周武自動守在前方，攔著要找鄔八月理論的高安榮，一副「公事公辦」的表情道：「侯爺請回。」

高安榮無法闖進一水居，卻是對周武開始數落了起來。周武自然是一聲不吭。

定力是成為一名侍衛的基本能耐，周武對高安榮的罵言左耳進右耳出，讓他罵個夠就行。

他現在更擔心的是未來相當長一段時間裡，被流言所累的大奶奶，在侯府中要怎麼過……

不過周武的擔心顯然是多餘的。

去過皇宮之後，鄔八月再不管市井流言的紛紛擾擾，專心照顧兩個孩子，再沒踏出一水居一步。

她不出去，高安榮便也無法進來。連著幾日不讓他見孫子孫女，高安榮肺都要氣炸了。

他心裡發了狠，覺得鄔八月這樣待他這個長輩，那便是要撕破臉了。

好啊，礙於一水居有侍衛守著，他是肯定不能進的，那他就要逼鄔八月出來。

怎麼逼呢？斷水、斷糧，斷一切日常生活所需的物資。

高安榮等著鄔八月出來「求」他。

然而對這一切，鄔八月還是一概不理。

一水居裡的東西應有盡有，最關鍵的水和糧食都不缺。水，一水居中自有井水，缺水了從井中打水就行了；糧的話，一水居裡也有小糧倉的，足夠一水居中所有人吃上很長一段時間。

鄔八月這算是和高安榮槓上了。

肖嬤嬤覺得蘭陵侯爺到底是長輩，這般僵著不好。

高彤絲卻說就得這樣收拾收拾他，打壓打壓他的氣焰才行。

肖嬤嬤勸說鄔八月，鄔八月搖頭道：「如今他已不把我當兒媳，我自也無法尊他為公爹。肖嬤嬤要是擔心爺回來怪責我不孝順，大可放下這個心。若爺知道了此事之後認為是我做得不對，那我便自請下堂，絕無二話。」

肖嬤嬤被鄔八月這決絕的態度給嚇著了，忙讓高彤絲勸她。

高彤絲卻是愣了愣之後，道：「為什麼要勸？我覺得大嫂說得很對。大哥回來後知道了此事，說不定會直接和他斷絕父子關係。」

高彤絲拉住鄔八月的手，道：「大嫂放心，大哥不是不辨是非之人，他不可能聽了那些無中生有的中傷之言就懷疑大嫂，認為大嫂不貞。他若是這般，那我這個妹妹也不會再認他。」

鄔八月輕嘆一聲，看向高彤絲，不由動容道：「初見時，我只覺妳可怕，對妳避之唯恐不及。沒想到陰差陽錯，我竟然真的成了妳的嫂子。更沒想到的是，如今我遭逢此難，陪在我身邊與我同進退的……只有妳。」

高彤絲鼻頭一酸。

「大嫂，我們都是女人，女人活在這世上，規矩太多，束縛太多，能如意的事太少了。」

高彤絲輕聲說了一句，對鄔八月輕輕一嘆。

「對我而言，我還在世的親人，只有大哥。後來有了大嫂，再後來有了瑤瑤和陽陽。沒有大嫂，哪來的瑤瑤和陽陽？我不與妳站在一起，還能與誰站在一起？」

高彤絲緊了緊握著鄔八月的手，說道：「我答應了大哥的，在他回來之前，妳就是我的責任。」

鄔八月緩緩地點頭，輕聲回道：「妳也是我的責任。」

在一水居不理世事、平靜度日的時候，有關軒王和鄔八月的傳言卻開始走向了極端。

朝堂之上說的是大夏國政，宣德帝自然不可能將此事堂而皇之地在朝堂上說。

他走了個巧。

在談及與北蠻各部落聯盟簽訂雙方有利的友好盟約時，自然有朝中大臣提到高辰複。

此時，宣德帝便對自己的近臣使了個眼色。

近臣上前言說，高將軍高風亮節，帶領使團前往漠北與北秦各部落貴族商定和談，乃是十分危險之事，然而近日卻有日益甚囂塵上的流言，中傷高將軍之妻。高將軍若在漠北得知此事，恐忠臣心寒。

宣德帝假作不知，立即怒聲問道：「真有此事?!」

「千真萬確！」近臣便進一步言明此事。

宣德帝借此大發雷霆。

「忠臣於邊關為家國大事而奔波勞累，不惜身陷險境，其妻在京中卻被人這般詆毀誣衊，這豈是我堂堂大夏能有之事？」宣德帝頓時指向軒王，怒道：「軒王出列！此事到底是何緣故，你且絲毫細節不能遺漏，說與眾人聽聽！」

軒王頓了頓，將當時之事娓娓道來。

他所說來，自然不是傳言那麼回事。

「謠言從何而起？若是只有軒王府下人見得此景，添油加醋傳揚開去的，便只能是軒王府之人！」宣德帝怒道：「你身為一府王爺，卻無法規範府中下人言行，一室之不治，何以天下家國為？朕諭，軒王從即日起，卸職回府，整頓府中風氣。待澄清流言，揪出胡言造謠之人，再議是否回朝奏對！退朝！」

宣德帝龍袖一揮，起身大踏步離開了龍座。

玉階之下跪了一地的文武大臣，人人心裡都開始嘀咕了起來。

皇上說這事是假的，那就是假的。態度都擺出來了，誰還敢再傳播此事？

不管軒王能不能揪出那所謂的「造謠之人」，這件事，到這就算是告一段落了。

由此，市井坊間對軒王和鄔八月的事情便有了兩種不同的聲音。

一種說法是，他們二人的確有情，在各自還未婚嫁的時候就私定了終身，卻被皇宮和世俗所不容。皇上貶軒王是因惱怒軒王，為高夫人澄清卻是為了安撫遠在漠北的高將軍。

另一種說法是，他們二人現在的確沒有什麼糾纏，或許兩人都是情竇初開的年紀時彼此互有好感，依據也是兩年前那場流言，但也正因為曾經有這場情，所以他們哪怕遇到，都會被人臆想出無數情思，一傳十、十傳百，方才傳成這般。

這兩種說法，總有人提，也總有人私下議論。但真相如何，不是當事人，又如何能知？

高安榮得知這消息後，內心有些鬆動。

他親自去尋了軒王問了一番，回來後，忐忑地在一水居前徘徊，想要和兒媳婦修好。

但鄔八月一概不理會。

這般也好，以後都不用再應付侯爺了。她心裡如是想著。

有了皇上出面干預，流言傳得便少了。

鄔八月正鬆了口氣時，也正是時候地接到了高辰複的家書。

展信閱去，前面她看著還抿著嘴微笑，然後看到最後兩頁，她卻頓時眉頭緊鎖，臉色大變，甚至額上開始冒起了冷汗。

高彤絲忙接過信，只看向那最後兩頁。

這一看，高彤絲也頓時驚呼一聲，不可置信地看向鄔八月。「大嫂，妳、妳在漠北曾經……這是真的？」

鄔八月艱難地點了點頭。

高彤絲咬咬唇道：「那現在怎麼辦？」

鄔八月有些茫然，輕聲道：「我也不知道……」

她心裡祈禱著，不要再出現什麼變故。

可是越不想什麼，越來什麼。

流言還沒有冷卻下去，關於鄔八月石破天驚的大八卦卻在一夜之間，傳滿了整個燕京城。

# 第七十五章

高辰複到漠北時正是盛夏時節，北秦大地上水草豐美、牛羊遍地，北秦各部落游牧百姓糧食充足，不會進犯漠北關。

這無疑是與北秦各部族貴族相聯繫，商定友好結盟、遇冬休戰的最佳時期。

高辰複積極與北秦較為靠近漠北關的游牧百姓接洽，借他們之口向北秦人傳達大夏使團的善意，表達想要與北秦各部族互惠交好的意思。

頭一個對高辰複善意表達了回應的，赫然是從他手上將單初雪給帶走的薩蒙齊。

二人約定了地方見面，各自警備充足。

彼此互相試探了一番對方的情況之後，高辰複首先表達了大夏的交好之意。薩蒙齊細想之後，覺得交好條件對雙方都有利，口頭上答應了下來，表示要回去和其餘人商量後再定。

薩蒙齊贊同這樣「友好結盟」的建議，但身為薩主，他雖有對全族大事作出決議的權力，但總不能不與族中其他人商量便獨斷專行。

果然，回到族中將此事一說，便有人不相信大夏使團的誠意，言道不能相信曾在漠北關據守了三年、讓他們基本上沒有嚐到甜頭的高辰複。

他們將大夏這般突如其來的交好建議陰謀化，勸說薩蒙齊不要聽信大夏人的蠱惑之言。

而此時，薩妃卻站了出來，竭力勸說薩蒙齊答應與大夏交好。

帳內，你一言我一語互不相讓，討論得不可開交。

薩蒙齊只覺頭疼，讓所有人出去，獨留下了薩妃。

「我還記得，當時漠北大將深入北秦之地，前來救妳與妳妹子，妳曾叫他哥哥。」薩蒙齊看向薩妃，目光幽深。「妳與他有何關係？」

薩妃身形圓潤，皮膚白皙，人比北地女子要嬌小，聲音更沒有北地女子的粗獷，反而柔美動聽。

來此也快要兩年了，原本不會說的北地牧民語言，也已經完全沒有問題了啊……薩妃心裡默默地想著。

她微微展顏露了一笑，輕聲道：「就如我叫他那般，他是我哥哥。」

「妳哥哥？」薩蒙齊皺眉搖了搖頭。「你們，姓不同。」

薩妃點點頭。「我不被家族承認，但他認我是他的妹妹，所以，我也認他是我的哥哥。」

薩蒙齊眉頭皺得更緊。「他說大夏要和北秦結為盟友，北秦提供礦脈山中的礦產，大夏提供給北秦過冬的糧食，雙方休戰。這可信嗎？」

「可信。」薩妃頷首。

「初雪。」薩蒙齊正色看向薩妃，叫她的閨名。「妳現在是科爾達的女主人，是我的女人，我孩兒的母親，妳所要想的是我北秦，而不是大夏。如果妳覺得有哪裡不對勁的地方，不能裝作不知。」

薩妃莞爾一笑。「是，我是你的女人，所以我不會害你。」

薩蒙齊嚴肅道：「真的？」

「真的。」薩妃認真地點頭。

「好，那我就信我的直覺，也信妳的判斷。」薩蒙齊猛地一擊掌，頓了頓卻是又笑道：「喔對了，還有一些消息，差點忘記告訴妳了。」

薩蒙齊笑對她道：「我與漠北將軍聊時，他打聽妳的情況，讓我轉告妳，說已接了妳母親回他們大夏的京城，那時候和妳在一起的妹子負責替妳照顧她。」

薩妃頓時一愣，鼻頭一紅，幾不可聞地低聲道了一句。「娘、梔梔……」

「還有，漠北將軍說他已經迎娶了妻子，生了一對龍鳳胎。」

說到這兒，薩蒙齊卻是哼了哼，說：「福氣還真是好，一舉抱了一兒一女。」

薩妃眉眼彎彎笑了起來。「真的？太好了……辰複哥哥有後了，不知道是哪家的姑娘……」

「啊，就是那會兒跟妳一起來北秦的那個，妳妹子。」

薩蒙齊哧哧笑了起來，薩妃瞪大眼睛。「梔梔?!」

「喔，那時候妳好像是這樣叫她的。」薩蒙齊嘿嘿一笑，道：「你們中原的男人不是都很在乎女人的清白嗎？妳妹子被我們抓來了北秦，妳那哥哥倒是不介意。不過我們的人也沒有碰過她，她還是個清白的姑娘，多半是因為這樣，妳哥哥才不在意。」

薩妃頓時脹紅了臉，想到曾經被薩蒙齊拖進帳內侮辱，而那時候梔梔就被他們綁在帳外的木柱上……雖然也已經是時過境遷，可她到底難以忘懷。

辰複哥哥和梔梔……他們能夠在一起，也是一件讓她欣喜的事。

薩妃低聲說道：「如果這件事情傳揚了開去，梔梔恐怕就沒辦法嫁人了。」

「現在不用擔心這件事了。」薩蒙齊認真道。

薩妃點點頭，按了按胸口道：「是，現在他們成親生子，如果在這時候再讓人知道梔梔曾經被抓來了北秦的事，不管是梔梔還是辰複哥哥，恐怕都要被流言所累。」

薩蒙齊疑惑道：「要是在大夏過不下去，來北秦不就好了？是妳的親人，科爾達部族會將他們當作貴賓招待。」

薩妃微微一笑，輕聲道：「並不是那麼簡單的……如果真的被人知道了梔梔在漠北的事，他們會如何，我不敢想。要是他們受此連累，我會擔心死的。」

不管高辰複娶鄔八月的原因是什麼，但至少這結果是好的。他們成親了，還有了一對兒女，這是皆大歡喜的事情。

何況有他們在，娘也一定被他們照顧得很好……

薩妃微微低頭，在心裡輕聲對自己說道：單初雪，妳該知足了……

帳內的談話還在進行著，然而他們沒有預料到的是，帳外有人偷聽。

反對與大夏交好的科爾達貴族將這些消息都聽了進去，幾人聚在一起商量，要怎麼樣才能阻止薩蒙齊和大夏的漠北將軍聯合。

便有人提起，要麼就假借薩蒙齊之名，將漠北將軍的妻子曾經被抓來北秦的事情傳揚開去，讓兩人生嫌隙，這樣盟約自然就締結不了了。

主意雖然陰毒，但好在管用，幾人一致通過了這個建議，當即便讓人將這件事宣揚了出去。

短短幾日工夫，漠北關內的百姓們都知道了此事。

高辰複聽聞，感到十分震驚。

兩年前，從出發去救人到將人給救了回來，出於要顧及姑娘家的聲譽，所有的事情都是秘密進行。將人救回來之後，所有知情的人他也都打了招呼，這件事情本可以永久塵封，沒想到會被人知道，並且還傳揚了開來。

思索一番之後，漠北關內自然是不會流出這樣的傳言，那只能是從北秦傳過來的。

北秦中能知道此事的，也就只有薩蒙齊身邊的人了。

高辰複狠狠地捏了捏拳，在後來與薩蒙齊交涉的過程之中，首先將這件事情擺出來談。

哪知道薩蒙齊也十分震驚。

二人說開之後，薩蒙齊回去徹查這件事，終於找出了散布此消息的科爾達族人。

因為是自己的族人做下的錯事，薩蒙齊對高辰複道了歉，乾脆果斷地應下了與大夏互利交好的事，並承諾會儘量幫助大夏，與更多的北秦部落簽訂休戰盟約。

然而，這消息已經傳了開去。

有家在燕京的漠北人寫家書的時候，當作稀奇事提起了。

高辰複覺得漠北畢竟天高皇帝遠，傳言在漠北傳一會兒便肯定會消散，壓根兒沒想到會有信寄出去。

趙前覺得不提此事也不妥當，進言道：「屬下以為，將軍還是將這件事情寫進家書裡，給大奶奶提個醒為好。」

高辰複想了想，到底還是在家書末尾添上了此事。

他的口氣顯得有些輕描淡寫，他也以為，漠北離燕京那麼遠，傳言哪能傳得過去？

然而高辰複不知道的是，鄔八月在接到信的時候，剛好經歷了一場謠言的風波。

而坊間，熱衷於與人閒聊八卦傳言的普通百姓，也幾乎在同時收到了從漠北寄回來的家書，這消息頓時就成了新話題。

短短兩、三日時間，蘭陵侯府大奶奶在漠北時曾被北蠻人擄去之事便傳得街知巷聞。

鄔八月面色蒼白，一水居中，人人都惶恐非常。

若說和軒王之事，她還可以力證清白。

但被北蠻人擄去之事，饒是她也沒辦法辯駁。

那是事實，她要怎麼辯駁？

雖然傳言只說她被北蠻人擄去，並沒有往深了說，但聽到這消息的人，誰不會在心裡臆想她早就不是清白之人？

一波未平，一波又起。

鄔八月成了燕京城中貴婦圈子裡無人不知、無人不曉的婦人，成了所有人口中的談資。

那些曾經豔羨鄔八月嫁了有情郎，生了龍鳳雙胎，還引得軒王為之傾倒的婦人，紛紛轉變了口風，談起鄔八月時，止不住地諷刺挖苦。

甚至是輔國公府也以此為恥，正義凜然地宣布不認鄔八月為鄔家之女，斥其丟人現眼。

處於風口浪尖的鄔八月，岌岌可危。

事情還能更糟糕嗎？

鄔八月心情低迷了幾日之後，腦海中忽然想到這麼一句話。

應該不會更糟了。

她嘆了口氣，迎上高彤絲擔心的眼神。

「沒事。」鄔八月微微抿唇一笑，道：「有之前的事打底，對我而言，現在的事也不過是比之前要嚴重一些而已，我能受得住。」

高彤絲咬著下唇，別過臉去，一言不發。

一水居裡沈寂了下來。

高安榮也從想要與鄔八月修復關係，轉眼間變得對鄔八月的態度更為惡劣。

他現在每日都要在一水居外面鬧上一番，讓鄔八月將兩個孩子交給他，不允許鄔八月再帶著欣瑤和初陽。

鄔八月想，要不是因為初陽長得像高辰複，欣瑤長得像靜和長公主，恐怕高安榮還會懷疑她生的這兩個孩子不是高家骨肉。

當然，對高安榮連續幾日都在一水居門前「叫罵」的行為，鄔八月也從來不去理會。

但她也漸漸覺得力不從心了。

在這個時候，除了想念高辰複之外，鄔八月也難免會想起鄔居正和賀氏。

她想著，不知道父親母親會不會替她擔驚受怕。

所以當鄔居正和賀氏前來蘭陵侯府，從朝霞口中聽得了她在侯府中的處境，兩人二話不說便對蘭陵侯表示要將鄔八月接回鄔家的時候，鄔八月還有些反應不過來。

賀氏攬住鄔八月，聲音微微低沈沙啞。「八月，和母親回家。」

「父親，母親，你們……」

鄔八月抿了抿唇，鼻頭便是一酸。

高安榮面對外人時還是要講兩分顏面的，雖然鄔居正比不得他的身分地位，但他還是表面客氣地道：「親家，複兒媳婦是我蘭陵侯府的媳婦，你們說接回去就接回去，讓大家怎麼想？」

高安榮說的也是有幾分道理，現在大家無疑都在盯著蘭陵侯府，想知道蘭陵侯府的情況。

蘭陵侯府但凡有一點風吹草動，恐怕又會成為大家口中咀嚼的談資。

鄔居正沈沈地看了高安榮一眼，道：「八月再是你蘭陵侯府過了門的媳婦，也還是我鄔家的女兒。『嫁出去的女兒如潑出去的水』這樣的話，我這個做父親的不認同。我家八月既在蘭陵侯府受如此委屈，我將她接回家去並無不可。侯爺你要是攔著，那我們就上官衙理個清楚。」

高安榮捂著胸口，暗道一聲鄔家的人果真是難對付，早在心裡將鄔居正罵了好幾遍。

「鄔太醫這般接她回去，可想過她會如何？蘭陵侯府的名聲如何？」高安榮冷著聲，連一聲「親家」都不喊了。

賀氏頓時冷笑道：「侯爺要真是顧及蘭陵侯府的名聲，且先學學怎麼好好做人。」

「妳！」高安榮被賀氏這話堵得說不出話來。

賀氏攬著鄔八月，吩咐朝霞和暮靄將欣瑤和初陽抱穩當。

「走。」

她喝了一聲，自有周武在前開路。

「反了！」高安榮怒聲一叫，蘭陵侯府中效忠於高安榮的侍衛也圍了上來，攔著鄔居正和賀氏不許他們離開。

「要接你們女兒回去，我也就不攔著了，我自會請示皇上，替我兒請皇旨休妻。」高安榮瞪著雙眼，聲音陡然拔高。「但瑤瑤、陽陽是我高家血脈，誰敢帶他們走！」

一水居外頓時鴉雀無聲。

然後突兀地，高彤絲的聲音闖了進來。

「父親真不願意讓大嫂帶著瑤瑤、陽陽走？」

高彤絲扯著挺著大肚子的喬氏，手捏著喬氏的胳膊，緩緩朝這邊走了過來。

鄔八月瞪大雙眼。「彤絲！」

「妳做什麼！」高安榮頓時急了，指著高彤絲顫巍巍問道：「妳這是做什麼！」

「沒做什麼，只是想提醒父親您該讓大嫂安安穩穩回娘家罷了。」

高彤絲一笑。「父親要是不同意，那喬姨娘肚子裡這即將瓜熟蒂落的孩子，可就多半是生不下來了。」

喬姨娘流著淚，嚇得腿直哆嗦，聲音也顫著。「侯爺，救救妾身……救救妾身！」

高安榮驚疑不定地呆怔當場。

高彤絲又是一笑，提醒他道：「父親可要想清楚了，要孫子，還是要兒子。」

「那、那也是妳弟弟！」高安榮氣急，怒道。

「父親不說，我倒是差點忘了，我的確曾有個弟弟呢。」

高彤絲微微一笑，轉瞬卻是目如寒星，怨毒的眼神盯住了高安榮。「可是我弟弟才出生就夭折，死了已經快二十年了。這個女人肚子裡的，不過是個賤種。弟弟？他給我弟弟提鞋都不配！」

「放肆……放肆！」

高安榮要搶上前去，高彤絲一把抓住了喬姨娘的頭髮，狠狠往下一拉。

喬姨娘尖叫一聲，頭高高仰起。

「父親，我可是個狠人，我說到做到。」高彤絲溫和一笑。「你可悠著點，別賠了夫人又折兵。想清楚了，要兒子，還是要孫子。」

高彤絲偏著頭，道：「我提醒父親一句，大哥和大嫂鶼鰈情深、夫妻和睦，近日傳言中說大嫂被北蠻人擄去的事情，救大嫂回來的便是大哥，對這一段過往，大哥自然是知情的；而這門婚事，卻是大哥在知曉此事的情況下，還親自去皇上面前求來的。父親覺得，大哥回來後要是知道你對大嫂做了什麼，會不會從此以後，不認你這個本就可有可無的父親？再有——」

高彤絲一樂。「高辰書殘了，看他如今的樣子，這輩子恐怕都要絕緣於男歡女愛了。高彤蕾呢？這輩子也算是毀了。至於高彤薇，中了毒還不知道能不能養成從前那樣的好身體……想一想，父親您膝下可真是荒涼又荒涼。」

說著，高彤絲便踢了踢喬姨娘的腿，歪頭笑道：「說不定喬姨娘肚子裡這個，是唯一一個會給父親您養老送終的呢，您真不怕失了這個盼了好些年才盼到的兒子？」

高安榮手直抖，哆嗦著嘴說：「妳、妳、妳簡直……簡直是個瘋子！」

「是啊，我是個瘋子，所以和瘋子講道理是無用的。」高彤絲微微眯了眯眼。「做什麼樣的選擇，父親可要趕緊。我就數三聲。」

「三。」

「三」字一落，高安榮忙道：「瑤瑤就算了，陽陽得留下！」

鄔八月一聽，心中頓時一諷。

高彤絲絲毫不理會，徑直數道：「二。」

「別數了！」

高安榮額上的汗止不住地滴落下來，高彤絲沒有猶豫，最後一聲「一」一出口，頓時就作勢要按著喬姨娘往地上去，抬腿就要踢她的肚子。

「撤撤撤！快撤！」

高安榮看得心膽俱裂，忙大叫一聲，讓攔著鄔居正一行人的侍衛撤開。

高彤絲滿意一笑，見蘭陵侯府的侍衛的確都已經撤了下去，方才押著喬姨娘，對鄔八月說道：「大嫂，妳且先回鄔家去。」

鄔八月望著高彤絲，不知道要怎麼感激她才好。

她也不知道，現在跟著父親母親回鄔家去，對她來說到底是不是一個必要的選擇，此後隨之而來的問題恐怕會多得數不清。但她也考慮不了那麼多了。

父親母親親自來接她，高彤絲為了讓他們能夠順利走出蘭陵侯府，押著喬姨娘做人質，要是她臨陣退縮，豈不是辜負了父親母親和高彤絲的一番心意？

鄔八月咬了咬牙，真誠地對高彤絲道了一句謝，聲音太輕，恐怕沒人能聽見。

但高彤絲卻對她微微笑了一下。

鄔居正護著妻女，一路奔出了蘭陵侯府。

回去的路上，賀氏在轎中緊緊摟著鄔八月。

鄔八月輕喚道：「母親，您……怎麼了？」

賀氏搖頭，半晌方才喑啞地道：「母親沒想到，妳在蘭陵侯府竟然受到這樣的對待……妳這孩子，怎麼不讓人回來同父親母親說呢？」

鄔八月張了張口，低頭輕聲道：「我原本以為……」

「以為什麼？」賀氏握住她的手，眼裡滿是疼惜。「之前出了妳和軒王的那個傳聞，我與妳父親就打算接妳回來，妳祖父得知之後強烈反對，說這樣會坐實傳言，我們方才作罷。後來見流言漸漸淡了下去，我們鬆了口氣，正打算去蘭陵侯府看看妳和外孫，沒想到緊接著又出了這事……」

賀氏說著便閉了閉眼睛，心酸道：「這以後可怎麼辦啊……」

鄔八月抿了抿唇。這也是她正在思考的問題。

鄔八月扯了嘴角，輕聲勸慰道：「母親不要心急，車到山前必有路，還沒到走投無路的時候……」她頓了頓，說道：「這得看您女婿回來之後，會做一個什麼樣的選擇。」

賀氏面上一頓，盯著鄔八月的眼睛。「要是辰複他……他受不了世俗的眼光，而選擇要和妳分開呢？」

「那就是要和離了。」鄔八月莞爾一笑，卻是問賀氏道：「母親，如果我與他和離了，家裡……可還有我的一席之地？」

賀氏淚盈滿眶。「傻孩子，家裡永遠都有妳的位置，妳永遠都是父親母親的乖女兒。」

賀氏將鄔八月攬入懷中。

鄔八月微微一笑，閉上眼睛。

是的，事情不會更糟。不論如何，她有一雙會疼惜她的爹娘。

最讓人安心的港灣，無疑就是家。

鄔八月想，她是有兩個家的。一個家是有父母姊妹在的地方，一個家是有高辰複在的地方。

而現在，不知道屬於她和高辰複的那個家，是否會變得搖搖欲墜。

她能緊抓住、能避居的，只剩下父母在的鄔家。

鄔八月輕嘆一聲，被鄔居正和賀氏左右相扶著踏進了鄔家的門。

角門闔上，木頭「嘎吱」一聲輕響。

鄔八月回過頭，冷風也被阻隔到了外面。

「回家了。」

賀氏輕輕捧了鄔八月的臉，輕聲道：「我們回家了。」

鄔八月動容地叫了一聲「母親」，母女倆的手握得很緊，很緊。

鄔陵梅和鄔良株也在鄔府，他們聽得下人稟報鄔八月帶著孩子來了鄔府的消息，忙都行了出來迎接姊姊。

望著一臉擔憂的兩人，鄔八月忍不住笑了。

「四姊姊……」

鄔良株不過只是一個身量未完全長齊的少年郎，同鄔陵梅不同的是，他隨著鄔國梁讀經史子集，研究百家學問，對內宅之事卻是瞭解不多。

坊間傳言他自然也有聽說，不過他更關心的是鄔八月會不會因此名聲受累。

他壓根兒就沒想過蘭陵侯府的人會因此對姊姊改變態度，還以為鄔八月回來，只是回娘家散散心而已。

鄔陵梅看得就比他要深遠得多。

她緊盯著鄔八月不過眨眼的時間，卻是什麼都沒說，安靜地上前抱住了鄔八月。

「四姊姊。」鄔陵梅輕聲說道：「回家好好歇歇，我陪著妳。」

鄔八月又忍不住鼻酸，過了好一會兒方才平復心情，道：「嗯，好。」

她也對鄔良株笑了笑，道：「株哥兒今兒也在家裡，沒去族學嗎？」

鄔良株輕輕搖頭，抿了抿唇道：「四姊姊回來，我給兩個外甥唸書聽。」

鄔居正無奈一嘆，道：「瑤瑤、陽陽年紀那麼小，你讀也是白讀。學業不可荒廢，別藉口你姊姊回來就不去族學讀書。」

鄔良株受教地點頭。

鄔居正看向賀氏，道：「妳帶著孩子們先去安置吧，接八月回來的事，我總要親自去給父親稟報才是。」

賀氏點了點頭，待鄔居正走後，又催促鄔良株回去溫書。

鄔陵梅和賀氏一左一右伴著鄔八月回了她出嫁前所住的瓊樹閣。

瑤瑤和陽陽在半路上便餓了，到了瓊樹閣，鄔八月趕緊給他們餵奶喝。

但因為她這段時間心情鬱卒，奶水也減少了，餵了瑤瑤，到陽陽喝的時候，嘬了兩口就沒了，只能讓奶娘餵。

瞧著陽陽哭得撕心裂肺的模樣，鄔八月忍不住別過頭，按了按眼睛。

要是不按眼睛，她怕自己也會哭出來。

鄔八月回來住了兩日，除了鄔國梁之外，府裡其他人都見過了。

裴氏和顧氏對鄔八月本就沒有惡意，對鄔八月在漠北的遭遇很是同情。兩人也都是會做人的，在鄔八月面前也沒有提起過此事，聚在一起只說孩子的事。

小顧氏抱著鄔家第五代長孫來尋鄔八月，自作主張地說要和鄔八月結親家，讓鄔八月把女兒嫁給她兒子。

鄔八月被小顧氏這突如其來的建議弄得哭笑不得，說：「瑤瑤外祖父說過，血緣太近，若是結親，子嗣上多有不如意處……」

「這都隔多遠了呀，妳和三爺是堂兄妹，祖父祖母雖是同一個，但這兩孩子都隔得遠了。」

小顧氏嘟囔道：「唉呀，我不管，妳要是不鬆口，我就耗在這兒。這兩孩子這麼有緣，哪能不在一起？」

鄔八月無奈了。「就因為誠哥兒小名叫瑤瑤？」

小顧氏連連點頭。

鄔家這個第五代長孫取名為鄔易誠，大家都叫他誠哥兒，只有小顧氏這個不著調的親娘給他取了個女生的小名叫瑤瑤，的確是和欣瑤的名字撞了。

但欣瑤的名字是高辰複取的，小名「瑤瑤」叫起來是順理成章；而誠哥兒「瑤瑤」這個小名是小顧氏取的，只她一個人喊，別的人都不喊，三爺屢次同她說讓她別叫誠哥兒瑤瑤，這名字也太丟人了。

「三嫂，妳到底為什麼要給誠哥兒取這個小名啊？」鄔八月扶額問道。

小顧氏笑嘻嘻道：「我娘家有一個對我特別好的嬸子是鄉下的，她同我說，男孩叫個姑娘家的名，好養活些。」

鄔八月扯了扯嘴角。

「你看，我取名就取得這麼巧，這兩孩子能沒緣分？」

小顧氏讓丫鬟抱了誠哥兒，抱了鄔八月的手臂直搖。「妳就答應了吧，嗯？妳閨女做我兒媳婦，我還能虧待了她？」

鄔八月考慮的自然不是這個。

她只能搬出高辰複來，道：「瑤瑤父親沒在，我也不能擅作主張。」

小顧氏便洩了氣，捏了捏拳頭。「也是，妳家瑤瑤還是皇上破格封賞的郡主，我家瑤瑤可要好好努力，才能配得上她。」

她拉著鄔八月道：「不過我要和妳先約好，妳可不能早早地把妳家瑤瑤定出去，我家瑤瑤可是一定要抱得美人歸的！」

鄔八月好笑地點頭。訂婚之事少說也得等個十年、八年的吧，早著呢。

小顧氏又拉著鄔八月東拉西扯說了一大篇，還讓人端了她讓廚房裡做的，廚娘研製出的最新吃食，要與鄔八月分享。

望著小顧氏體態豐腴、面色紅潤的模樣，鄔八月忽然有些羨慕。

直到傍晚，三爺親自來接了，小顧氏才帶著孩子依依不捨地離開了瓊樹閣。

等她走後，鄔八月鬆下笑了一天、腮幫子都疼疼的臉，猛然醒悟到，今日小顧氏來插科打諢，多半是來逗她開心的。

家裡的人似乎都在想盡辦法讓她放鬆、讓她笑，也都從沒有提漠北的事。

但這事不提，卻也不會消失。

翌日，聽到消息的鄔陵桃從陳王府趕了回來。

瓊樹閣中，賀氏、鄔陵梅都在。鄔八月穿著素雅，迎了她進來。

鄔陵桃劈頭就問道：「蘭陵侯府裡的人把妳給趕出來的?!」

「瞎說什麼！」賀氏喝了一句，道：「是我和妳父親將八月接回來的。」

「那還不是和被趕出來一樣嗎？」鄔陵桃提著裙裾疾走了幾步，坐了下來，猛地拍了一下桌子，心中怒火熊熊，氣憤難平。「母親，八月在漠北發生的事情，您怎麼從來沒告訴我？」

賀氏嘆了一聲，道：「這事自然是能不提就不提，雖說不是八月的錯，但事情落在八月身上，名聲受損的就是八月。此事已經戳妳父親的心窩子，他一直愧疚是因為他沒有把八月給照顧好，若是再提此事，又讓妳父親如何自處？」

鄔陵桃咬了咬牙。身為女兒，她自然不能說這是鄔居正的責任。

「八月會發生漠北那種事，是因為她去了漠北。而她之所以去漠北，還不是因為在宮裡遭人算計！」鄔陵桃怒不可遏道：「當初出言陷害八月的那個宮女倒是死得早，讓此事成了一樁無頭公案，否則讓我查出到底是誰在背後害八月，我定然要她好看！」

「現在說這個還有什麼用？」賀氏長長吐出一口氣，看向鄔陵桃道：「妳今日回來做什麼來了？」

「我聽說八月回娘家了，我就回來瞧瞧。」鄔陵桃不忍地問鄔八月道：「妳可還好？」

鄔八月笑著頷首，道：「三姊姊放心，我一切都好。」

「哪兒好了？人都瘦一圈了。」鄔陵桃鎖了鎖眉頭，無奈一嘆道：「罷了，妳既回來了，就好好待著，別想太多。外面的事，我這個姊姊還能幫幫忙，試著替妳解決一二。」

鄔八月倒是好奇道：「三姊姊有辦法消除流言？」

賀氏也趕緊看向她，提了一股氣。

鄔陵桃擺擺手，道：「流言哪能消除的，只能被代替。一個新的更讓人津津樂道的流言出來，之前的流言自然而然地就被人拋到腦後去了。」

賀氏頓時洩氣，沒好氣道：「我還道妳有什麼辦法，沒想到是這樣的鬼主意。」

「管這主意鬼不鬼，有用就行。就是不知道有什麼消息能夠更加駭人聽聞，要那種會讓人十分意外震驚的消息才行。」鄔陵桃道。

賀氏搖了搖頭。「消息不消息的，妳既有想法，那便試著去辦吧。我現在擔心的是，要是這流言消除不了，今後隨時都會被翻出來……」

「要想消除流言，那還得看我那妹夫怎麼做了。」鄔陵桃道：「他不是去漠北與北蠻的人交涉了嗎？如果他回來後，能和北蠻的人統一一個說法，幫八月糊弄過去，那這件事就算是過去了。畢竟，八月嫁給他時，可是千真萬確的黃花閨女，聖旨賜婚，要是新娘不是完璧之身，皇上也不敢賜這個婚哪。有經驗的嬤嬤可是驗過元帕的。」

鄔陵桃看向鄔八月，頓了頓問道：「妳相信妳夫君嗎？」

鄔八月莞爾一笑，輕輕頷首，目光堅定。「我相信。」

# 第七十六章

高辰複是什麼樣的人，鄔八月從來沒有過懷疑。

從與他在漠北相識起，高辰複的君子形象就一直刻印在鄔八月的腦海之中。

他是漠北人心目中的神將，捍守漠北關三年，未曾讓北蠻人侵襲進關；他處事公斷，為人正派，甚至幾乎從不喝酒，力求讓自己永遠都保持清醒；他是如神明一般，在她最絕望的時候，出現在她面前的男人，將她從深淵之中拉回人間。

而現在，他是她的丈夫，是她兩個孩子的父親。

他走的時候曾經說過，讓她相信他。

所以，即便心中有顧慮、有焦急，有不知未來的恐懼……但她是一直相信他的。

鄔陵桃望著鄔八月明亮的眼睛，一時之間，不知道是該為她高興還是該為自己惆悵。

她忽然想，像鄔八月這樣，有一個能與之傾心相伴、心甘情願和他廝守到老的男人，或許比她現在雖權勢在手，但枕間微涼的感覺要好得多。

即便八月現在身處困境，可她臉上的笑容卻是發自真心。

易地而處，她恐怕早就放棄了。

鄔陵桃恍了會兒神，鄔八月在她眼前揮了好幾次手，她方才回過神來，嗔怪道：「做什麼呢？」

「三姊姊發什麼愣呢？」鄔八月笑著問道。

鄔陵桃輕哼了聲，說：「沒什麼，我不過在想方法罷了。」

鄔八月一笑，道：「三姊姊也別太心急，現在流言也不過是傳我被擄去北蠻過，但大家都知道我的婚事乃是聖旨賜婚，所以也不敢在明面上說什麼，更不敢斥怪我是殘花敗柳。」

「讓他們過嘴癮也不行。」鄔陵桃冷哼一聲，道：「妳既回來了，就乖乖在家裡待著，別胡思亂想。外邊的事，自有我這個做姊姊的替妳想辦法。」

鄔八月無奈道：「三姊姊說的那兩個辦法，後一個即便可行，可短時間內也沒辦法和漠北那邊的人達成一致口徑，就目前來看，是沒可能的。前一個……一時半會兒的，上哪兒找更會讓人津津樂道的消息來？」

鄔陵桃擺了擺手，道：「妳少出門，更幾乎沒有和其他夫人太太們來往交談過，妳自然不知。」

她站起身，對賀氏道：「母親，這段時間就讓八月好好待在府裡，有什麼消息，我第一時間讓人過來和您告知。」

賀氏點了點頭，道：「這就走了？」

「走了。」鄔陵桃點頭道：「八月既然沒事，我就先回去了。」

鄔八月起身道：「我送三姊姊吧。」

「不用，妳照顧好妳自己就好。」鄔陵桃回了一句，頓了頓道：「陵梅送我吧。」

鄔陵梅走向鄔陵桃，輕聲道：「四姊姊，我送三姊姊出門，妳和母親說說話。」

鄔八月只能點頭。

鄔陵桃和鄔陵梅走在府中的迴廊上，姊妹倆都沈默著。

鄔陵梅本就話少，沈默對她而言並不影響。

但鄔陵桃卻是受不了這樣的寂靜。

她扭頭，輕聲對鄔陵梅道：「陵梅，妳可有什麼想法？」

「我？」鄔陵梅指了指自己，莞爾道：「三姊姊，我能有什麼想法……」

「妳這丫頭平日裡悶不吭聲的，權當我不知道呢？」鄔陵桃輕笑一聲。

鄔陵梅便是一笑。

「要想讓妳四姊姊的那事被新的流言給壓下去，這流言可一定要夠讓人吃驚才行。一時之間，我是想不到別的主意，妳這個『智多星』怎能不幫著出謀劃策？」

鄔陵桃輕輕牽了牽鄔陵梅的衣袖。「那可也是妳的親姊姊。」

鄔陵梅無奈道：「三姊姊，我要是有辦法，早就說了，又怎麼會悶不吭聲？」

她輕嘆。「這次四姊姊的事情，走到現在也的確是沒什麼辦法了。」

「那可怎麼辦……」鄔陵桃抿了抿唇。「總不能眼看著流言繼續下去，讓妳四姊姊受其所累。總要做點什麼，不能坐以待斃啊！」

鄔陵梅想了想，道：「下月是表兄和陽秋長公主的大婚之日，市井坊間對此肯定會津津樂道，不過也要等到下個月了……」

「是啊，哪有那麼巧，正好又有一個流言出來。」

鄔陵桃洩氣地一嘆。「行，我再回去想想。」

「三姊姊。」鄔陵梅卻喚住她，略思索了一下方才道：「妳若是沒有主意，不如尋平樂翁主談談。」

「平樂翁主？」鄔陵桃挑了挑眉。

鄔陵梅道：「四姊姊能夠被父親母親帶回來，還多虧了平樂翁主幫忙。想必平樂翁主和三姊姊一樣，都十分希望這場流言可以悄然散去。既然如此，妳們二人在一起商量商量，或許會有一些意想不到的收穫。」

鄔陵桃想了想，倒是覺得鄔陵梅這番話說得不無道理。

的確，平樂翁主這個人不按常理出牌，或許將自己的想法告訴她，平樂翁主便會有進一步的點子呢？

鄔陵桃頓時覺得這個主意甚好，毫不吝惜地誇鄔陵梅道：「我沒說錯，妳這丫頭還真是個智多星。」

鄔陵梅輕輕一笑。

「駱司臨那小子可是有福了。」鄔陵桃挑了挑鄔陵梅的下巴，鄔陵梅臉上頓時一紅，撥開她的手道：「三姊姊，做什麼呢……」

「哈哈，行了，不逗妳了，我這就去蘭陵侯府。」

鄔陵桃哈哈一笑，與鄔陵梅作別。

高彤絲挾持喬姨娘、幫助鄔八月離開蘭陵侯府的行為，讓高安榮厭惡至極。

待高彤絲放開喬姨娘後，高安榮立刻下令讓人將高彤絲鎖進了房間裡，將她軟禁。

高彤絲絲毫不急。區區一把鎖就想鎖住她嗎？她要想出去，有的是辦法。

高彤絲心安理得地在屋子裡待著，倒也沒鬧。

聽說喬姨娘雖然被她的行為嚇得半死，但她那肚子倒還結實，沒有受太多影響。

高彤絲在屋裡直嘆可惜。

高安榮本打算帶著人去鄔家要人的，但他又愛面子，怕侯府裡的事被人傳得眾所周知，所以也只能硬生生憋著這口氣。

氣還沒緩過來呢，陳王妃又到了。

高安榮與鄔陵桃見了禮，心裡只覺得陳王妃來侯府是來替鄔八月出頭的。

哪知道陳王妃壓根兒不與他廢話，直截了當地說要找平樂翁主敘話。

高安榮雖不知鄔陵桃尋高彤絲的具體之事，但私心裡不希望鄔八月那邊的人互相之間說上話，便委婉地說高彤絲人不舒服，怕讓鄔陵桃染了病氣。

他打哈哈，鄔陵桃可沒那麼好糊弄。

陳王本就是個有些口無遮攔的人，鄔陵桃嫁夫隨夫，也學了這點「蠻橫」。

她望著高安榮似笑非笑道：「侯爺何必誆我，平樂翁主身體一向不錯，說病就病？」

高安榮尷尬地笑笑，鄔陵桃便道：「侯爺要是不讓我和平樂翁主見面，那我就坐這兒不走了。等陳王歸，見不著我回陳王府，自會問明了我的行蹤來尋我回去，到時候看到您這府裡的情況。侯爺您也知道，陳王這個人，嘴上可沒什麼把門兒的……」

高安榮恨得咬牙。沒見過拿自己的男人這般威脅人的！

不管鄔陵桃使了什麼樣的花招，最終，她還是和高彤絲見上了面。

這兩個女人在鄔八月的身邊都扮演了很重要的角色，不可否認的是，她們也都屬於那種十分厲害的女人。

「陳王妃？」

「平樂翁主。」

鄔陵桃對高彤絲笑了笑，高彤絲愣了片刻，隨後莞爾一笑，道：「沒想到……您竟然會來。」

「從八月的身分出發，咱們算是平輩。」鄔陵桃笑道：「就別『您』啊『您』的了，怪彆扭的。」

高彤絲笑著點了點頭。

「那……不知道妳來蘭陵侯府，是有何事？」高彤絲問了一句，隨即緊張道：「是大嫂她……」

「她很好，我來這兒，她不知道。」

鄔陵桃飲了口茶，潤了潤喉方才道：「八月能夠回去，也多虧了妳。既如此，我想妳也是希望八月能夠安然度過這一次流言的，對吧？」

「自然，大嫂陷入這樣的風口浪尖，對我有什麼好處？」高彤絲頷首，頓了頓道：「聽王妃的意思，妳有辦法？」

「我想到一個主意。」鄔陵桃輕聲道：「我想，如果能有另一個流言，比八月曾被北蠻人擄去這個流言更讓人震驚，那麼關於八月的流言就能消停，被新流言所蓋過。當然，只是蓋過，並不能消失。所以再等過一段時間，讓妳大哥澄清此事。至於要怎麼說，就看妳大哥的了。」她頓了頓，問高彤絲道：「翁主以為如何？」

高彤絲眼睛一亮，良久後意味深長地道：「王妃，此計……可真是一個好計啊！」

「好與不好，得等實施之後有了效果才知道。」鄔陵桃莞爾一笑，對高彤絲道：「我只想到這麼個對策，至於要放什麼樣的流言出來，尚且沒有什麼想法。」

「既然要放流言，那必然是要放一些駭人聽聞的大醜聞才行。」

高彤絲眉眼一深。

鄔陵桃附和地點頭道：「的確如此。但造謠自然不可。而既是醜聞，又豈是大家都能知曉的？」

這也正是這個計劃進行不下去的原因——她鄔陵桃再是有能耐，達官顯貴、皇親國戚的家族陰私，她能從哪兒得知？

「王妃不知，我知就好。」

高彤絲緩緩一笑，俯身給鄔陵桃施了一禮。

鄔陵桃趕緊伸手扶住。「翁主這是何意？」

「無他，此舉只是感謝王妃同我提了這麼一個絕妙的點子。」高彤絲笑道：「王妃只管回去，剩下的事，我來布置。」

鄔陵桃皺了皺眉。「翁主有什麼想法，不若告訴我，我們一同——」

「王妃。」高彤絲微微一笑，打斷鄔陵桃的話，道：「王妃不需要問那麼多，王妃只需要記得，妳妹妹乃是我大嫂，為她做事，助她度過難關，是我義不容辭之事。」

「雖說如此……」

鄔陵桃總覺得有些不安，雖然高彤絲表現得無比胸有成竹。

但高彤絲不再解釋，委婉地再次表達了送客之意。鄔陵桃只好同她告辭。

出來時，遇到虎視眈眈的高安榮，鄔陵桃臉上還掛著假笑和他寒暄了兩句。

回陳王府的路上，她一直在冥思。

平樂翁主在她提起要以流言蓋流言的方法之後，似乎一下子就有了主意。

顯然她打算爆出來的醜聞，是一早就已經知道的，以致在她提起這個方法後，平樂翁主一下子就能聯想到了。

會是什麼醜聞呢？鄔陵桃在心裡嘀咕，回到陳王府後也是心神不寧的。

留在府裡的如霜見她回來，忙上前輕聲道：「王妃，王爺已經回來了。」

如霜、如雪是鄔陵桃昔日的貼身丫鬟，如今也已成了陳王的小妾，但她們自然都是站在鄔陵桃這邊的。鄔陵桃得勢，她們也跟著得勢。

鄔陵桃提了提神，道了一句「知道了」，便抻了抻衣裳前去尋陳王。

倒是不得不說，比起未娶鄔陵桃之前，陳王如今已經不那麼荒唐了，市井坊間對他的詬病也少了許多。

陳王對鄔陵桃這個有能力又「旺夫」的王妃也十分喜愛，所以即便鄔陵桃過門已一年有餘卻未有孕，陳王也並沒有減少對鄔陵桃的喜愛之情，一月之中有近一半的時間，都是歇在鄔陵桃屋裡的。

鄔陵桃進到屋中，臉上頓時便掛了笑。

「今兒王爺回來得可真早。」

伏在陳王腿邊的女人驚得差點蹦了起來，立刻識趣地低頭退到了一邊。

鄔陵桃望著她意味不明地一笑。

這些女人，也只能趁著她不在的時候，才敢在陳王面前獻獻殷勤了。

聽得聲音，陳王看向鄔陵桃，張嘴一笑。「回來了？」

「是，王爺可有想妾身？」

鄔陵桃嬌笑一聲，扭著腰肢走了過去。

陳王就喜歡鄔陵桃這種端莊中透著嫵媚，嫵媚裡又含著端莊的矛盾，伸手將鄔陵桃摟到了懷裡。

其餘的人極有眼色地退了出去，方才那女人心有不甘地咬了咬唇，依依不捨地落後眾人半步離開，希冀陳王能夠注意到自己，留她下來。

可惜這會兒陳王眼裡只有鄔陵桃，根本看不見她。

而鄔陵桃也趁著這個時候，悄悄給如霜使了一個眼色。

如霜心領神會，冷笑一聲，望了眼最後跨出門的女人。敢礙王妃的眼，真是活膩了。

「今兒定是朝上事不多，不然王爺哪會回來得這般早。」鄔陵桃摟著陳王的脖子，吐氣如蘭。「如今皇上可是很依賴王爺的呢。」

這種奉承話陳王是最喜歡聽的，這次也不例外。

他哈哈大笑了好幾聲，臉湊到鄔陵桃耳邊，二人嬉笑鬧了一陣，陳王就要將鄔陵桃打橫抱起。

鄔陵桃欲拒還迎，勾得陳王更加心猿意馬。

芙蓉帳內幾經輾轉，情事方歇，鄔陵桃半嗔半怒地道：「王爺也不悠著點，下人們可要看笑話呢。」

「誰敢嘀咕？妳我夫妻親熱，此乃正經之事。」

陳王哼了一聲，又笑著湊近鄔陵桃。「我如此辛勤耕耘，王妃的肚子怎麼還沒消息？」

鄔陵桃臉頰酡紅，伸手輕推了陳王一把。「王爺好不害臊！」

陳王哈哈笑道：「生兒育女是天經地義，王妃這般羞赧的模樣，瞧著可真是美不勝收。」

二人又耳鬢廝磨了半晌，陳王方才問起鄔陵桃今日回鄔家的事。

「見著妳妹子了？」

「見著了。」鄔陵桃輕嘆一聲，偎著陳王輕聲說：「受此流言影響，八月今後可怎麼辦哪……也不知是哪個挨千刀的傳出這樣的傳言，之前與軒王的流言如此，現在有關漠北的流言又如此，怎麼看怎麼覺得是有人在害八月。」

陳王笑言道：「有熱鬧看，大家都喜歡湊著說，這是常事嘛。」

鄔陵桃心道：陳王也會懂這樣的道理？心裡嗤了一聲，鄔陵桃連連點頭。「沒錯，正如王爺所說，可是苦了八月了。」

「沒事，讓妳妹子別在意。」陳王大咧咧道了一句。「她兒子也生了，以後也有了指望。要是辰複回來因此事對她生嫌，她賢慧些，給辰複多找幾個貌美姑娘，主動給辰複納幾房妾，這事就算過去了。」

鄔陵桃心裡頓時無名火起，吸了口氣方才按捺下了情緒。

「對了，王爺。」

鄔陵桃撐了頭，側身對著陳王，偏頭笑問道：「這次八月的事可算讓妾身瞧見了流言的威力，倒是讓妾身有些好奇。王爺您說，以往京中可還有什麼了不得的流言？若是有的話，王爺說給妾身聽聽？」

陳王想了想，道：「要說流言，最近的好像就是妳妹子的事了。」

鄔陵桃略感失望，卻還是再接再厲，幫著陳王回憶道：「再往前些呢？平樂翁主那時的事似乎也鬧得沸沸揚揚的，那是個什麼事？妾身那會兒年紀還小，沒怎麼聽說。」

陳王臉上滯了滯，神情一下子就凝重了起來。

「這事，妳可別多問。」陳王難得正了臉色。「皇上下過明令的，不允許人討論，但凡讓他聽到隻言片語，不問緣由，就地問斬。那會兒宮裡已經處置了一批人，連皇宮都沒傳出去，知曉此事的大臣家眷，回去以後連提都不敢提一句。」

鄔陵桃頓時也跟著正色了起來，坐直了身體，眼珠子一轉，卻又變了副諂媚的撒嬌表情。

「王爺這般英明神武，應該知道是怎麼回事吧？說給妾身聽聽好不好……」

陳王面對鄔陵桃這般撒嬌扮癡，也不好說自己不知，咳了咳，道：「皇上既是下過嚴令，那具體詳情，本王自然是不便透露。本王只能告訴妳，此事涉及宮中陰私，因太過嚴重，所以皇上極為重視，下了封口令。」

鄔陵桃心裡清楚，如果陳王知曉，他是不會藏著不說的，他說「不便透露」，只是因為他是真的不知道。

鄔陵桃裝作苦惱地抱怨了幾句，又拐著彎誇讚陳王謹遵皇令，怪不得皇上越發倚重他云云，把陳王誇得舒舒服服的。

同時她也在想，當年與平樂翁主有關的「宮中陰私」，到底會是什麼呢？

鄔陵桃頓時在意起了這件事。

直覺告訴她，平樂翁主的胸有成竹，一定和當年的事情有關係。

再仔細地想了想，一個更加大膽的想法從她的腦海裡冒了出來。

「難道平樂翁主想要散布出的流言，就是當年的宮中陰私？」

鄔陵桃越想越覺得有這個可能，也越想越覺得興奮。

如果真是這樣，那不知道會是多麼大的一件醜聞？牽涉皇宮……

鄔陵桃興奮得不行，既想立刻和高彤絲證實此事，又想馬上告訴鄔八月，同時心裡又十分擔心宣德帝會知曉高彤絲乃是流言的散布者，引發一連串的後患。

在鄔陵桃左猜右想、擔心焦急時，高彤絲卻已經打定了主意。

她沒有和任何人商量，在鄔陵桃找來的當天，就很快鎖定了京城中「聲名遠揚」的幾個長舌貴婦。她知道，要想散布流言，這幾個女人可是當仁不讓的人選。

高彤絲沒想給自己留後路，反正所有人都知道她是個瘋子，那她就瘋給所有人看。

無視門鎖，高彤絲搬了繡墩砸開了窗，從窗子中爬了出去，完全不搭理周圍奴僕，毫不遲疑地衝出了蘭陵侯府。

等高安榮得知消息，派人去追，高彤絲早就已經沒了影子。

跑出蘭陵侯府一段距離，高彤絲卻又有些遲疑。

她要怎麼將這幾位夫人聚在一起，又要怎麼透露那些可以讓她們津津樂道的消息呢？現在下帖子的話……她們會來嗎？

高彤絲出府前只憑著一時腦熱，並沒有將事情想了周全。

現在，她卻不得不面對一個事實。

空有想法，沒有具體實施的辦法，的確是沒法將這件事辦妥當的。

就在高彤絲細想計劃的時候，忽然覺得周圍似乎有人在盯著自己。

這種感覺十分強烈，她抿了抿唇，感受這樣的注視是從哪兒來的。

然後，她捕捉到了那樣強烈被盯視的感覺的來源，迅疾地轉身。

然而還不待她看個清楚，眼前卻忽然一黑。

隨後，她便失去了意識。

軒王府中，軒王妃許靜珊正抱著孩子輕輕拍哄著。

軒王嫡長子乃是早產，身體比正常分娩出生的孩子稍弱，三天兩頭就有發汗、發燒的症狀。好在父親疼、母親愛，這孩子倒也是個上天的寵兒，即便是藥罐子，所用的藥材也定然是天材地寶、珍貴無匹的。

細聲哭了一輪，孩子總算是收了聲，悄然睡過去了。

許靜珊讓奶娘將孩子抱了下去，扶了貼身嬤嬤的手起身更衣。

雖然還有幾日才能出月子，但許靜珊的身體也養得差不多了，大夫問診過後也說她恢復得還算不錯。

「嬤嬤，王爺這會兒還是一個人在書房？」

許靜珊輕聲問了一句，貼身嬤嬤輕嘆一聲，點點頭道：「也不知道王爺這是怎麼了，日日將自己悶在書房裡，也不說話。王妃見著王爺，可一定要好好勸勸。」

許靜珊抿了抿唇，心裡有一種悶痛之感。

她輕聲道：「王爺要做什麼，又何時是能聽我的勸的？還是罷了。」

許靜珊低嘆一聲，貼身嬤嬤不贊同道：「王妃是王爺的正妻，又是王爺唯一子嗣的母親，有何話不能同王爺說的？恕老奴直言，王爺他這般下去，可不是一件好事啊……」貼身嬤嬤頓了頓，又道：「如今王爺和高夫人的傳言也已經消退下去了，沒人盯著王爺了，王爺該鬆一口氣才是。王爺現今這般鬱鬱寡歡的，定然是遇到了什麼事。王妃您是王爺的枕邊人，趁著王爺消沈時，和他交心相談，豈不正是加深夫妻感情的好時機？」

許靜珊面上淡淡的，沒出聲。

貼身嬤嬤再接再厲，壓低聲音說道：「王妃，不是老奴多嘴，您也要為自己和小世子多打算打算才是。王爺還年輕，將來指不定還有多少妖精要進府呢！鬥倒了一個高側妃，可不意味著能鬥倒今後所有進王府的女人。趁著現在王爺身邊沒有旁人，您得多生幾個兒子，坐穩王妃的位置才是。」

許靜珊望著貼身嬤嬤，輕笑了一聲，道：「嬤嬤這話說過好些回了，可我月子都沒坐完呢。大夫也說我多少是傷了身子的，讓我定要好好養養，哪能即刻再懷。」

許靜珊頓了頓，低不可聞地道：「嬤嬤又不是不知道，這個孩子……我是怎麼得來的。」

貼身嬤嬤頓時驚得伸手去捂許靜珊的嘴，四下張望了一番，方才鬆了口氣般道：「王妃，那事可別再提了啊……」

許靜珊嘆笑一聲。「好，不提。」

貼身嬤嬤呼了口氣，輕聲勸道：「王妃不要多想。再如何，王爺人還是不錯的，至少對您是尊重有加。夫妻之間，理解和陪伴是必不可少的。無論如何，王爺和王妃也是皇上聖旨賜婚，如今有了世子，夫妻之間羈絆更深。王妃您可是要和王爺過一輩子的，現在就生了嫌隙，以後可怎麼好？」

許靜珊換好衣裳，細想了一晚上，終於還是決定尋軒王談一談。

翌日傍晚，軒王仍舊留在了書房中過夜。

許靜珊讓人去請了軒王，說是有話要和他說。

對許靜珊這個妻子，軒王還是十分敬重的，想一想自己這幾日的情況，也不難想她尋自己到底是為何事。

軒王讓人汲水，洗了個臉，方才去見許靜珊。

這二人說是夫妻，給人的感覺卻只是比陌生人要好一些——他們彼此之間認識，所以算不得是「陌生人」。

貼身嬤嬤帶著丫鬟奴僕們魚貫而出，將空間留給了軒王夫妻。

軒王沈默地坐了下來，也不看許靜珊，低聲問了一句。「妳找我……是有什麼事？」

許靜珊抿了抿唇，也輕聲回道：「王爺，你我夫妻，真的有必要這麼生分嗎？」

軒王搖了搖頭，輕嘆一聲，說道：「這段時間……我對妳和孩子是有些疏忽了。最近朝上……」

「朝上一切都好，最大的事情就是漠北之事，一切也都進展順利。」許靜珊輕聲接過話，道：「天下太平，未有兵戈之事。既如此，王爺也定然不是為朝中之事而忙。那麼……王爺成日待在書房之中，是被什麼吸引住了，一待就是數日？」

軒王抿了抿唇，道：「王妃此言中，頗有問責之意。」

許靜珊搖了搖頭。「我並沒有問責王爺的意思，只是想著，你我也做了兩年夫妻，彼此之間合該親密無間，卻比友人還不如。王爺心裡在想什麼，我做為王爺之妻，卻絲毫不知。」她頓了頓，道：「不，或許我並不是絲毫不知。至少，王爺的眼睛，不會騙人。」

軒王頓時一驚，抬起頭來看向許靜珊。

許靜珊輕輕一笑。「看，王爺現在的表情就在昭示著您的震驚。」她嘆笑道：「王爺，您的眼睛能透露您的心事，您可知道？」

軒王捏住了拳，輕聲問道：「妳想說什麼？」

「我不想說什麼。」許靜珊坐著，神情淡然。「今日與王爺對話，我未用『妾身』二字自稱，便是想作為王爺您的妻子，和您開誠布公地談談。」

許靜珊指了指屋門。「下人們也全部都出去了，我與王爺之間的談話，不會讓第三人知曉。」

軒王長長吐出一口氣。

「妳從我的眼睛裡……看到了我什麼心事？」軒王低聲問道。

許靜珊抿唇淡笑。「看到了您的心。」

許靜珊靜靜地和軒王對視了片刻，方才低聲道：「您心裡有一個人，您看她的眼神，和看其他女子的眼神，包括看我的眼神，完全不同。」

軒王嘴唇微動，正要開口，許靜珊卻抬手道：「請王爺先聽我說完。」

許靜珊輕輕地呼出一口氣，淡淡一笑，道：「我嫁給王爺之前，對這樁聖旨賜婚有無比的憧憬和期待。在這之前，我曾聽無數人誇獎過王爺，得這般俊逸翩翩的男子為夫，我定然會被無數京中女子妒忌。然而從新婚之日起，我便知道，現實和想像，終究是有差別的。」

許靜珊望向軒王。「您看我的眼中，沒有情，和看其他的女子一般無二。對您來說，我和她們，並無太多不同。」

軒王抿了抿唇，微微閉了眼睛。

「您看，王爺您也不是一個會說謊的人。」

許靜珊一笑，笑容卻顯得十分釋然。「我本以為，您心性如此，我不必為此傷心難過，畢竟這軒王妃只我一個，能伴在您身邊的，也只有我一人，即便有婚前您和高夫人……」

軒王頓時睜眼，幾乎是瞪著許靜珊。

「……之間的傳言，我也只是將信將疑，並不盡信。但沒想到……」

許靜珊一笑。「王爺您看，在您面前提到某人，會讓您有這般大反應的，或許也只有高夫人了吧。」

軒王抿唇，別開了頭道：「妳……是怎麼看出來的？」

「很容易就看出來了。」許靜珊莞爾。「我說過，王爺您的眼睛不會騙人。您的眼睛會出賣您的心。」她頓了頓。「只有在看向高夫人時，您眼裡，如同有一場風暴。」

軒王深吸一口氣，撐著雙腿站了起來。

許靜珊跟著站了起來。

「我知道了。」軒王背過身，低沈道：「我以後……會注意的。」

「您不打算結束這樣的單戀，對嗎？」許靜珊在他身後冷靜地道：「王爺，您的眼睛不會騙人，高夫人的眼睛同樣不會。她看向高將軍時，眼中是一派崇拜和依賴，滿滿的都是信任與愛意；而她看向您時，和看其他人無異。」

軒王深吸一口氣，回頭看向許靜珊道：「妳說的，我都知道。妳能讀得懂她的眼睛，我也能讀懂。」

「那王爺您為什麼還要堅持，甚至因為這一場圍繞著她而生的風波，抑鬱寡歡、難以釋懷？」許靜珊道。「您不說，但我知道。您近段時日之所以頹唐消沈，正是因為她身處流言中心，您擔心她。」

「是，我擔心她。」軒王爺直言不諱地認了。

許靜珊臉上一白，笑容險些掛不住。

軒王望著許靜珊，道：「她會有這樣的經歷，我逃脫不了干係。或者說，始作俑者，劊子手……是我。如果當初她含冤莫白時，我能替她證言，她就不會被趕出宮廷，也不會跟著鄔太醫前往漠北，更不會有被北蠻人擄走這樣的事發生在她身上。」軒王眼睛漸紅，低聲反問許靜珊。「如此，妳讓我……如何釋懷？」

許靜珊還是第一次從軒王口中聽得那件事。

她喉嚨一梗，只覺不可置信。

軒王在她眼中無疑是一個完美的男子，他明知道高夫人那時被人冤枉，卻不出言為其證明，這可能嗎？

軒王……不是這樣置他人於不顧的冷血之人啊！

雖然因為軒王和鄔八月之間的那些流言，讓許靜珊想起鄔八月時就有些心梗，但她並不討厭鄔八月。

至少她看得清楚，鄔八月對軒王，甚至是對她，都是避之唯恐不及。

許靜珊低了頭，眼中微微有些濕潤，說不出是對軒王的失望，還是對鄔八月的同情。

她輕聲問道：「……王爺，為什麼？」

「為什麼？」軒王發出一聲飄忽的笑。

他緩緩轉身，又慢慢坐了下來，聲音低沈卻如擂鼓一般敲擊在許靜珊的心上。

「那時，母妃將當時還是鄔四姑娘的高夫人勾引我之事說得言之鑿鑿，還擺出了所謂的『證據』。當著太后和皇后的面，我做不到駁斥母妃滿口胡言，只能含糊其辭，卻被太后斷定確有此事。我雖無奈，卻也無法再說什麼。後來我問母妃，為什麼要陷害鄔四姑娘，母妃起先還是那套言之鑿鑿的說辭，被我逼問急了，方才透露，說此事……乃是太后授意。」

許靜珊悚然一驚。「太后娘娘？」

軒王輕輕頷首。「母妃說，太后給了她暗示，言說鄔四姑娘將她得罪了，她要將鄔四姑娘攆出皇宮，無論用何種手段。在談及此事的過程中，太后提及了我封王之事……母妃為了讓我能得以順利封王，在宮女揭露鄔四姑娘以香帕勾引我之事時，將計就計，順著此話將整件事合成了一個圓。結果是鄔四姑娘名聲毀損，被迫離開宮廷，而我……靠著母妃陷害她，卻得了一個王爺之位。」他低低地笑了起來。「妳說，諷刺不諷刺？」

「……為什麼？」許靜珊死捏著手中巾帕，猶自不敢相信。「太后娘娘為什麼要陷害她？若是她將太后娘娘得罪了，太后娘娘直接打發她離開皇宮就行了，為什麼要大費周章這般誣衊她？」

「誰知道呢……」軒王長嘆一聲。「太后娘娘的心思，除了父皇敢問，誰敢揣測？」

許靜珊只覺屈辱。

她出自清流許家，其父許文英一向清廉正直，耳濡目染的薰陶之下，她也並非是崇尚權勢之人，若丈夫的王位是這般得來的，她不覺幸運，反覺噁心。

若是仍舊對此默不作聲，未免也太寡廉鮮恥了。

許靜珊猛地站起身，嘴唇幾動，卻又頹然地坐了下來。

軒王苦笑一聲，道：「妳看，我能做什麼？」

許靜珊默然不語。是啊，他能做什麼？涉及太后和母妃，他又敢說什麼？

除了沈默，也只剩下沈默而已。

他心裡的歉疚、悔恨、苦楚，早已將他折磨得夜不能寐、寢食難安了。

許靜珊緩緩地呼了口氣。

她站起身，慢慢走到了軒王身邊，摟住軒王的雙肩將他抱進了懷中。

許靜珊輕聲道：「大婚之前，我母親曾囑咐過我，王爺雖是皇子，但歸根究柢，也是我的丈夫，是要與我攜手一生之人。我略年長於你，就該承擔起將你看做弟弟一般，照顧、引導的責任。」她微微頓了頓，道：「你之前所承擔的那些愧悔，既無法消散，那麼，讓我與你一起承擔。」

軒王面露愕怔，似乎不知該說什麼好，喉結上下滾動，眼眶也微微濕潤。

「王爺，你不是孤身一人。你還有我。」
許靜珊低了頭，與軒王目光對視。
「你還有我。」她輕聲地說道。

# 第七十七章

大夏皇宮中，宣德帝結束了一天的政務，在魏公公的伺候下換了帝王常服。

魏公公趁著這個機會在宣德帝耳邊低聲耳語了幾句。

宣德帝一怔，點了點頭。

恰好敬事房的內監來請示宣德帝今晚宿於何宮何殿，宣德帝略想了想，道：「今兒朕一個人歇在勤政殿，下去吧。」

敬事房內監恭敬地退了下去。

宣德帝瞧了魏公公一眼，低聲道：「人在哪兒？」

「奴才不知皇上打算如何處置，讓人將她安置在勤政殿後偏殿裡。這會兒人還沒醒。」

魏公公低聲回了一句，宣德帝道：「關進勤政殿下邊密牢吧。」

魏公公略一驚，好在宣德帝緊接著道：「讓人好好伺候著，別露了她的行蹤。朕用過晚膳後，親自去瞧瞧她。」

魏公公頷首，問道：「皇上，晚膳……」

「去坤寧宮。」

坤寧宮中，蕭皇后正訓著越發調皮的四皇子竇昌洵。

宣德帝御駕至，竇昌洵頓時收起了淘氣，規規矩矩地給宣德帝請安。

蕭皇后笑著迎上宣德帝，道：「敬事房來人說皇上今兒要宿在勤政殿，皇上這會兒怎麼過來了？」

「朕來妳這兒用晚膳，一會兒就回去。」宣德帝笑了一聲，看向竇昌洵時卻板起了臉，道：「朕沒來之前，你與你母后在鬧什麼？」

竇昌洵眨巴眨巴眼睛，老老實實說道：「母后訓兒臣，不該在太傅面前狂妄自大，對太傅語出奚落。」

還不待宣德帝出聲斥他，竇昌洵就人小鬼大地抱著宣德帝的腿跪了下來，道：「父皇，兒臣知道錯了，母后已經訓過兒臣了，父皇就不要訓兒臣了……」

一邊說著還一邊泫然欲泣，把本來想好好教訓他一頓的宣德帝也逗得露了笑。

帝王一笑，威儀盡散。

竇昌洵見此也不怕了，乖乖地趴伏在宣德帝腿邊，咧嘴衝著宣德帝討好地笑。

「這孩子……」宣德帝無奈地伸手戳了一下竇昌洵的額頭，道：「人也一天大似一天，怎麼還這般淘氣搗蛋？也該學學一個皇子該有的言行舉止了。過兩日朕再找個嚴厲些的禮官，好好教教你規矩。」

竇昌洵頓時哭喪著一張臉，還得規規矩矩地說「謝父皇」。

宮女魚貫而入，伺候帝后及四皇子用晚膳。

蕭皇后親自給宣德帝布菜，四皇子啃著雞腿，忽然說道：「啊、對了，父皇，大皇兄好像是生病了，這幾日見著兒臣都沒怎麼和兒臣說話，兒臣瞧著大皇兄愁眉苦臉的。」

蕭皇后看了宣德帝一眼，輕斥四皇子道：「吃東西的時候別說話。」

四皇子不服氣，鼓了鼓腮幫子，裝作自己很懂的樣子說道：「要我說，肯定是因為和表嫂……」

話還沒說完，宣德帝就擱了筷子。

聲音雖然不大，但動作足以讓人警醒，屋中的人頓時呼啦啦跪了一地。

四皇子也嚇了一跳，見蕭皇后給自己使眼色，忙爬下椅子，跪了下來，委屈地道：「兒臣知罪。」

「身為男兒，斤斤計較於那些風流韻事，怎能成大器？」

宣德帝不算嚴厲地斥了一句，蕭皇后忙俯身行禮道：「是臣妾管教無方。」

宣德帝扶了蕭皇后一把，道：「與皇后無關。」

他看向四皇子，道：「把四皇子帶下去，明日告訴太傅，讓他多抄幾遍書，養養『慎言』之德。」

四皇子委委屈屈地被帶下去了。蕭皇后無奈又心疼，待晚膳過後，不由為兒子求情，輕聲道：「皇上，洵兒也是關心兄長，軒王與複兒媳婦之事，倒也的確是傳得……」

宣德帝擺擺手，沈默了片刻後道：「事既過了，便不要再提了。」

蕭皇后點了點頭，輕嘆一聲。「一波未平一波又起，複兒媳婦也確是可憐。最近這事鬧得，臣妾也不敢傳口諭讓她帶兒女進宮了。」

宣德帝面沈如水，輕聲說道：「暫且先緩上一陣日子。」

蕭皇后應了聲是。

天色漸晚，宣德帝離開了坤寧宮，回了勤政殿。

屏退閒雜人等，宣德帝只帶了魏公公，進了勤政殿地下的密牢。

一路行來，皇宮暗衛只露著一雙眼睛，站得筆直。幽暗的燈光成兩條線，指著前方。

宣德帝默不作聲，在密閉的一處監牢門口停了下來。

「在這裡面？」宣德帝輕聲問道。

魏公公頷首，道：「是，皇上。」

宣德帝揮了揮手。「開門。」

守門的暗衛將牢房門打開，宣德帝跨步而入。

一名女子滿面防備地盯視著突然敞開的門。火把跟著人進來，看到來人的臉，女子頓時驚叫一聲。「皇上?!」

魏公公搬了凳子進來，宣德帝緩緩坐下。

牢門被闔上，魏公公擎著火把，站在宣德帝身邊。

「怎麼會是……」女子因震驚太過，始終瞪著一雙大眼。

宣德帝沈沈地開口，道：「彤絲，見到舅舅，就沒話可說？」

地牢之中的女子，赫然是平樂翁主高彤絲。

高彤絲嘴唇微抖，臉上的表情毫不掩飾地寫著「不可置信」四個字。

她連一聲舅舅都叫不出來。

「罷了。」宣德帝輕聲道：「朕想，妳大概是無法理解現在這樣的情況，說不出話來，也實屬正常。」

宣德帝穩穩地坐著，等著高彤絲回神。

好半晌後，高彤絲方才收回了驚愕的視線，緩緩低下頭。

她離開蘭陵侯府時就覺得有人在暗中看著，本來已經捕捉到了那似有若無的視線，哪知道回頭的一剎那，卻被人敲暈了過去。

醒來後，她就發現自己身處黑暗之中，無論如何喊叫都沒有人應答。

她本以為自己遭到了綁架，沒想到卻見到了宣德帝。

這下，她無論如何都能想清楚了。是宣德帝的人將她綁來的，她現在多半是在皇宮了。

高彤絲深吸一口氣，抿了抿唇，故作泰然地道：「舅舅曾下過旨，讓我終生不得再踏入皇宮一步。如今違背舅舅旨意的，卻是舅舅。」她偏頭一笑。「舅舅這般出爾反爾，不知道是因為什麼？」

宣德帝表情淡淡的，卻是輕笑一聲，道：「若是按照妳這理論，妳已經犯過一次欺君之罪，腦袋早就要搬家了。朕現在見的，不過是個死人。」

高彤絲臉色頓時一白。

宣德帝冷冷地看了她一眼。「妳真以為，妳私自闖入宮中去見陽秋，避得開朕的眼線？」

高彤絲緊緊咬了咬牙。「舅舅既然知道，卻也能默不作聲至今……真讓我瞧不明白了。」她看著自己並沒有被束縛住的手腳，沈默了片刻，問道：「那舅舅現在又是在做什麼呢？如果是想殺了我，自可以讓人乾脆俐落地結果我的性命。將我帶到這樣的地方來拘禁著，倒是讓人想不明白了。」

宣德帝只是冷眼盯著她，半晌都未說話，高彤絲等得心跳越發快了。

幽暗的環境，加上宣德帝身上壓過來的威嚴，讓她的心都吊到了嗓子眼。

冗長的沈默之後，宣德帝方才輕輕開口。「彤絲，妳從蘭陵侯府出來，是打算做什麼？」

高彤絲大驚。

「妳以為妳的想法只有妳知道？真是幼稚。」宣德帝冷哼一聲。「京中的流言讓妳坐不住了，妳想做些什麼危險的事情出來，朕怎麼能坐視不管？」

高彤絲嘴唇都白了，她的聲音開始哆嗦了起來。

「舅舅是……什麼時候派人監視我的？」

「什麼時候？」宣德帝輕輕一笑。「妳身邊什麼時候少了朕的人？」

高彤絲渾身一顫。

「打從那年妳在宮中犯下事，朕讓妳去玉觀山，妳身邊就一直有朕的人。上到貼身伺候過妳的丫鬟，下到倒夜香的小丫頭。妳這麼危險的人，朕哪能放任妳悠閒自如？」宣德帝話音一頓，瞬間轉冷。「若不是看在妳母親的分上，妳死十次都不夠。」

高彤絲頓時縮成了一團。

她害怕、恐懼，腦中卻仍舊不停地思索。終於，她想明白了。

「舅舅，你、你是知道我說的那件事情的真相的，是不是?!」

高彤絲驀地瞪大眼睛看向宣德帝，神情裡滿滿都是震驚和悚然。

「你知道我說的都是真的，可你又心軟，不想結果了我的性命，所以才讓人在我身邊監視我，是不是？如果不是我這次打算豁出去將當年的事情全部捅出來，我永遠都不會知道你派人一直盯著我……」

「妳還不算太愚蠢。」宣德帝冷然地頷首，頓了片刻道：「原來妳這次跑出蘭陵侯府，是打算將當年的事情全都捅出來？妳是想讓整個皇室都蒙羞，對嗎？」

高彤絲死死咬著下唇。

「朕再心軟，也不能眼睜睜看著皇室因妳而爆出醜聞。」宣德帝冷聲說道：「妳遠沒有妳大哥知分寸。在妳大哥回來之前，妳就好好在這兒待著吧。朕不殺妳，看的是妳母親和妳大哥的面子。但妳，也不能活下去了。」

高彤絲一驚。「舅舅，這話何意?!」

「魏公公，告訴她。」宣德帝擺了擺手，暗衛將牢門打開，宣德帝踱步走了出去。

「舅舅！」高彤絲猛地朝前衝了過去，大聲道：「舅舅既然心疼大哥，就也該憐憫大嫂！大嫂被人這般議論——」

「給妳大哥換一個嫂子不就行了。」

宣德帝站定，未曾回頭，聲音也輕飄飄的，彷彿說的只是一件無關痛癢的小事。「整個鄔家都會徹底土崩瓦解，朕又豈會在乎一個小小的鄔家之女？」

高彤絲一怔，心裡一瞬間似乎明白了什麼。

眼見著宣德帝朝前走去，高彤絲還待追，魏公公卻將她攔住了。

「舅舅！」高彤絲拚盡全力喊道：「舅舅不在乎，可是大哥在乎，瑤瑤和陽陽都在乎！」

宣德帝腳步一頓，似乎是思考了一會兒，最終還是漸漸消失在高彤絲的視線之中。

高彤絲洩了氣，頹然地後退幾步，跌坐回床榻上。

「魏公公……」她有氣無力地輕聲問道：「舅舅方才說不殺我，卻也不讓我活著……是什麼意思？」

「回平樂翁主。」魏公公對她施了一禮，面無表情地說道：「皇上的意思是，翁主您人不會死，但這個世上，不會再有平樂翁主這個人。」

高彤絲雙目圓睜，沈默良久才輕聲道：「那要怎麼解釋……我已死這件事？」

「翁主跑出蘭陵侯府之事，眾人皆知；翁主被人敲暈綁走，也自有人瞧見。翁主身上的衣裳首飾，盡皆已除，找一女屍冒替翁主，並不困難。」

高彤絲低頭掃了自己周身一圈，果真沒有之前所穿戴的各樣東西。

魏公公道：「還請翁主珍惜皇上留給翁主的這條性命。奴才告退了。」

魏公公轉身欲走，高彤絲喚住他。「公公留步。」

她覺得自己的頭很疼，越想越覺得心驚。

「公公，我既已是死人，就再多嘴問公公幾個問題，還請公公……不吝賜教。」

魏公公低著頭，輕聲道：「翁主想問自可問，是否回答，奴才自會斟酌。」

高彤絲吸了口氣，開口問道：「與太后私通之人，出自鄔家？」

魏公公不答。

高彤絲再接再厲。「皇上納鄔氏女為妃，寵之又棄之，是為了要剷除鄔家，為此鋪路？」

魏公公仍舊不語。

「那麼……」高彤絲深吸一口氣。「他又為何要我大哥娶大嫂呢？」

魏公公還是不語。

「魏公公！」高彤絲大叫一聲，嘴唇顫抖。「我所知道的事，小皇姨也知道。皇上既然在我身邊安插了人，那在小皇姨身邊豈不也安插了人？小皇姨之前所住的雲秋宮失火，小皇姨受祝融之禮、面目燒毀，是不是也與此事有關?!」

魏公公總算有了反應。他緩緩地頷首道：「是。」

「是皇上……」

「非也。」魏公公搖了搖頭，道：「翁主問的問題已夠多了，皇上身邊還需要奴才伺候，奴才就不多留了，還望翁主保重身體。」

「魏公公！」高彤絲上前想要拉住魏公公。

魏公公一個伸手，就將高彤絲按坐了回去，幾乎動彈不得。

「原來公公也是高手……」

「皇上身邊的人，豈能是廢物？」魏公公低聲道。「翁主保重，奴才告退了。」

牢房的門被緩緩地闔上，筋疲力盡的高彤絲望著消散的最後一縷光線，沈沈地閉上眼睛。

或許，皇上攔住她是對的。她心裡默默地想。

如果她真的依著自己的性子，將姜太后與人私通之事傳揚開，或許非但沒有替大嫂解圍，反而會給大嫂惹上更大的麻煩。

高彤絲咬著唇。

與姜太后私通之人出自鄔家嗎？十有八九了。

到底是誰呢？

高彤絲失蹤了。

護城河出現了一具女屍，身形特徵與高彤絲有八成相似。

高彤絲的衣物和首飾在一天之後，於京中某當鋪被發現。

順藤摸瓜，京兆尹擒獲了一個拐賣女子和小孩的組織，他們對綁架高彤絲卻遭她反抗、殺心頓起將她殺害之事供認不諱。

不過四、五日時間，一個案子便宣告破了。

高彤絲終究還是製造了一個震驚全京城的消息，一時間掩蓋了鄔八月在漠北曾被北蠻人擄去的傳言，被京中眾人議論紛紛。

得知這噩耗的鄔八月，仍舊不敢相信。

蘭陵侯府已發了訃告，靈堂已設，前去弔唁的人卻不多。

高安榮讓人給鄔八月去了信，讓她帶著孩子回蘭陵侯府，主持高彤絲的喪葬之事。

鄔八月一個人回了蘭陵侯府，並沒有帶著欣瑤和初陽一起回去。

茂和堂停著棺柩，鄔八月扶住靈棺，還未合上的棺柩下，棺中之人的臉腫脹得面目全非。

鄔八月看了一眼便撇過了臉去，兩行清淚緩緩流下。

她不想相信棺中之人是高彤絲，但這棺材、這靈柩、這奠堂……無疑都在告訴她，這是真的。

朝霞頭上扎著一朵小白花，伸手扶著鄔八月，輕聲啜泣道：「大奶奶，妳可要保重身體……侯爺說，翁主的喪葬之事，要由大奶奶來主持。」

高安榮因突遭失女打擊，竟一病不起，鄔八月回來還未見到高安榮的面。

聽說陡然失女的高安榮一夜之間彷彿老了二十歲，兩鬢竟然也斑白了。

離開棺柩，鄔八月在椅子上坐了一會兒。

下人來報說淳于氏到了，鄔八月抬頭，就見到淳于氏衣著素淡地站在靈堂門口。

那一刻，鄔八月隱約見到淳于氏似是翹了嘴角。

一派賢良的淳于氏讓鄔八月覺得刺眼非常。她挪開眼睛，連虛偽客套都不想假裝，更別說上前與淳于氏見禮。

淳于氏緩緩走向鄔八月，在她旁邊的椅子上坐了下來。

弔唁的人陸陸續續來了，鄔八月身為嫂子，自然要和來客見禮。

同她站在一起的，只有高辰書。

高辰複遠在漠北，高彤蕾被軟禁於莊中，高彤薇中毒未癒。

而始終如同隱形人一般不言不語的高辰書，履行著身為弟弟的責任。雖然這個姊姊並不認他為弟弟。

有高辰書相伴，鄔八月身上的擔子倒是輕了一些。

蘭陵侯府真要用人的時候，沒想到竟然無人可用。

鄔八月看得出來，淳于氏不想讓高辰書待在靈堂。私底下，淳于氏應當已經勸過高辰書好幾回了，但高辰書仍舊留在靈堂，似乎沒有聽從淳于氏的意思。

而淳于氏也不再出現在靈堂。

高彤絲的死除了給她短暫的報復快感之外，還能帶給她什麼呢？讓她看清，她唯一的兒子、唯一的希望，早已經不再聽話的現實。

因高彤絲離京已有數年，又是行為乖張，並曾經得罪皇室，所以被京中名媛貴婦們視為異類，不希望與之結交。前來弔唁高彤絲的人並不多，葬禮簡簡單單地辦過之後，草草結束了。

事發突然，高彤絲的陵墓也選得匆忙，風水並不算上佳。

高安榮拍板定下之後，上報朝廷，將高彤絲下了葬。

果然如宣德帝所說，這世上，再也沒有平樂翁主這個人了。

她在世人眼中，已經是一個死人。

京中所有人都幾乎知道高彤絲的事，包括留在公主府的單氏。

鄔八月特意去了一次公主府。

單氏靜靜坐著，對鄔八月道：「翁主也苦，早早去見靜和長公主，母女團圓，未嘗不是一件好事。這世間，容不得她這樣恣意的透亮人兒。」

為了高彤絲的喪事，鄔八月已經好幾日沒睡好覺了。

她眼下烏黑，輕聲說道：「單姨替彤絲難過嗎？」

「不難過。」單氏淡淡地道：「生死本就是常事。有的人再善良，早亡便是早亡；有的人再罪大惡極，長壽依舊長壽。天道輪迴，不過是世人欺騙自己的一種說辭罷了。」

鄔八月輕聲道：「我來就是想和單姨說說這個消息。」她頓了頓，道：「噩耗也已經去信給爺了，不知道爺收到消息之後，會不會趕回來？」

單氏道：「國事為重，他一向分得清輕重緩急。」

鄔八月悶悶地應了一聲。

若是要論輕重緩急，高彤絲的意外身亡自然是及不上大夏與北秦交好之國事。

短暫的沈默之後，單氏忽然出聲問道：「害死翁主的那些人，可都定了罪了？」

鄔八月抬起頭道：「因牽涉到皇家翁主，京兆尹遞了狀紙進宮。皇上下令剷除那個組織的所有據點，經大理寺審閱之後，頭目全部定為死罪，於秋後問斬。」

單氏輕輕頷首。「這也能為翁主出一口氣了。」

鄔八月緩緩起身，道：「單姨，我就不久留了。您……」

「妳去吧。」單氏頷首道：「公主府什麼都有，妳不用為我操心。」

鄔八月點了點頭，和隋洛多說了兩句話。

她正打算離開，卻又微微頓住了腳步。

「單姨。」鄔八月背對著單氏，輕聲說道：「我始終覺得，彤絲還活著。我看到她的……屍身的時候，並沒有覺得太難過……」

鄔八月說不出是一種什麼樣的感覺。

她聽到高彤絲遇害的消息時，心裡只覺得不真實。直到見了高彤絲的屍身，鄔八月方才有了真實之感，但也只是流下了兩行清淚。

見到那具屍首，並沒有太強烈的難過。她是不是生了臆想？

單氏微微抿唇，看向鄔八月略顯單薄的背影，輕聲說道：「妳願意希望她還活著，那便相信她還活著吧！她在另一個地方活得好好的，也總算是卸掉了『平樂翁主』這個稱號加諸在她身上的一切苦難。」

鄔八月緩緩地低了頭，露出一記似苦似樂的笑容。

處理完高彤絲的喪事之後，鄔八月又回了鄔家。

高彤絲不在了，鄔八月在蘭陵侯府再也待不下去，但她也顧及著京中流言，一直留在鄔家的話，鄔家難免會遭人非議。

與鄔居正和賀氏商量過後，鄔八月決定帶著兩個孩子去她的陪嫁莊子居住。

最疼愛她的祖母段氏留給她的嫁妝十分豐厚，其中一處京郊莊子是段氏最喜歡去的地方，鄔八月打算帶著兩個孩子去那兒，靜待高辰複的歸來。

那處莊子上的人也都是跟著段氏的老人，鄔居正和賀氏較為放心，加上還有周武帶著侍衛們陪同，鄔八月的安全倒不用擔心。

因操持高彤絲的喪事，鄔八月整個人都瘦了一圈。

賀氏心疼女兒，也怕女兒因為小姑子的身亡而自我怨責，想了想，問過了鄔陵梅的意見之後，讓鄔陵梅暫且陪同鄔八月一起去莊子上住幾日。

鄔陵梅自然樂意，當即應承了下來。

鄔八月理解賀氏的心意，對賀氏的提議也沒有拒絕。

「去莊上待不過半個來月，妳們表兄就要娶親了，到時候母親讓人去通知妳們，接妳們回來。」

賀氏輕輕理了理鄔八月的鬢髮，細聲叮囑道：「天涼了，早晚記得加衣，別凍著了。」

鄔八月莞爾笑道：「知道了，母親，我又不是小孩子了。」

「雖說妳也做了母親，可在母親眼裡，妳可不就是長不大的小孩子嗎？」賀氏輕嘆了一聲，又看向朝霞和暮靄。「照顧好妳們大奶奶。」

「是，二太太。」朝霞和暮靄福禮道。

馬車載著鄔八月和鄔陵梅去京郊。她們走後不過半個時辰，鄔陵桃卻也來了。

賀氏覺得奇怪。「妳這時候回娘家來做什麼？」

鄔陵桃不答，只問道：「母親，八月呢？」

「去京郊莊子了。」賀氏輕嘆道：「蘭陵侯府出了事，讓她去散散心也好。」

鄔陵桃略點了點頭，道：「也是苦了八月了。」

說著，她提了裙裾，攙了賀氏的手繼續往前走，一邊道：「母親，我去見見陵梅。」

「陵梅跟著八月也去京郊莊子了。」

賀氏回了一句，鄔陵桃頓時驚呼一聲。「陵梅也去了？」

「我擔心八月，便想讓陵梅陪著她，寬慰寬慰她。」賀氏答道，看向鄔陵桃問道：「妳見陵梅有何事？」

「沒什麼事。」鄔陵桃擺了擺手，卻又向賀氏問明了鄔八月和鄔陵梅去的是哪個京郊莊子，與賀氏略說了兩句，便告辭離開。

賀氏輕罵道：「知道妳們姊妹關係好，也不用這般著急吧？」

鄔陵桃笑道：「母親的女兒就我們三個，我們關係好，母親才有面子。」

鄔陵桃不再耽誤，讓車夫駕了馬車朝京郊莊子去。

趕到的時候，鄔八月和鄔陵梅也才剛到，肖嬤嬤正叮囑著守莊子的下人搬東西。

見到鄔陵桃竟然會到鄉下來，鄔八月有些意外。

鄔陵桃迎上來道：「欸，八月，可算見著妳了。」

「三姊姊。」

鄔八月和鄔陵梅都迎了上去，鄔八月詫異道：「三姊姊，妳怎麼來了？」

「我有事同妳說。」鄔陵桃道：「自從平樂翁主出了事，妳這段時間一直忙，我都見不著妳的面。想著寫信給妳，又覺得信裡說不清，還是當面說比較妥當。」

鄔八月沈默了一下，鄔陵桃見此頓時一嘆，讓鄔八月附耳過來，低聲在她耳邊說道：「我今兒來就是來同妳說，平樂翁主有可能是詐死。」

鄔八月猛地抬頭。

鄔陵桃說得言之鑿鑿。「還記得妳回娘家後，我也回去過一次嗎？那次我離開之後，去見了平樂翁主。」

鄔八月驚得瞪圓了眼睛。

「我見過平樂翁主後，她就闖出了侯府，緊接著就出了事。」鄔陵桃道：「我左想右想，也覺得怎麼會這麼巧？裡面必有蹊蹺。」

鄔陵桃說得言之鑿鑿，鄔陵梅聽得皺起了眉頭。

「三姊姊去找平樂翁主商量如何幫助四姊姊度過難關之事？」鄔陵梅問道。

鄔陵桃頷首。「沒錯，就是去與平樂翁主談此事。」她頓了頓，道：「我瞧她的樣子像是胸有成竹，必然心中已有想法，可問她，她卻不透露分毫。她說她自有辦法，我便沒有過問。不過我之前猜測，她定然是要放出一個足以讓京中眾人都駭然的醜聞出來。」

鄔八月原本僵硬的臉色頓時白了一瞬。

讓人駭然的醜聞，莫非是有關姜太后？

「三姊姊。」鄔陵梅輕聲道：「哪怕妳說得再怎麼確定，可……平樂翁主總不至於拿自己的生死之事開玩笑吧？」

鄔陵桃卻是不以為然。「平樂翁主為人如何，京中諸婦都有議論。以她的性子，做出這樣的事情來，也不是沒可能的。」她看向鄔八月道：「對吧？八月。」

「不對。」鄔八月抿了抿唇，卻搖了搖頭說道：「彤絲她再是荒唐無稽，也不可能做下這樣瞞天過海的事情。她要真是想詐死，至少她會告知我一聲，免得我為她擔心焦急。可從她失去蹤跡到被發現屍身，擒獲謀害她之人，再到她出殯下葬……這也有好些日子了，沒有絲毫跡象表明她還活著。」

鄔陵桃抿了抿唇，道：「反正我是覺得，她沒可能那麼容易就死了。哪有那樣湊巧的事情？就在她踏出蘭陵侯府，沒多少時間就音訊全無，再有她的消息竟然就是被人謀害的噩耗……那夥賊人怎麼就不害別人，專盯著她一個人害了？」

鄔陵梅沈思道：「也是有可能的。但三姊姊妳不也說平樂翁主的性子有些……言語上把人給得罪狠了，被人痛下殺手，倒也說得過去。何況如果真是平樂翁主詐死，那具女屍要如何解釋？被抓捕歸案的賊人又如何解釋？這些總不至於都是平樂翁主安排的吧，才短短兩日時間……再者，哪有人為了消除流言，就自己往死罪上扛的？那些賊人可的確是罪證確鑿。」

「這些都不過是牢裡傳出來的說辭，京兆尹這般給賊人定罪，皇上只要不下旨重審，他們就只有被定罪的分。」

鄔陵桃身為皇家媳婦，對這些把戲倒是嗤之以鼻。

鄔八月低垂著頭道：「三姊姊就不用再說了，不管彤絲她到底是真的被人謀害，還是存心詐死，人都已經入土為安。她在世人眼中，便只是一個死人了。再說這些，又有何意義。」

鄔陵桃聞言便輕嘆一聲。「妳也別難過……」

她也不知該如何勸鄔八月好，和鄔陵梅對視了一眼，見鄔陵梅搖頭，只能止了這個話題，勉強笑了笑，道：「這個莊子，我只記得小時候跟著祖母來玩過一次。八月出嫁後，這就成了八月的陪嫁，以後想來玩恐怕也沒這個機會。借著今兒來了，咱們姊妹三個就好好聚在一塊兒說說話。」

鄔陵梅笑道：「三姊姊不回京裡了？」

「回去做什麼？陳王也不是離不開我。我不在，他照樣有溫香軟玉獻殷勤。」

鄔陵桃笑了一聲，揮了揮手，留一部分人伺候，另派了人回燕京城陳王府告知陳王，說她今日在莊上歇一晚，明早再回。

「八月，妳是主，我和陵梅都是客，妳可得好好招待我們。」鄔陵桃笑了一聲，一左一右拉著兩個妹妹進了莊中。

多了一個王妃，莊子中的人自然也都更為重視幾分。

朝霞上前來詢問如何安排住處，鄔陵桃道：「也別特意去安排住的地方，我們姊妹三個就同小時候一般，睡一張床。」

朝霞看向鄔八月，鄔八月點了點頭，笑道：「就這麼辦吧。」

朝霞應聲下去，讓人準備床榻。

鄔八月看向鄔陵桃，笑道：「三姊姊如今也不端架子了。」

「小時候三姊姊陪著我們睡的時候不多。」鄔陵梅也在一邊細聲笑道。

「欸，兩位好妹妹，我這個做姊姊的那會兒不懂事，妳們可別跟我一般計較。」

鄔陵桃揮帕一笑，拉著兩個妹妹坐了下來。

「三姊姊變了。」鄔八月笑著說道，看向鄔陵梅。「陵梅覺得呢？」

「是變了。」鄔陵梅點頭道：「從前三姊姊清傲得很，連話都懶得和姊妹們說。如今三姊姊笑容多了，人瞧著也豁達了許多。」

鄔陵桃摸了摸臉，笑問道：「是嗎？」

鄔八月頷首道：「是。看到三姊姊現在喜歡笑了，真好。」

「哈哈。」鄔陵桃大笑一聲，坐在椅子上歪了身子，順手端起了一盞茶，輕啜一口，抿唇嘆道：「現如今是日子過得滋潤，也沒幾個人能命令得了我，我無拘無束，自然心境也就開朗了。」

鄔陵桃抿唇一笑，看向鄔八月和鄔陵梅。「所以，八月也別自怨自艾，人活一世，有什麼看不開的？開心也是一輩子，不開心也是一輩子，何必被這些事情亂了心神，活得不開心。」

鄔陵梅掩唇笑道：「三姊姊這會兒倒是說教起我們來了。」

「還有妳。」鄔陵桃瞪了鄔陵梅一眼。「那駱司臨可是妳自個兒選的人，他們家乃是耕讀傳家，農戶出身，家裡人口自然也不會少，親戚友鄰的不知凡幾。妳將來做了駱家媳婦，可別抱怨有那麼多的親戚要處理。」

鄔八月拍了拍鄔陵梅的手，對鄔陵桃道：「三姊姊何必嚇唬陵梅。」

「可不是嚇唬她，我說的是正經八百的事。」鄔陵桃道：「再說了，就陵梅這膽子，我能嚇唬得了她？」

鄔八月看向鄔陵梅，果然，鄔陵梅面帶笑容，一點都沒有被嚇著。

「我說什麼來著？」鄔陵桃輕笑一聲，忽地又是一嘆。「我們姊妹三人也算是各有各的福氣了。回想起來，從前我和鄔陵桐爭什麼呢？」

「三姊姊……」鄔八月輕聲道：「怎麼想起大姊姊了？」

「也不是想起她，我就是有感而發而已。」鄔陵桃笑了一聲，有些落寞。「以前老是和她爭，後來，她在宮中幾乎銷聲匿跡了，我才發現沒了攀比的對象，一時之間又覺得有些失落。再後來，得知東府的人已經完全放棄她，又覺得她委實可憐……」

鄔八月和鄔陵梅一時間都沒接話。

鄔陵桃擺了擺手，道：「咱們鄔家這幾個姊妹，除了陵梅和小陵柚之外，甭管風不風光、淒不淒涼，又有哪個不是命途多舛？」

鄔陵桃一句感慨，引得鄔八月和鄔陵梅回憶良多。

但鄔八月卻覺得自己實算幸運。鄔陵桐、鄔陵柳、鄔陵桃，都可以說是遇人不淑，而她，相信自己遇到了對的人。

「想什麼呢？自顧自地樂呵，嘴角都翹起來了。」鄔陵桃拍了拍手，喚回了鄔八月的魂。

「沒什麼。」鄔八月靦覥一笑，輕「啊」了一聲，說道：「差不多到瑤瑤和陽陽吃奶的時候了，我去給他們餵奶。」

「讓人把兩個孩子抱來吧，我這個姨母兼舅奶奶也好看看他們。」

鄔陵桃說了一句，自個兒也笑了起來。

「算了，還是讓他們喚我姨母吧，喚我舅奶奶，倒顯得我多老了似的。」

鄔陵桃掩唇笑了笑，吩咐下人去將兩個孩子抱了來。

鄔陵桃自己沒有孩子，抱了欣瑤在懷裡，倒是愛得不行。

「陳王兒子夠多了，我也不強求要生個兒子，給我個貼心的小棉襖，我就知足了。」

鄔陵桃俯身親了一口欣瑤，正在給初陽餵奶的鄔八月聞言看向她，問道：「三姊姊還沒有消息？」

「沒呢。」鄔陵桃道：「陳王有那麼多兒女，前段時間，一個小妾還給他生了個女兒，陳王的身體自然是沒有問題的。我尋太醫院婦科聖手瞧過了，說我體寒，懷孕不容易。如今配了些藥，正斷斷續續吃著。」

鄔八月皺眉道：「既是要吃藥，三姊姊就正經著吃，吃藥哪能斷斷續續的？」

「有時候厭煩，就懶得吃。」鄔陵桃笑了聲，道：「行了，妳別擔心我。我便是沒兒女，這王妃之位也坐得穩穩當當的。何況我現在還收養了個死了親娘的六公子在身邊，便是我沒兒子，將來陳王歿了，扶持那孩子倒也不錯。」

話音剛落，鄔陵桃就「呀」了一聲。

鄔八月看向她道：「怎麼了？」

鄔陵桃道：「妳這閨女，尿我身上了！」

# 第七十八章

屋裡一陣人仰馬翻。

鄔陵桃被欣瑤尿了一身，卻不見臉上有絲毫嫌惡，反而高興得很，待下人收拾妥當，鄔陵桃也換了乾淨的衣裳，又繼續抱了欣瑤在懷。

「欣瑤可是給姨母灑了一身童子尿，讓姨母也沾沾欣瑤的福氣。」鄔陵桃輕輕點了點欣瑤的小鼻子。

民間都有被童子尿灑了的人也會很快有好消息的說法，鄔陵桃正說想要個小棉襖呢，欣瑤就尿她身上了，可不印證了嗎？

鄔八月對此自然不信，但有這麼個彩頭也是不錯的。

姊妹三人圍繞著孩子的話題又聊了一會兒，鄔八月只笑著，倒是少有開口。鄔陵桃說得最多，聊完了孩子又將話題轉到鄔陵梅身上去，同她說「馭夫之術」。

鄔八月好笑地掩唇，道：「三姊姊，陵梅出嫁還早呢，現在就教她這些會不會不大妥當？」

「哪兒早了？」鄔陵桃挑眉道：「不過兩、三年陵梅就要出閣了，早點傳授傳授她經驗也好。」她微微一頓，道：「父親母親恩愛了一輩子，咱們沒有姨娘和庶出的兄弟姊妹給咱們添堵，也算是開開心心地長大了，沒受過罪，但也沒有和姨娘、庶出兄弟姊妹爭鬥的經驗。」

鄔陵梅一笑。「三姊姊是怕駱司臨今後納妾？」

「防總是要防的。」當著兩個妹妹的面，鄔陵桃說話一點都不含蓄。「駱司臨現如今瞧著倒也不錯，耕讀出身，農家人也沒有太多納妾之類的想法。但妳想，他既然會成為當朝鄔老的孫女婿，今後的前程自然不會差。等他步入官場，總是避免不了去一些鶯鶯燕燕的場所。誘惑多了，他不一定挺得住。他真要納妾，妳還能一哭二鬧三上吊阻攔他？恐怕到時候真要讓他厭棄了。」

鄔陵桃一本正經地說道：「所以說，抓住男人的心，讓他不要生出納妾的想法，尤為重要。」

鄔陵梅笑了笑，也不知道是否將鄔陵桃的話聽了進去。

鄔陵桃也不停頓，繼續說著怎樣拉攏住丈夫的心。

當然，她所講的例子，自然是從她和陳王相處的過程之中領悟出來的。

雖然她所講的「馭夫之術」的確有幾分道理，但越聽到後邊，鄔八月越有些臉燒。

鄔陵桃的重點放在了如何在床笫之間伺候男人之上，饒是鄔陵梅一向淡定自若，到底也只是個還未出嫁的姑娘，聽到這些話哪還鎮定得了？

鄔八月眼瞧著鄔陵梅臉紅了，急忙出聲打斷鄔陵桃。

鄔陵桃卻道：「提早知道這些沒壞處。」她對鄔陵梅說道：「等婚期定下來，在妳出嫁前三個月，我再送妳一些書。」

「三姊姊，妳……」鄔八月好氣又好笑。

鄔陵桃斜睨鄔八月一眼，眨眨眼道：「妳若是想要，我也給妳備一份？」

鄔八月忙擺手，忍不住問道：「妳怎麼會有那類書？」

「都是陳王的。」鄔陵桃倒是說得雲淡風輕。「我最初進陳王府的時候，也不懂床笫之間伺候男人的重要，後來還是收買了一個王府裡的老嬤嬤，才知道這也是一門學問。我手裡有一些冊子，都是從陳王的私庫裡悄悄順出來的。男人嘛，除了愛權勢，也就這點愛好。」

鄔八月心想，也不是所有男人都這樣。

鄔陵桃望向鄔陵梅。「同妳說了這麼多，那些書……妳要，還是不要？」

鄔陵梅羞紅著臉，到底還是故作鎮定地應了一聲。「那到時候就煩勞三姊姊著人送給我了。」

鄔陵桃笑讚道：「我就說陵梅是個明白人。與其等麻煩來了再去解決，倒不如從一開始就別讓麻煩出現。陵梅，妳說我說的可對？」

鄔陵梅輕輕頷首。

鄔八月來莊子上是散心的，沒有帶太多人。

周武身為總管侍衛，自然是一直都跟著鄔八月，這會兒也是帶著他統領的人守在莊子上。

翌日一早，鄔陵桃便回京中去了，鄔八月卻是叫來了朝霞，詢問起她和周武的婚事。

「最近鬧了這些事，倒是把你們兩個的事情給耽誤了。」鄔八月笑了笑，見朝霞臉上微微泛紅，輕聲道：「別不好意思，之前我就承諾過的，等孩子出生了，作主讓你們成親。周侍衛恐怕已經等得抓耳撓腮了，心裡指不定怎麼埋怨我忘了你們的事呢！」

鄔八月說到這兒便掩唇輕笑。

朝霞臉上泛著紅，嘴上卻不服輸，道：「他要是敢埋怨，大奶奶只管裝作忘記這件事。」

鄔八月好笑道：「周侍衛到底是妳未來夫婿，妳一點都不疼惜他？」

朝霞臉上更紅了。

暮靄在一旁笑道：「朝霞姊早點和周侍衛完婚，等回來大奶奶身邊，便是伺候大奶奶的媳婦子了。」

鄔八月頷首道：「你們早點完婚，我也少一件擱在心上的事。」她笑著望了朝霞一會兒。「好，既然妳沒有反對的意思，那便這般定了吧。」

朝霞有片刻的呆滯，鄔八月微微一笑，道：「朝霞先下去，暮靄，讓人請周侍衛過來。」

暮靄笑著推了朝霞一把，去讓人請周武。

「大奶奶有何吩咐？」周武以為鄔八月喚他進內院來是有什麼重要的事，臉上十分正經。

鄔八月莞爾一笑，讓肖嬤嬤給他看座，道：「沒有什麼吩咐，讓你來，是想談談你的事。」

周武一怔，微微抬頭環視了一圈，並沒有見到朝霞，心裡微微一喜，臉上便沒控制住，咧嘴露出了個笑。

鄔八月輕輕掩唇，道：「沒錯，就是談你和朝霞的婚事。」

周武頓時大聲回答道：「一切聽憑大奶奶作主！」

這聲音十分響亮，可見他有多急切，讓鄔八月也嚇了一跳。

暮靄「噗哧」笑了一聲，周武這才意識到自己有些失態，忙低了頭請罪道：「屬下唐突……」

「你這是高興將要娶朝霞了，不怪你。」鄔八月笑著點了點頭，頓了片刻後道：「辦喜事總要看個良辰吉日，我讓肖嬤嬤去請個媒婆來，合一合你們的生辰八字，然後擇定佳期。」

周武收不住笑，連連點頭。「但憑大奶奶吩咐。」

「定下親迎日，兩邊也就可以準備起來了。」鄔八月笑道：「朝霞這邊你不用操心，一應事情我都會準備好。不過，到底也是你娶媳婦，該有的不能少。我算是朝霞的娘家人，自然不能讓朝霞受委屈。」

周武連聲說是，並保證道：「屬下也絕對不會委屈了朝霞的。」

鄔八月微笑頷首，道：「那你下去吧，等我的消息。」

周武樂顛顛地出去了，腳步都有些飄。

周武真的是迫切想要將朝霞娶進門，所看的吉日竟然還排在了賀修齊和陽秋長公主大婚之前。

鄔八月想著周武既然這般急切，便不好再拖。雖然有些趕，但緊湊著準備倒也來得及。正好忙朝霞的事，還能讓她分散心思。

喜事就辦在莊上，正好還能給周武和朝霞布置一間新房。

周武跟著高辰複從漠北回來之後，一直也是在長公主府和蘭陵侯府兩邊跑，自己並沒有另購置住所。朝霞和他商量過之後，覺得置宅之事還是等以後再說。

畢竟他們兩人現在都跟隨在鄔八月身邊伺候著，即便是置了家產，暫時也不可能去新家住。

之後要是有兒女了，倒是可以置一處宅院。

朝霞是不久之後的新嫁娘，鄔八月免了她做活，讓她趁著這些日子好好保養休息。

莊子上沒有那麼爾虞我詐，偶爾會有拌嘴吵鬧，聽起來卻也別有鄉趣。

鄔八月每日都會和朝霞等人說話聊天，閒暇時便讓人抱了欣瑤和初陽去莊園附近走走。有時候也會遇到農家人，鄔八月便會停下來和他們聊聊。

莊子附近的田地也都是鄔八月的嫁妝，鄔八月算是這些農人的東家，見到鄔八月，他們自然都是畢恭畢敬，有問必答。

這個時候，鄔八月就不由得想起段氏。

這莊子是段氏留給她的最大一份嫁妝，莊中伺候的都是伺候過段氏的老人，性情和為人那是不必說的，莊子附近農田的佃農也都是段氏精心挑選過的實在人。

這莊子上，還從來沒有起過什麼衝突，農人們和莊中管事們相處得極好。

在這樣的環境下散心，鄔八月的確是輕鬆愉悅了很多。

鄔八月又去田莊附近轉了一圈，才帶著兩個孩子回莊子。欣瑤和初陽對田莊也十分喜歡，已經開始能啊啊出聲的兩個孩子見到什麼都稀罕，瞧見農家孩子手裡玩的竹蜻蜓，都要盯著瞧半天才挪得開視線。

田園風光好，空氣又清新，鄔八月挺喜歡帶著兩個孩子在田莊外晃悠的。

有時候，鄔八月還會同暮靄感慨。「要是把洛兒也接來就好了。」

暮靄便道：「大奶奶也可以將他接來，讓他現在就跟在小少爺身邊。」

鄔八月笑道：「洛兒還太小了，再者，他這會兒不是在學功夫嗎？接了他來，學功夫的事可就要擱下，這對洛兒不是好事。」

暮靄嘆道：「當初要是能夠讓人將小隋洛抱養了去，大奶奶現在也不必這般時時唸叨著。」

鄔八月卻是一笑。「其實這樣也挺好的，靈兒捨不得他，陽陽今後也能有一個兄長兼玩伴。」

「靈兒小子可真是……」暮靄氣鼓鼓地哼了一聲。

回到莊子，鄔八月讓肖嬤嬤準備熱水給兩個孩子洗澡。

待伺候好兩個小祖宗後，鄔八月方才脫了衣裳也去泡澡。

躺在浴池裡，她閉著眼睛，思索著今後要怎麼辦。

高辰複還未回來，如果他只去一年不超過兩年，她倒是可以找藉口一直窩在莊子上。

但如果他三、五年都不回來呢？她有什麼理由一直留在莊上？蘭陵侯不會答應的。

現在蘭陵侯是因為驟然失女，心情悲痛，所以沒有那個閒心來同她搶瑤瑤和陽陽，等蘭陵侯爺想起他們來，鄔八月勢必不能繼續留在這裡。

蘭陵侯府……她是真的不想回去。

高彤絲也不在，她在蘭陵侯府裡簡直是孤立無援。

雖然種種跡象顯示，高辰書尚算是侯府中的明白人，不會針對她，但高辰書的存在太薄弱了，她和瑤瑤、陽陽要真出了什麼事，高辰書想必也沒辦法及時救他們。

鄔八月嘆一聲，埋頭進了水裡。

她泡了足有半個時辰，肖嬤嬤進來提醒她再泡要頭暈了，她才起了身，擦乾淨身上的水漬，換上了被薰籠薰過的柔軟衣裳。

肖嬤嬤一邊伺候著鄔八月更衣，一邊說道：「這會兒要入冬了，大奶奶薰衣裳的時候要不要適當加點香？」

鄔八月微一愣神，頓時道：「不用。」

肖嬤嬤覺得奇怪。「大奶奶怎麼不用香？京中貴婦們都用的……」

「我不喜歡香。」鄔八月道：「我的衣裳都不要薰香，瑤瑤、陽陽的衣裳也注意別沾染了香氣。」

肖嬤嬤笑道：「大奶奶是怕香的味道會刺激到郡主和小少爺吧？大奶奶大可不必為此擔心，老奴選的香——」

「嬤嬤。」鄔八月打斷肖嬤嬤，道：「我不用香，瑤瑤和陽陽也不用。那些香料……嬤嬤就擱著吧。」

肖嬤嬤心裡奇怪，但這既然是鄔八月的吩咐，肖嬤嬤自然也不敢違背。

低聲應了一句，肖嬤嬤妥帖地幫鄔八月理好衣裳。

香，對鄔八月來說是一個惡夢。當初她無意間撞見祖父和姜太后的私情，正是身上所用的香出賣了她。

若非如此，她說不定能躲過那一劫，也就沒有之後的事情發生。

鄔八月嘆了一聲，心裡又不由一凜。

即便她沒有撞破此事，如果皇上其實是知道這件事的話，說不定……整個鄔家也無法逃脫。

皇上到底知不知道？這個疑問又浮上了鄔八月心頭。

若說皇上知道，他納鄔陵桐為妃，下旨令陳王娶鄔陵桃為繼妃，又將她聖旨賜婚給高辰複……都有些說不過去。

除非皇上就喜歡把人捧得高高的，然後看著人從高處摔下來。

可若說皇上不知道，鄔八月又覺得不大可能。

皇上……真的太過高深莫測。帝王之心，遠比海底針還要難窺。

「對了，大奶奶。」鄔八月正出神，肖嬤嬤喚她道：「大奶奶這般帶著郡主和小少爺到了鄉里，若是皇后娘娘又下口諭要您帶郡主和小少爺進宮，這可怎麼辦？」

鄔八月一笑，道：「嬤嬤多慮了，我們來這兒也有一段日子了，京裡都沒傳出什麼消息，想必皇后娘娘是沒有下口諭的。」

鄔八月頓了頓，又道：「京中的流言，皇后娘娘應該也聽說了。翁主驟逝，蘭陵侯府這段時間算得上是挺晦氣的。礙於這些，皇后娘娘近段時間也不欲讓我進宮。」

肖嬤嬤便是一嘆，由衷道：「要是大爺回來了就好了。」

鄔八月心裡也默默這般想。她已經束手無策了。

也不知道聽說了彤絲被人謀害的消息，他能否……撐得住？鄔八月心口一緊。

高辰複幼年失母，又與其父幾乎是形同陌路，唯一的嫡親妹妹雖然性格乖僻，但到底是骨血至親，高辰複對高彤絲雖然素來冷臉，但兄妹之情又如何能割捨？

他會不會……哭？鄔八月有些難受地想。

同一時刻，高辰複在漠北，正打算啟程回京。

有關於鄔八月的流言已經傳到了京中，讓他不打算再繼續留在漠北。他的妻兒都需要他。

漠北交界地帶，北秦各部落貴族在那兒設置了和大夏的聯絡點。

此時，薩蒙齊和單初雪正待在科爾達部落的聯絡點，和高辰複道別。

「辰複哥哥，你回京去可以稟告皇上，就說梔梔乃是我的義妹，是北秦科爾達薩主的妻妹。拿北秦科爾達部落的名頭壓一壓，告訴他們，若是再妄議梔梔清白，科爾達一怒之下，不會再與大夏締結盟約。」

高辰複微微低著頭，也不知道有沒有聽進單初雪的話。

他鎖著眉頭，臉上有擔心焦急的情緒。

他知道鄔八月算是個堅強的女子，他怕的是京中的流言和蘭陵侯府裡的態度。

「辰複哥哥？」單初雪伸手推了他一把，大聲道：「你聽到我說的話了嗎？」

高辰複點了點頭，望著一臉激動的單初雪，卻是笑了笑，道：「妳不要這般緊張。」

「我如何能不緊張？」單初雪咬了咬唇，不由側頭狠狠剜了薩蒙齊一眼。

薩蒙齊自知理虧，摸了摸鼻子，也沒出聲。

「辰複哥哥，你可一定要保護好梔梔。」單初雪抿唇，道：「你記得幫我轉告梔梔，我很好，讓她不要再為我擔心了。」

高辰複又點了點頭，低聲道：「我先走了。」

「嗯。」單初雪目送高辰複騎著馬跑遠，轉身便走。

薩蒙齊追上去，皺眉道：「我們抓了妳妹子，沒有毀她清白。」

「你們當初抓我們，就已經毀了我們的清白。」單初雪瞪了薩蒙齊一眼。「最好梔梔沒事，不然，我跟你沒完！」

薩蒙齊摸摸鼻子，見單初雪已經跨馬爬了上去，忙也跟了上去。

「妳等會兒！」薩蒙齊拽著馬韁騎上了馬背，摟住單初雪的腰，咧嘴一笑，道：「我們本來就一輩子沒完。」

單初雪惱怒地用手肘猛地頂了他一下。

薩蒙齊痛叫一聲，臉上的表情卻越發得意洋洋起來。

「妳這會兒瞧著倒是和當年頗為相似。」薩蒙齊一笑，道：「剛到科爾達的時候，妳一直計劃著要離開我、離開科爾達。現在妳變得溫婉許多，我反倒懷念那時候活潑的妳。」

單初雪一怔，微微低頭，也不說話。

薩蒙齊坐在她身後，看不清她的表情，仍舊在笑著回憶他們那時候的爭鬥時光。

馬兒漸行漸遠，薩蒙齊說了一通後忽然道：「妳是那個漠北將軍的妹妹，又是我科爾達的薩妃，妳的身分豈不像大夏人所說的，有些和親的意思？如果大夏和北秦能夠和平，大夏皇帝說不定會給妳一個封號，讓妳代表大夏，永遠留在北秦。」

單初雪渾身一僵。

馬兒已經放慢了速度，單初雪的變化薩蒙齊自然感覺得到。
他頓時皺了眉頭，問道：「能永遠留在北秦，妳不高興？」
單初雪伸手撥了撥薩蒙齊的手，薩蒙齊摟著她腰的手卻越發緊了。
「回答我。」薩蒙齊低沈地道。
單初雪掙了兩下，掙脫不了薩蒙齊的控制。她只能嘆息一聲，道：「就算大夏皇帝不多此一舉，有你在，恐怕我也永遠不可能離開北秦、離開你的身邊吧？」
薩蒙齊便得意一笑。「妳知道就好。」
說著，他又警告單初雪道：「別起其他歪心思，我要是發起怒來，妳承受不起。」
單初雪低應了一聲。
她認得清楚自己的狀況，也知道想要離開北秦回到大夏，機會小到可以忽略不計。
從她來到北秦之地，其實已經抱了豁出性命的態度，能多活一日，都好似是撿來的。
她想回到娘的身邊，但她捨不得自己的兒子。
就這樣吧，單初雪心中喟嘆。

北秦提供了寶馬良駒，高辰複不分晝夜地往燕京趕。
行了半個月，卻驚聞高彤絲的噩耗。
當時高辰複正停在驛道旁的小茶寮裡稍作休息，茶寮之中有幾名幹活歸來的農人，正聚在一起煮著粗茶嗑瓜子閒談。

農人嗓門粗，說的話一字不漏地鑽進了高辰複的耳朵裡。

「平樂翁主」這四個字陡然出現時，高辰複還愣神了片刻。

「……聽說是被賊人給謀害了。」

一名農人「嘖嘖」兩聲，道：「這平樂翁主據說也是燕京城中名媛千金裡特別的一個人，早些年好似是被皇上貶到了京郊，後來被她哥哥接了回去。沒想到竟然會出了事……」

另一名農人趕緊道：「對對，沒錯，這平樂翁主的哥哥來頭也不小，曾經據守漠北關，那可是一名有名的儒將！這會兒正跟北蠻那邊的蠻子們協商訂定盟約呢……你們說這事——啊！」

農人一個不察，後背竟然被人拎了起來。

幾名農人頓時都站了起來，警惕地看著有些凶神惡煞的男人。

被拎的農人縮著肩拱手告饒道：「壯士饒命、壯士饒命……」

大夏與北秦訂立友好盟約之事已經敲定，具體的合作細節也都一一同意了，高辰複本就可以留下親信之人待在漠北，由他回京向宣德帝稟告此事，但因為出了鄔八月的事情，高辰複才如此匆忙回京。

他只帶了親衛，一路上也是做普通趕路人的打扮，並沒有露出軍兵的身分。但他們身上自有鐵血的煞氣，自然也讓人膽寒。

高辰複目眥欲裂，低沈地冷聲問道：「你們方才在說什麼？平樂翁主……被人謀害了？」

農人害怕地緊閉著眼睛，忙回答道：「是是是，說是在街上被人給擄走，然後她激烈反抗，就被賊人惱羞成怒給謀害了，發現屍體的時候，人都在水裡泡脹了……」

「將軍！」

趙前眼見高辰複一個踉蹌，忙上前伸手扶了他一下。

高辰複抬了抬手，沈沈地吸了口氣。

趙前硬著頭皮道：「農人們也是道聽塗說，做不得真……」話是這般說，但趙前也覺得，這樣的消息能夠被遠離燕京的農人們知曉，十有八九不會是假的。

平樂翁主那樣的人，真的就這麼香消玉殞了嗎？

高辰複鬆開拎農人的手，去茶寮外解下拴在樹上的馬韁。

親衛們跟了上去，趙前付了茶錢，只聽一聲「駕！」高辰複已經一騎絕塵，奔出老遠。

趙前不敢耽誤，大聲道：「跟上！」便也跨上馬狂追著高辰複而去。

高辰複馭馬之術很好，除了趙前堪堪還能見到他的身影，其他親衛都被遠遠地拋在了後面。

路過一處溪流之地時，馬兒方才慢了下來。

高辰複勒停了馬，迅疾地下馬，蹲下身，捧了溪流中的水不停往臉上潑。

趙前追了上來，氣喘吁吁地下了馬，正要說話，卻見高辰複站了起來，轉過頭。

「趙前，去打聽一下有關平樂翁主的事情。」

趙前一怔。高辰複的髮鬢因為溪水的關係而濕漉漉的，他的眼睛微微有些紅絲，也不知道是因為這段時間趕路的疲憊，還是得知了平樂翁主的……死訊而迎風哭過……

趙前低頭應了聲是，再擔心地看了高辰複一眼，不敢耽誤，自去打聽平樂翁主被人謀害之事。

陸陸續續地，落在後面的親衛也都趕了上來。
高辰複坐在溪水旁，看著馬兒低了頭飲水。他久久沒有說話。
直到趙前回來。
「將軍。」趙前一臉沈痛。
光看這個表情，高辰複就知道那些農人並不是胡亂編造，而是……確有其事。
高辰複面上抽動，狠狠咬了咬牙，才道：「說。」

這一日，是賀修齊和陽秋長公主大婚之日。
早兩日前，賀氏就派人到莊上去接了鄔八月和鄔陵梅回鄔家。
高彤絲是鄔八月的小姑子，她遭人謀害而亡，鄔八月本沒有給她披麻戴孝的規矩，但她這段時間仍只著素衣，不肯穿顏色鮮豔點的衣裳，欣瑤和初陽也被限制了著裝色調。
因此鄔八月覺得，她這般去賀修齊和陽秋長公主的大婚典禮，未免有些晦氣。
賀氏知道她心裡的想法，也不想勉強女兒，便同鄔八月建議，讓她穿青、紺之類顏色，雖然會冷調一些，倒也不會和婚典衝突。
「到底是妳表兄成親，妳舅父舅母等妳表兄大婚過後就要回元寧了，以後想要再見也難。」
賀氏正仔細給鄔八月挑著衣裳，鄔八月抿了抿唇，嘆道：「母親，要不……我還是不去了吧？舅父舅母那兒，我隨時都可以去拜訪……」
賀氏手一頓，無奈地掉頭看向鄔八月。「是擔心……流言之事？」

鄔八月道：「自然有這一部分原因。再者，我和他們也談不了什麼話，送份厚禮去，我心意到了就行了。」

「這可不行。」賀氏不贊同，抿了抿唇道：「八月，妳總不能一直不出現吧？」

鄔八月道：「母親，我也知道我該大大方方地出現在他們面前，別人說什麼，我從容應對便好，但這樣的場合，我去了，難免被人說三道四……」她嘆息一聲。「我思來想去，表兄的婚典，我還是不去了。」

「去，幹麼不去？」

卻是鄔陵桃先來了鄔家接鄔八月和鄔陵梅，正好聽到鄔八月的話。

「越是這樣的場合，妳越不能避開。大家都知道駙馬是妳表兄，妳去不去，別人都一樣會議論紛紛。既然這樣，那還不如去呢！」

鄔陵桃徑直走向鄔八月，對賀氏道：「母親，我們差不多能出發了，別耽擱了。」

賀氏應了一聲，鄔八月無奈地被鄔陵桃扯了去。

她換了一身青色衣裳，鄔陵桃皺皺鼻子，道：「大冷天的，見著這種色的衣裳就覺得冷。」

鄔陵桃穿了一身鉛丹色衣裳，瞧著整個人十分明麗。

「行了，我們走吧。」鄔陵桃拉了拉鄔八月，道：「陵梅跟著母親就好，妳就跟著我。」

鄔八月無奈地點了點頭，遲疑了下又道：「不知道今兒這日子，蘭陵侯夫人會不會也去……」

「她也是命婦，長公主成親，她怎麼會不來？除非她臥病在床實在起不得身。」鄔陵桃輕挑了挑眉。「怎麼，怕撞見了她會尷尬？」

「那倒不會。」鄔八月道：「她慣會做人，我們撞見了，也不可能讓眾賓客看笑話。」

「那不就是了？」鄔陵桃蔑笑道：「今兒是表兄的大喜日子，犯不著為了旁人不去沾這喜氣。」鄔陵桃挽了鄔八月，再次叮囑道：「記住，跟在我身邊。」

鄔八月窩心地點點頭。

陽秋長公主是宣德帝唯一一個還沒出嫁的妹子，又因為關於其容貌的傳言始終甚囂塵上，而她又十分神秘，因此，陽秋長公主和探花郎賀修齊的婚事，自然是受到了眾多的矚目。

來參加婚典、入席婚宴的皇親國戚、文武大臣，都是看在陽秋長公主的身分，當然也有一些今次恩科取第的新晉官員。

賀修齊雖是探花郎，但既做了駙馬，他以後自然也不會入主朝堂，對諸位大臣也沒了威脅，這些新晉官員自然不是來和他親近的，他們想結交的對象，卻恰恰是看陽秋長公主身分前來觀禮的皇親國戚和文武大臣。

新郎官賀修齊此時整理好了衣冠，正和兩個友人說話。

「耽誤不了吉時。」賀修齊懶洋洋地坐著，手扶著額頭，頭上所戴的新郎官花翎冠冕微微有些搖晃。

淳于肅民坐在一邊笑話他。「我就說你娶長公主不是真心的，你還不承認。」

「我若不真心，豈會在皇上跟前求娶佳人？」賀修齊瞥了淳于肅民一眼。「你這是吃不著葡萄說葡萄酸。」

淳于肅民回嘴道：「我犯得著為了區區葡萄，就捨棄掉奼紫嫣紅的整個果園？」

「行了，你們爭什麼？如今這樁姻緣乃是皇上賜婚，少拿這樁婚事打趣。」

第三人懷中抱著劍，在這等日子裡竟然兵器不離身。

「喂，明焉，抱著劍進新房，你夠可以的啊！」

新房中的三人正是賀修齊、淳于肅民和明焉。

明焉冷哼一聲，壓根兒就不搭理淳于肅民。

「行了，明焉是武將出身，兵器不離身是他的習慣，你別挑刺。」賀修齊抓了一小把瓜子仁，往嘴裡塞了兩粒，道：「瞧著時間也差不多了，該去迎親了。」

「你不是不著急嗎？」淳于肅民哼哼笑道：「反正長公主府和皇宮離得也不遠。」

明焉頓了頓，看向賀修齊問道：「你真打算不另置宅，以後就住在長公主府？」

賀修齊揚眉點頭。「自然，皇上給了這麼好的宅邸，我為何還要去另置宅院？」

「你這人真讓人瞧不明白。」明焉搖了搖頭。「走吧，別誤了良辰。」

賀修齊起身理了理衣裳，新房門一開，他便又是嚴肅正經、有諾必守的探花郎。

陽秋長公主的婚典辦得奢華，聲勢不可謂不浩大。

她畢竟是大夏未出嫁的最後一位長公主，其婚事又是皇上所賜，婚典也有禮部和欽天監鄭重相待，還有姜太后在其中插上一腳，即便想低調也不行。

在皇宮中行了禮，又從皇宮中接了新婦出來，風度翩翩的賀修齊和陽秋長公主向賀文淵與羅氏行了叩拜之禮後，賀修齊便送了陽秋長公主入新房，揭了蓋頭，喝了交杯酒之後便出來陪客。

新房中本就已有女眷等著，陽秋長公主被賀修齊掀紅蓋頭的時候，個個都屏息凝神地等著看陽秋長公主的相貌。

不過讓她們失望了，蓋頭之下的陽秋長公主戴了面具，整張臉都掩藏在面具之下。

賀修齊揭開蓋頭的時候也愣了愣，但什麼都沒說，還柔聲囑咐了陽秋長公主兩句，方才離開新房。

出得門時，正好碰上鄔陵桃和鄔八月。

「恭喜表兄了。」

鄔八月對賀修齊道了句喜，賀修齊給鄔陵桃施了個禮，有些遲疑地看向鄔八月，關切地問了句。「最近可好？」

「挺好的。」鄔八月笑著回道。

賀修齊皺了皺眉頭，微微抿唇，道：「別憂心，與北秦交好之事進展得十分順利，想必高大人不日就會回京。」

鄔八月愣了愣，從賀修齊眼中倒也看出幾分真誠，不像之前那般漫不經心、玩世不恭的模樣。

她點點頭，笑道：「那就借表兄吉言了。」

「長公主在裡面，妳們進去陪陪她吧。」賀修齊微微一笑，道：「新房裡的女眷與她不熟悉，與我也沒太多相干，有妳們陪著總要好些。」

「我們與陽秋長公主可也沒太多往來。」鄔陵桃道了一句，笑道：「行了，表兄你就趕緊著去吧，長公主這邊，我們會幫著照料的。」

賀修齊便安心地去招待賓客了，鄔陵桃和鄔八月進了新房。

新房中的女眷見到鄔陵桃來了還會打招呼、行個禮什麼的，待見到鄔陵桃身後的鄔八月時，眼神卻閃了閃，臉上也有一些尷尬。

礙於鄔陵桃在，女眷們還是和鄔八月招呼了一聲。

鄔八月不甚在意，和她打招呼的婦人，她便也回一句；不和她打招呼的婦人，她便也當作沒看見對方，免得讓對方尷尬，自己也尷尬。

陽秋長公主身邊有從宮中陪伴她出嫁的宮女，還有太后娘娘賜的兩個嬤嬤，都是宮裡出來的，顯得並不那麼隨和。

加上陽秋長公主被揭開蓋頭後，仍舊戴著面具，且也沒有開口說過話，為人似乎有些冷，女眷們便不欲在新房中多待，都找了藉口出去了。

漸漸地，新房中沒剩下幾個人，鄔陵桃在這當中還是身分最高的。陽秋長公主也是陳王的妹子，要叫鄔陵桃一聲皇嫂，但從她夫君這邊算，鄔陵桃卻得喚她一聲表嫂。

稱呼不同，但總算都是平輩。

鄔陵桃坐到了陽秋長公主身邊，大概是因為自己的年紀要比陽秋長公主大些，她自動將陽秋長公主視為小姑子，溫聲詢問道：「出了宮可還適應？」

陽秋長公主愣了愣，方才扯了扯嘴角，低啞地道：「還算適應。」

「適應就好。」鄔陵桃微微放鬆了些，說道：「你們成親之後，舅父舅母還要在京中待上幾日方才會回元寧。舅父舅母都是溫和之人，妳與他們定然也能相處得好。」

鄔陵桃說到這兒，卻是頓了一下。

鄔八月心中一嘆。

公主下嫁，對娶公主的人家來說可算不得是件多大的喜事。至少，公主對駙馬的父母雙親不用晨昏定省，更不用伏低做小，做普通人家的兒媳該做的事。

賀文淵本就對賀修齊求娶公主一事甚為不滿，對陽秋長公主定然也不會有多待見，至於說「相處得好」，表面上過得去也就罷了。

「多謝皇嫂。」陽秋對鄔陵桃道了句謝，聲音仍舊沙啞著。

鄔陵桃看了她的臉一眼，想了想，還是嚥下了話。

她戴上面具自然就是不想讓人看到自己的容貌，又何必提起她容顏之事，徒惹她不快？

鄔陵桃笑說了幾句，直到前方來催她入席，鄔陵桃方才對陽秋長公主一笑，道：「前方喚我過去，就不與妳多談了。一會兒表兄就會前來，不用擔心。」

鄔陵桃拍了拍陽秋長公主的手，帶著鄔八月出了新房入席。

臨出門時，鄔八月回頭朝陽秋長公主望了一眼。卻沒料到，陽秋長公主也正望著她。

這一眼，二人的視線正好對上。

鄔八月一愣。陽秋長公主的眼中，似乎挺有深意……

「八月？」

鄔陵桃輕輕拉了拉鄔八月，鄔八月方才回神，一邊應答著離開。

禮部承辦的婚宴，菜品自然不俗。鄔八月吃了個半飽便擱了筷子。

男人那邊的宴席上，眾人把酒言歡，倒是十分熱鬧。

酒至半酣，貪杯的陳王著人喚了鄔陵桃去，鄔陵桃只能留下鄔八月一人，先去察看陳王的情況。

鄔陵桃剛走沒一會兒，鄔八月身邊便多了一人。

「王妃？」

鄔八月有些驚訝，坐到她身邊的竟然是軒王妃許靜珊。

「高夫人近來可好？」許靜珊微微一笑，笑容十分真誠。

鄔八月張了張口，方才笑答道：「都好，煩勞王妃掛心了。」頓了頓，她也回道：「早前聽說王妃身體不適，今日瞧著王妃面色倒還不錯，可見是去了病氣了。」

許靜珊頷首，望著鄔八月有些疲憊的面容，心裡不禁一嘆。

「是啊，這次產子，倒真是遭了大罪了。」許靜珊無奈地笑了一聲，對鄔八月道：「還是不及高夫人有福氣，懷一次胎便兒女雙全。我若有這樣的福氣該有多好。」

說著，許靜珊四下張望了一番。「怎不見令公子、令千金？」

「他們還小，帶出來倒不方便。」鄔八月笑答道：「王妃不也沒帶世子出來？」

「他體弱多病的，我倒是想帶他出來，又怕他吹點風就又不好了。」說起自己的兒子，許靜珊滿是愁容。

鄔八月柔聲安慰了一句，許靜珊勉強笑道：「也只能調養著，希望他身子骨能好起來吧。」

四下漸漸撤了席。

鄔八月覺得許靜珊有意親近自己，雖不知道她葫蘆裡賣的什麼藥，但她總不能落了軒王妃的臉面。

是以撤席之後，許靜珊表示想要和鄔八月繼續聊聊，鄔八月也沒有拒絕。

鄔陵桃已經伺候著喝得有些高了的陳王回王府去了，派人來同她說，讓她去尋賀氏和鄔陵梅。

許靜珊和鄔八月走在花園之中，宣德帝賜給陽秋長公主的公主府是翻新過的，雖已是冬日，卻仍有綠色。

二人正低聲說著話，迎面卻來了一名婦人。

許靜珊停下腳步，瞇了瞇眼，語氣嘲諷道：「真是不巧，竟和蘭陵侯夫人遇上了。」

——未完，待續，請看文創風332《一品指婚》5（完結篇）

2015年7月出版

# 生財棄婦

文創風 312～313

穿越到古代就算了，還得背負剋夫、被休棄的名聲？
不過誰說棄婦就只能悲慘度日？那可不一定。
且看她如何巧用前世知識，生財致富，逆轉悲劇人生！

清閒淡雅 耐人尋味 ／半生閑

這也太倒楣了吧 ?! 被陌生人撞下樓昏過去的秦曼，
一睜開眼竟成了剋死丈夫、被趕出門無家可歸的棄婦，
前途茫茫的她，聽從好心大嬸的話，想去大戶人家找份幫傭活計，
還沒尋到差事，竟先餓昏在姜府大門旁，幸好蒙姜府小少爺搭救入府，
而後藉著前世的幼教知識，成為小少爺的西席，總算有了安身之處。
但在姜府裡雖然吃得好、住得好，卻非久留之地，
除了姜家主人姜承宣懷疑她想圖謀家產，總對她冷言冷語外，
更有視她如情敵的李琳姑娘，想盡辦法欲攆她出姜府。
原本待西席合約到期，她便打算離開姜府，隨著商隊四處看看，
不料在離開前，卻誤陷李琳設下的圈套，引起了姜承宣天大的誤會。
心碎的她不想辯解，手裡捏著他羞辱人般撒在地上的銀票，
決意遠走他鄉，反正靠著製茶、釀酒的技術，她必有活路可走！

2015年7月出版

# 嬌女芳菲

文創風 309～311

如何從嬌嬌千金蛻變成審時度勢的聰穎女子？
只需重生一回，便能看清世態炎涼，還要明白——
也許這一生，只要保得家門安穩，
與夫君即使疏離但仍相敬如賓，便是幸福，
只是……為何心底總是空落落的呢？

絕妙橫生 精彩可期／喬顏

沈芳菲曾是將門嫡女、名門正妻，金枝玉葉非她莫屬，
孰料新帝登基後，一道通敵叛國的罪名，不但令娘家滿門抄斬，
那涼薄夫婿為怕惹禍上身，更要她自盡以絕後患！
所幸上天讓她回到十二歲那年，一切都還可以重來——
前世姊姊嫁給九皇子，沈家鼎力助他上位，卻難逃兔死狗烹的下場；
加上兄長癡戀表妹，嫂子因而鬱鬱以終，親家反成了敵人落井下石……
很多事看似不相關，其實環環相扣，一環錯了便滿盤皆輸，
而她是唯一能拯救沈家上下百餘口性命的關鍵之人，
誰說閨閣千金就一定無能為力，只能眼睜睜被命運牽著走？
她無論如何都要使出渾身解數，絕不讓前世的悲劇重演！

2015年6月出版

# 巧妻戲呆夫

文創風 304～306

特種部隊成員變成農村小姑娘，醫學精英改去種田做豆腐？
她從女強人降為柔弱女，還有一屋子極品親戚，
不能重操舊業，就來「改造人生」、整治這些瞧不起她的人！

清閒淡雅 耐人尋味 ／半生閑

身為特種部隊的醫學博士出任務掛了，穿越還魂就算了，
為何讓她穿到一個為情上吊的小姑娘身上 ?!
十八般武藝俱全的林語來到小農村，發現自己學過的統統派不上用場，
家裡雖有父親，但繼母看她和大哥像眼中釘、肉中刺，
還有一堆極品親戚虎視眈眈，連祖母都只想著再把她弄出去換點嫁妝；
只要她還未嫁，女子就是給家人拿捏的對象，
不如自己選個合意的對象速速成親，之後協議和離脫身！
看來看去最佳人選就是肖家那個破相又不受寵的老二肖正軒，
怎知費了番心思終於成親，新婚之夜該來談和離了，
這位仁兄卻說：「看在我幫妳的分上，就和我一起生活半年可以嗎？」
這下還得弄假成真過半年，他到底打什麼主意？
而他們窩在靠山屯這樣的鄉下，他竟然還有師父和師兄弟們找上門，
莫非他還有什麼神祕的過去，這段假夫妻的協議會不會再生變化？

# 為流浪貓狗加油 和貓寶貝 狗寶貝 廝守終生(一定要終生喔！)的幸福機會

對人來說，貓寶貝狗寶貝只是生活的一部分，
但妳（你）對牠們來說，卻是生活的全部，領養前請一定要考慮清楚——

派克

QQ

## ▲ 可愛虎斑等待著你

性　　別：男生
品　　種：都是可愛的虎斑
年　　紀：派克3歲多，QQ5歲多
個　　性：派克親人溫柔，QQ溫和貪吃
健康狀況：皆已結紮，打過預防針，健康狀況良好
目前住所：新北市永和區

本期資料來源：台灣認養地圖

## 『派克&QQ』的故事：

愛媽從派克小的時候就開始餵養牠，由於自家已有20幾隻貓咪，所以沒辦法帶牠回家。之前愛媽沒試過摸摸抱抱派克，派克也只在每次餵飯時出現。直到牠快1歲時的冬天，感染了嚴重感冒，病得幾乎快死掉。

派克

愛媽趕緊帶牠就醫，即使經濟有限，卻仍是拜託醫生寧願分期付款都要救這些貓咪們。於是派克住院了一個多月，期間完全不挑食，甚至只會撒嬌討抱抱，也從不攻擊人。然而醫院通知可以出院後，愛媽又面臨了收留與否的難題，醫院助理得知派克只能放回馬路上也莫可奈何。

派克年輕漂亮，個性又好，實在非常希望能為牠找個好人家，後來便籌錢帶牠到中途那裡去住。中途目前照顧派克的感想只有「乖死了」三字評語，貼心至極，和QQ一樣完全不搗蛋、不惹事也不挑食。

QQ

QQ雖不像派克流落街頭，但故事卻一樣坎坷。牠曾被惡質中途收容，後因居住環境太惡劣，有一天遭鄰居檢舉，於是和其他同伴被清潔隊全數帶回收容所。其他貓咪由幾位志工分批領養出來，QQ和部分貓咪則送到動物醫院。原來的中途想帶QQ回去繼續養，但被我們攔住，勸他讓我們另外找中途照顧。

現在QQ則在新中途家中健康生活著。QQ比較沒有派克黏人，但也不具攻擊性，而且牠十分有個性。貪吃的牠當肚子餓了卻沒有吃的時候，還會遷怒，去打路過的貓XD不過這打當然是小打小鬧，畢竟牠個性還是溫和的～～兩隻可愛的虎斑貓，如果有意認養，歡迎來信cats4035@yahoo.com.tw(李小姐)，主旨註明「我想認養派克/QQ」。

**認養資格：**

1. 認養者須年滿20歲，有獨立經濟能力，並獲得家人與同住室友或房東的同意。
2. 學生情侶或單獨在外租屋的學生，須提出絕不棄養的保證。
3. 須同意簽認養切結書。
4. 同意送養人日後之追蹤探訪，對待派克/QQ不離不棄。

**來信請說明：**

a. 個人基本資料：姓名、性別、年齡、家庭狀況、職業與經濟來源等。
b. 想認養「派克/QQ」的理由。
c. 過去養寵物的經驗，及簡介一下您的飼養環境。
d. 未來預計帶貓咪到何處就診？為何選擇那家動物醫院？
e. 若未來有當兵、結婚、懷孕、畢業、出國或搬家等計劃，將如何安置「派克/QQ」？

# 一品指婚 4

國家圖書館出版品預行編目資料

一品指婚 / 狐天八月著. --
初版. -- 臺北市 : 狗屋, 2015.09
冊 ; 公分. --（文創風）
ISBN 978-986-328-500-7（第4冊 : 平裝）. --

857.7 104013461

著作者 狐天八月
編輯 戴傳欣
校對 黃亭蓁 蔡佾岑
發行所 狗屋出版社有限公司
地址 台北市104中山區龍江路71巷15號1樓
電話 02-2776-5889～0
發行字號 局版台業字845號
法律顧問 蕭雄淋律師
總經銷 知遠文化事業有限公司
電話 02-2664-8800
初版 2015年9月
國際書碼 ISBN-13 978-986-328-500-7
原著書名 《香闺》，由起點女生網（http://www.qdmm.com）授權出版

定價250元
狗屋劃撥帳號：19001626
網址：love.doghouse.com.tw E-mail：love@doghouse.com.tw